GW00482467

El pecado de los dioses

JAIME CAMPMANY

El Pecado
de los
Dioses

PLAZA & JANÉS EDITORES, S.A.

Diseño de la portada: Jordi Lascorz
Fotografía de la portada: SuperStock Spain

Primera edición: marzo, 1998

© 1998, Jaime Campmany
© de la presente edición: 1998, Plaza & Janés Editores, S. A.
  Enric Granados, 86-88. 08008 Barcelona

Printed in Spain – Impreso en España

ISBN: 84-01-01138-8
Depósito legal: B. 8.116 - 1998

Fotocomposición: Alfonso Lozano

Impreso en Hurope, S. L.
Lima, 3 bis. Barcelona

L 011388

A Conchita,
mi mujer desde hace cuarenta años.
Nuestro amor es ya casi un incesto

ÍNDICE

Los dioses, es verdad, han hecho
suyas a sus hermanas. Y así, Saturno
contrajo matrimonio con Ops, que le
estaba unida por la sangre; el Océano con
Tetis, y con Juno el soberano del Olimpo.

OVIDIO, *Metamorfosis*

Tuvo Zeus numerosas relaciones amorosas.
[...] Su esposa legítima
es, sin embargo, Hera, una de sus
hermanas, con la que celebró las
bodas en el jardín de las Hespérides.

Diccionario de la mitología clásica.
Alianza Editorial

Il [Calígula] aimait Drusilla, s'
entendu. Mais elle était s
en somme. Couche
déjà beaucou
Roma
d

1. Vittoria

El lago por donde navegó la revolución de Garibaldi está en calma. La vieja señora mira fijamente las aguas como si por la fuerza de atracción de su mirada pudiera emerger de ellas el alma del ahogado y venir a abrazarla. La corriente del río baja hoy lenta desde las faldas de los Alpes suizos. Aquella tarde, el Ticino, al formar el lago Maggiore, se convertía en un enorme y tardo buey de agua con el lomo grisazulado. Las últimas luces del crepúsculo tienden sobre la superficie del lago un paño de plata, y el leve rizo de las ondas finge el escamado de una bandeja de argento. El aire es limpio y fino, y desde la terraza alta de Villa Luce se distinguen con precisión los árboles lejanos de la ribera lombarda hasta en el pormenor de las hojas verdes y oscuras. En estas tardes transparentes y límpidas, parece que se puedan tocar, no ya con la mirada, sino también con las manos, las arboledas espesas y las casitas blancas y rojas de la orilla opuesta.

La pequeña barca de algún pescador paciente avanza casi con la misma lentitud que el río. El pescador ha puesto el motor al ralentí y se deja deslizar sin prisa llevando en la mano el hilo del curricán al que imprime rítmicos y estériles tirones. Otras barcas igualmente pequeñas, veleros deportivos, balandros o canoas de motor, se balancean perezosas, ancladas o amarradas a alguna minúscula boya, cerca de tierra. Las gaviotas vienen a posarse en los palos desnudos de los veleros o sobre la lona que guarece las motoras y la decoran con sus excrementos que dejan caer graciosamente tras un leve respingo de la cola. Las que ya han encontrado su cena se disponen a dormir, y alguna más celosa, si su pareja tarda en reunirse con ella, la llama con repetidos graznidos impacientes y desagradables, como los gritos de una esposa destemplada y chillona. Las gaviotas solteras o las casadas juguetonas se acurrucan en el agua y se dejan mecer y llevar por la corriente morosa. Una familia de patos regresa hacia su refugio nocturno en tierra casi con la misma parsimonia con que avanzan las aguas y la barca del pescador. Componen la familia una pareja de patos grandes y cinco patitos muy chicos, seguramente recién salidos del huevo. De vez en cuando uno de los patos, grande o chico, sumerge velozmente la cabeza en el agua y traga un pececillo descuidado. Cuando asoman por el cascarón, los pollos de pato ya poseen la sabiduría esencial de buscarse la vida. ¿Quién cuida de los lirios del valle y de los pajarillos del monte? Gracias te damos, Señor, por los alimentos que acabamos de recibir de tu divina mano.

La vieja señora está sola en la terraza de Villa Luce, sentada en un gran sillón de mimbre forrado de cretona almohadillada. Hace dos horas que permanece así, casi sin moverse, ajena y desentendida de los mínimos sucesos que ocurren en el lago: las últimas luces del atardecer septembrino, el pescador que regresa, los barquitos que se mecen, las gaviotas que chillan, los patos que cenan. Cerca de ella, al alcance de su mano, hay una mesita con un juego de té, todo de plata, la tetera, el azucarero, la jarrita para la leche. En la taza de porcelana blanca, el té se ha quedado frío, casi sin probar. Desde hace largo rato los ojos de la señora, grandes, claros, azules, casi verdes, están clavados en un lugar del lago, fijamente; a ratos, los mantiene semicerrados, con los párpados a medio caer, fatigados, un poco enrojecidos por el esfuerzo de mirar continuamente el mismo punto. Tal vez sueña. Tal vez recuerda. Parece que estuviese contemplando, reflejado en la superficie del lago, un interminable filme apasionante y triste. En realidad, eso es lo que sucede. Acaricia con la mirada las imágenes de una historia dolorosa mil veces repetida en la memoria y que le impulsa a entreabrir los labios de vez en cuando para pronunciar palabras sin sonido. No llora. Ni siquiera se le humedecen los ojos, ojos quietos, secos, inexpresivos, ojos de ciego.

Hace unos minutos que se acercó Marcela con un liviano chal en las manos. Es un chal de cachemir verde, hecho en labor de ganchillo figurando conchas, que había sido de la madre de la señora, de doña Maria Luce, y que ella usa continuamente, una de esas prendas de vestir a las que se les toma un cariño perpetuo, se convierten en un ser más de la familia y jamás se desechan por vejez.

—Está refrescando, doña Vittoria. Abríguese un poco no vaya a pillar un resfriado o algo peor. En este tiempo, el atardecer es muy traicionero y se ha levantado un soplo de aire fresco. Decía el *bell'uomo** que el primer soplo frío del otoño mata. Y además, ni siquiera se ha tomado usted el té. ¿Le traigo otro?

Marcela habla con un tono ordenancista y mimoso al tiempo, como se habla a los niños, y mezcla palabras italianas con españolas. A veces castellaniza las unas e italianiza las otras, dice, por ejemplo, la *escarpa* para nombrar el zapato, o la *cortinella* por la cortina. La señora no hace el menor movimiento para abrigarse con el echarpe de cachemir verde ni separa los ojos del punto fijo del lago donde los tiene anclados desde hace un par de horas o quizá durante toda la tarde, tal vez durante casi toda la vida. La sirvienta empuja hacia adelante, dulcemente, el cuerpo de la vieja señora y pone el chal sobre sus hombros dejándolo caer por la espalda. Cruza las puntas para arre-

---

* Buen mozo, guapetón.

bujarle el pecho y las remete por debajo de los brazos. La señora la deja hacer sin protestar pero sin facilitar en nada la operación. Ni siquiera responde con la voz al ofrecimiento de traer otro té. Sólo con un leve movimiento de cabeza indica que no.

Marcela es una viuda todavía joven y muy activa. Anda ahora por los cincuenta y cinco años ágiles y laboriosos. Hace ya diez septiembres que murió el *bell'uomo*, pero en ella el recuerdo de su marido permanece imborrable y en todas sus conversaciones introduce alguna referencia a él. Marcela, a su difunto siempre le llama el *bell'uomo*. Los dos eran españoles, y desde luego el difunto era un guapo mozo, pero desde que llegaron a Italia como sirvientes de la hija de la señora, doña Elettra, todos los italianos, sobre todo las italianas, empezaron a decir que el guapo mozo era un *bell'uomo*. La vieja señora le nombraba así, poniendo en la admiración un punto de retintín, y Marcela se acostumbró al mote y ya jamás se refirió a él, vivo o muerto, de otra manera. «Mira, *bell'uomo*, eres un sinvergüenza y un bribón. Maldito el día en que me dijiste ojos negros tienes», y el *bell'uomo* sonreía porque desde luego Marcela tenía razón, pero el reproche se convertiría pronto en una mirada de admiración o en otra prueba de éxtasis más encendida que una mirada. Después de muerto, lo traía a la memoria con frecuencia, y entonces hacía confidencias inesperadas al jardinero o a las criadas de Villa Luce. «El *bell'uomo* era un hombre de una vez. En eso no tengo queja. Muy hombre sí que lo era el muy granuja.» Y la rememoración de las hazañas viriles del *bell'uomo* le sacaban al rostro un leve y festivo gesto de complacencia contrariada.

El *bell'uomo*, antes de casarse con Marcela, había sido casi todo lo que se puede ser en este puñetero mundo, campesino, marinero, descargador de muelle, cochero de caballos, bebedor, mujeriego, majo, rufián y peleón, y además tenía la mano larga con Marcela, le zurraba primero y la cubría después, y entre todos esos quehaceres y un cáncer de hígado que acabó con él en dos semanas, murió joven y todavía guapo y memorable. El *bell'uomo* le dejó en herencia a Marcela una enfermedad venérea y una hija que ahora servía como doncella a la nieta de doña Vittoria, esta *vieja señora* de Villa Luce. La enfermedad venérea necesitó un fuerte tratamiento de penicilina, bendito Fleming, que pagó doña Vittoria, y la hija le duró más tiempo, le dura todavía, va camino de los treinta, y está de buen ver y metida en apretadas y lozanas carnes, pero a pesar de eso permanece soltera. Despacha con desdenes a todos los hombres que se le acercan.

Dos veranos atrás, en el baile al aire libre que organizan en el pueblo las noches de los sábados, un donjuán italiano de cabeza romana, tez bronceada, pelo negro, ojos profundos y aire de Casanova, un *fusto*[1] llamado Rinaldo, la trincó con fuerza por más abajo de la cintura y la apretó contra todo su cuerpo en un fox lento, le hizo una quebrada que casi la tumba en el suelo y al tiempo le acercaba los labios húmedos a una oreja. La chica le arreó una bofetada con todas sus ganas. «Toma, tronchamozas.» Algo de la robustez de su padre el *bell'uomo* había sacado Celina. El donjuán quedó tendido en el suelo después de haberse derrumbado sobre varias parejas. «*Santa Madonna, che schiaffo*»[2], acertó a decir el *fusto*, y abandonó el baile entre las risas de los bailones. Ya jamás volvió a acercarse a Celina. Ni él ni ningún otro pretendiente. «Celina, ¿es que no te gusta ningún mozo italiano de los de aquí? ¿Piensas quedarte solterona, hija?», le preguntó un día el padre poco antes de morir. «Mire, padre, usted, a lo suyo, que yo me apaño sola y no necesito a nadie.» Las gentes del pueblo murmuraban que la hija de Marcela era tríbada. Vamos, lo que las gentes del pueblo decían es que Celina era marimacho o tortillera.

1. Hombre gallardo y muy engreído.
2. Virgen Santa, qué bofetada.

La mirada de la vieja señora seguía clavada en un punto fijo del lago. Un punto cualquiera. Ella, aquella noche fatídica, no había visto a su hermano Giacomo andar hacia el embarcadero, entrar en la barca, desamarrarla y alejarse a remo hacia el centro del lago y a favor de corriente. Tal vez si lo hubiese visto meterse en la barca y remar lago abajo, se habría sobresaltado, invadida por cierta inquietud, incluso por un vago temor, a pesar de que le constaba que Giacomo era buen remador y nadador excelente. Pero aquel día no era el más indicado, pensaba ella, para dar un paseo en barca teniendo que abandonar la fiesta de las nupcias de su hermana, vestido correctamente de chaqué, y habiendo traído la atardecida un vientecillo todavía agradable, pero lo bastante fuerte para agitar amenazante las ramas altas de los árboles y para alzar un sucesivo encaje de espuma blanca en la superficie oscura del lago.

La vieja señora recordaba todos los pequeños detalles de aquel desgraciado día de su matrimonio, incluso los más nimios. La ceremonia religiosa de la boda se había celebrado a las seis en punto de la tarde en la capilla privada de Villa Luce, de acuerdo con la exagerada puntualidad que don Salvatore, el padre de Vittoria, el prohombre, guardaba en todos sus compromisos. El señor obispo, que iba a oficiar en la ceremonia, había tenido que salir urgentemente hacia Roma, llamado por el cardenal sustituto de la Secretaría de Estado de Su Santidad, y en su lugar y con su representación oficiaría el señor vicario. Los invitados, no muchos, habían sido escrupulosamente seleccionados por el prohombre y cenaban en el jardín bajo una inmensa carpa alzada de propósito para el banquete de boda. Dos orquestas interpretaban música, clásica una y bailables de la época, además de boleros, valses y tangos de siempre, la otra, de acuerdo con la costumbre de aquellos años, y los más jóvenes, en cuanto atacaba la orquesta de los bailables, danzaban sin descanso en la terraza solada de ladrillos rojos y brillantes. De vez en cuando, una pareja de enamorados de urgencia desaparecía durante unos minutos para besarse con prisa bajo la fronda de un gran magnolio o detrás de unos gigantes macizos de hortensias.

Ella estaba muy hermosa aquella tarde dentro del traje de seda y encajes, muy ajustado al busto y a la cintura, con el que se había casado su madre, la mujer del prohombre. El capricho de la Historia había querido que la boda de la madre, Maria Luce, se celebrase recién terminada la guerra europea, en el 18, y la de ella, Vittoria, en el 47, sólo dos años después del final de la terrible guerra del 39, que implicó casi al mundo entero y había finalizado con el hongo espantoso de la bomba atómica. Ni siquiera para don Salvatore fue posible hallar en Italia un rico tejido para el traje de novia de la hija. Ni siquiera en la vieja cuna sedera de Como se fabricaban sedas preciosas en los primeros tiempos de la posguerra, tiempos de luto y de escaseces hasta que llegó el maná de los americanos. Vittoria se decidió a vestir ese día el traje de novia de su madre Maria Luce, que a su vez lo había heredado de la suya. Ni siquiera una costura hubo que tocarle al traje, porque le venía justo, tal y como si lo hubieran cortado a su medida. Le marcaba el busto alto, le ceñía la cintura estrecha y se ensanchaba luego sobre la cadera firme.

La última vez que Vittoria había visto a su hermano aquella tarde, Giacomo estaba vestido todavía con el traje de ceremonia y danzaba aburridamente con una niña rubia y coquetuela que al bailar se dejaba caer sobre él, casi desmayada, haciéndose la lánguida, apoyaba la cabeza en su pecho y de vez en cuando alzaba los ojos para mirarle desde muy cerca. Aquella rubia pegadiza y coqueta se llamaba Lella, diminutivo de Gabriella, y era hija de un empresario de Turín, rico, monárquico y según murmuraban, cornudo, y Vittoria la aborrecía con toda su alma porque siempre que coincidían en algún sitio andaba detrás de Giacomo, se le colgaba del brazo y se le restregaba como una gata mimosa. Hacía unos cuantos años, siendo niñas, habían sido amigas, pero Vittoria enfrió algo aquella relación, escocida y fastidiada por el descarado acoso al que sometía a Giacomo desde muy joven y deseosa también de olvidar algún otro episodio ocurrido entre ellas.

Lella no se recataba para perseguir a Giacomo en cualquier ocasión. Acariciaba su mano, le aplastaba un pecho contra el brazo, se acurrucaba en su hombro, pegaba su mejilla a la de él cuando bailaban y hasta metía una mano descuidada en el bolsillo de su pantalón mientras componía un mohín de inocencia. Alguna vez, la ira de Vittoria había estallado. «No te restriegues más con Lella, Giacomo. Es una pequeña zorra. Sale a la madre. La odio. Además, su padre puede darte una cornada.» Al padre de Lella, Vittoria siempre le llamaba *il cornuto*[1] y a la hija *la piccola volpe*[2]. Giacomo reía, y entonces ella le pellizcaba el brazo hasta hacerle saltar las lágrimas y exhalar un gemido ahogado.

Aquella tarde de la boda, Lella extremaba la persecución a Giacomo aprovechando que Vittoria debía atender a su novio y a los demás invitados. Lella utilizaba todas las armas de su zorrería. «Giacomo, llévame al parque. Estoy muriéndome de ganas de besarte a gusto. O mejor, vamos a la caseta del tenis. Allí no nos verá nadie.» Giacomo se resistía. «Déjame, Lella. Estás dando el espectáculo. Busca otra pareja, que esta noche no tienes nada que hacer conmigo. Y sácame ya la mano del bolsillo, coño.»

El día de la boda, 18 de septiembre de 1947, hablaron poco los dos hermanos. Ella estaba inquieta y él estaba apagado de ánimo, tocado de una rara melancolía. Se cruzaban por un pasillo o se encontraban en una misma sala y él esquivaba la mirada de la hermana. Giacomo había hecho lo posible para no coincidir con ella en el desayuno. «¿No me das un beso de felicitación?», preguntó ella, imperiosa. «No», fue la seca respuesta de él. «¿Ni siquiera uno?», volvió a preguntar Vittoria, esta vez zalamera. «Que te lo dé tu novio», y salió a la terraza. Estaba claro que daba por terminada la conversación. Quedó allí un buen rato, apoyado en la balaustrada, mirando el lago.

Se le acercó Vittoria, pero él se alejó antes de que la herma-

1. Cornudo.
2. Pequeña zorra.

na le alcanzara. A la hora de la comida, Giacomo apenas probó bocado, y se fue hacia el parque en cuanto los mayores se levantaron de la mesa. Enrico, el jardinero, sentado a la puerta lateral de la casa, por donde entraba y salía el servicio, le vio coger la bicicleta y salir pedaleando casi furiosamente por el paseo de los castaños que conducía a la playita de los sauces llorones.

También Celina se llama Marcela, pero la nombran así para distinguirla de la madre. En aquella casa no eran esos los únicos nombres que se repetían. La vieja señora se empeñó en ponerle su nombre a la nieta. El progenitor de doña Vittoria, un rico mecenas protector de toda aquella zona del lago Maggiore desde Arona a Stresa y más allá, llamado don Salvatore Duchessi, le impuso a su hija nacida en el año 26, después de ocho años de esperar la llegada de un hijo, el nombre de Vittoria para recordar así el final de la guerra del 14 al 18, en la que él había participado como soldado alpino. Salvatore Duchessi, por su fortuna, su nobleza y su generosidad era un verdadero benefactor, eso que se llama un «prohombre».

A la nieta de doña Vittoria empezó Marcela a llamarla Victorita, castellanizando el nombre, mas eso resultaba demasiado largo, y Celina inventó lo de Vicky, que lo habría leído en alguna fotonovela, pero el diminutivo inglés fue desterrado por la señora Vittoria con el indiscutible dictamen de cursi. «Eso de Vicky es una cursilada. A las niñas no se las puede llamar con nombres que terminen en "i", que es cursilería francesa, Mimí, Fifí y Lilí, y también española. Decía mi padre que todos ésos no son nombres de niña; son nombres de caniche.» Al final, el nombre definitivo se lo puso Giacomo, el hermano pequeño, que con su media lengua la llamaba Totoya. También Giacomo era un nombre repetido en la familia. Doña Vittoria decretó sin apelación que así tenía que llamarse su único nieto varón, en recuerdo del hermano amadísimo que se ahogó en el lago precisamente el día de su boda, de la boda de ella, y así se repetirían los nombres de los dos hermanos, Vittoria y Giacomo, en los dos nietos, igualmente hermanos.

Elettra, la hija de doña Vittoria, vivió tres o cuatro años en España, en Madrid, desde que se casó en 1970 con don Pelayo Grande hasta que vino a Villa Luce para dar a luz al segundo de sus hijos, el niño que se llamaría Giacomo, y ya no volvió a España. En Madrid, impartía su marido clases de física y química en un instituto de segunda enseñanza, y Elettra, para casarse con él, abandonó a su madre en Villa Luce, dijo adiós al lago Maggiore, y se fue a vivir a Madrid. El sueldo de profesor que disfrutaba don Pelayo daba malamente para vivir, y Elettra estaba habituada a la desenvoltura económica de la casa de su madre, que siempre había sido una casa rica. Doña Vittoria no había asistido a la boda de su hija, que se casó en Madrid contra su voluntad. La vieja señora había mantenido una agria conversación con el futuro yerno y se produjo la «ruptura de relaciones diplomáticas». Sólo cuando Elettra se quedó embarazada, su madre empezó a enviarle una ayuda mensual suficiente para no pasar apuros económicos, y así fue como pudo tomar a su servicio a Marcela, que le llevaba la casa con diligencia, y al marido, el buen mozo, que todavía no había ascendido a *bell'uomo*, y que hacía de chófer, de recadero, de fontanero, de electricista, incluso de camarero cuando iban a cenar algunos amigos de don Pelayo, y de todo lo que en la casa se pudiera necesitar. El buen mozo se llamaba Sebastián, Sebas para abreviar, y ya había sentado algo la cabeza, aunque en la intimidad de su alcoba todavía le sacaba gemidos a Marcela, primero de dolor y luego de placer, perfectamente audibles desde otros lugares de la casa. Por la mañana, Elettra le hacía un guiño a Marcela y le decía entre pícara y severa:

—Anoche estuvisteis de imaginaria, ¿eh? No me gusta que en mi casa se organicen esos escándalos. ¿Acaso no podéis ser menos ruidosos para hacer lo que tengáis que hacer? Además, una noche de esas vais a despertar a la niña y la pobrecita inocente se llevará el pasmo.

Marcela bajaba los ojos, pero no callaba.

–Ca, señora, la niña no se despierta. Duerme como una marmota. Pero tiene usted razón. Perdone la señora. Mira que yo se lo digo veces a Sebas, «Sebas, no seas bestia, que armas ruido y además me haces daño», pero es que la señora no lo conoce. Si la señora lo conociera..., Sebas es una tempestad.

Elettra dejaba claro que no le interesaba conocer a la «tempestad» llamada Sebas, y Marcela, sin que lo notara la señora, componía un gesto de duda malévola. «Eso lo dice la señora porque la señora no lo conoce.» Es lo que pensaba Marcela, aunque no lo dijera.

–Lo que a ti te pasa es que eres muy escandalosa, Marcela. Alguna noche se van a enterar los vecinos.

Se daba por convencida, pero a medias.

–Descuide la señora. Pero en todas partes cuecen habas, y en la casa del vecino también, que tienen la alcoba pared por medio de la mía, y si yo le contara las peloteras que arman y el traqueteo de después...

–Haz el favor de no contarme nada. No me interesa lo que sucede en casa del vecino. –Elettra se apresuraba a cortar la confidencia.

–Cada uno es como es, y a Sebas no hay quien lo dome, señora. Si usted lo viera en todo lo suyo...

–Y dale con eso, Marcela. Yo no tengo nada que verle a Sebas. No quiero escándalos de ese tipo en mi casa y ya está dicho todo.

–Sí, señora. Lo que mande la señora. Pero es que Sebas...

Con los señores, Sebas era obediente y respetuoso, y muy útil para cualquier necesidad doméstica. Marcela era trabajadora y eficiente, y con tal de mantener el matrimonio a su servicio, Elettra no sólo pasaba por los gemidos nocturnos sino que consintió en que trajeran con ellos a la niña Celina, que entonces contaba nueve o diez años.

Madre e hija habían hecho las paces antes aun del nacimiento de la niña Vittoria, o Victorita, o Vicky, o como quiera que la llamaran. Elettra era la hija única de doña Vittoria, y el alejamiento entre ambas dejaba a la vieja señora condenada a la soledad en Villa Luce, acompañada solamente de Faustina la gobernanta, de Enrico, el viejo jardinero y de algunas chicas del servicio. Entre don Pelayo y su suegra se cruzaron unas palabras de excusas y perdones, y el matrimonio con la niña Victorita pasaba los veranos en Villa Luce, hasta que se fueron a vivir allí definitivamente. Elettra ya vivía en la finca del lago Maggiore cuando iba a dar a luz su segundo hijo. Los dos hijos de Elettra, Vittoria y Giacomo, nacerían así en Villa Luce, a orillas del lago. Llegó el día del parto que se produjo dentro de la mayor normalidad. Doña Vittoria, al igual que cuando nació Victorita, no quiso llevar a su hija a una clínica de Turín o Milán, y mandó preparar en Villa Luce todo lo necesario para la asistencia a la parturienta. Lo que viniera debía venir allí. El médico y la comadrona durmieron dos noches en la villa, en espera del acontecimiento. Elettra dio a luz un varón hermoso y hubo la lógica alegría en la familia. «Ya tenemos la pareja», decía Marcela. Mejor dicho, lo que decía Marcela era la *parillita*.

Cuando doña Vittoria recordó a los padres que debía ser Giacomo el nombre del nieto, según la vieja promesa de don Pelayo al hacer las paces suegra y yerno, el padre del niño poco o casi nada tuvo que oponer a eso. Don Pelayo estaba satisfactoriamente resignado a opinar poco en las cosas de la familia, incluso en aquellas que a él le tocaban tan de cerca como la de decidir el nombre de su hijo. Sin ninguna esperanza, osó aventurar la teoría de que sería mejor y más propio llamarle Jaime, ya que él («se supone que soy el padre de la criatura», argüía) era español. Y español, hijo de español, iba a ser el niño. O mejor todavía, se le podía llamar Santiago, que es el mismo nombre y además el del patrón de España, venerado por toda la Europa que iba en el medioevo en peregrinación a Compostela. Don Pelayo se ponía un tanto enfático cuando hablaba de las cosas de su patria. Pero nada. Ni patrón de España, ni Compostela, ni medioevo, ni peregrinación de Europa, ni narices. Doña Vittoria fulminó al yerno con una mirada jupiterina, y el nombre de Giacomo quedó decidido. «Escuche bien lo que le digo, don Pelayo. El niño se llamará Giacomo, o se lo lleva usted de Villa Luce y lo bautiza en España, y que allí se quede.» Naturalmente, donde el niño se quedó fue en Villa Luce. «Joder con tu madre, Elettra, tiene una manera de decir las cosas que dan ganas de mandarla a hacer puñetas.» Pero a renglón seguido, se encogió de hombros. Ésa fue la última discusión del yerno con la suegra. A partir de entonces, rendición total de las fuerzas montaraces y asturianas de don Pelayo.

Luego, la madre y la propia abuela, comenzaron a llamar al niño Giacomino, y finalmente Mino. Al yerno, doña Vittoria le daba el usted, y se dirigía a él como *don Pelayo*, y él, a la suegra la llamaba doña Victoria o *signora Vittoria*. La verdad es que doña Vittoria habría querido que su hija hubiese aplicado a don Pelayo la admirable costumbre de la *mantis religiosa*, que devora al macho después de haber sido fecundada. O el no menos higiénico y económico hábito de las abejas, que matan al zángano en cuanto logra aguantar el vuelo de la reina y montarla. Una tarde expuso doña Vittoria esa hipótesis a Elettra.

–Es sólo una hipótesis, hija. Pero no estaría mal hacer con don Pelayo lo que hace la *mantis religiosa* o lo que hacen las sabias abejas. Muchas veces los animales nos dan ejemplos sabios que los hombres, estúpidos y presuntuosos, no sabemos aprovechar. Para lo único que sirven los hombres es para fecundarnos, y así y todo, algunos, por lo poco que yo sé de eso, lo hacen muy mal. Tu padre...

Pero doña Vittoria cortó bruscamente el discurso y quedó callada de repente. Sonrió Elettra.

–Pero mamá, ya estás con lo mismo de siempre. El pobre Pelayo no hace daño a nadie.

–Por eso. No tiene a quien. Como no maltrate a las estrellas...

Dos nombres irrepetidos en la familia eran, obviamente, el de Elettra y el del español don Pelayo. Elettra se llamaba así por un inexplicado capricho de su madre. Mejor dicho, en realidad se llamaba Maria Elettra, porque el padre Prini se había negado a poner a una cristiana ese nombre de la mitología, y no precisamente digno de servir de ejemplo. Maria Elettra era una mujer sin exageraciones. Era bella sin exageración. Tenía hermosa figura sin demasía. Y unas facciones agradables, quizá demasiado frías, precisamente porque no tenían ningún defecto, ninguna demasía. Y así era también su carácter, moderadamente sensible, moderadamente sentimental, moderadamente voluntarioso. A veces, sacaba a relucir la firmeza y empecinamiento de la madre.

Desde que dejó la cátedra de física y química, el único oficio, oficio sin beneficio, del español don Pelayo es el de contemplador de estrellas y buscador de ovnis, no es fácil precisar si ejerce de astrónomo, de astrólogo, de explorador del futuro o de científico del espacio. A cualquier observador superficial podría parecerle un ser un tanto alunado y haragán, que vive en Villa Luce a costa de su propietaria, o sea, su suegra, y que todo lo que no sea cosa que esté en el firmamento le importa un rábano, incluso la familia. En las noches de verano, desde la terraza de Villa Luce se veía brillar una bombilla gigante, colgada sobre la ribera de enfrente. Don Pelayo la miraba extasiado. «¡Qué bello es Júpiter!» Sin embargo, don Pelayo era un hombre notablemente inteligente y minucioso, que hacía con rigor y con exactitud cualquier tarea que emprendía. Lo que pasa es que, de momento, en Villa Luce sólo emprendía la tarea de contemplar los astros y de resolver problemas de ajedrez.

–Mira, Elettra, yo creo que tu marido tiene pasta de astronauta. El espacio sideral le absorbe el ánima y se le queda por ahí días enteros dando vueltas por entre las estrellas. Aquí, en la tierra, sólo queda un cuerpo que come y mira al cielo, pide café y *grappa*[1], se afeita y se sienta todos los días en la taza del inodoro. Cada dos años el alma regresa a este planeta y don

1. Aguardiente.

26

Pelayo te hace un hijo. O eso, o es que está chiflado de remate. No sé qué maravillas le encontraste para casarte con él, aparte de la técnica de la volea cuando jugabais al tenis y quizá otras técnicas más íntimas.

—Mamá, no digas impertinencias ni seas cruel con Pelayo. Es bueno y me quiere. Con eso, basta. Déjale vivir tranquilo. Ya ves que él no hace nada.

—Exacto. No hace nada. Sólo mira las estrellas.

Pero doña Vittoria le hizo instalar un gran telescopio en la torre alta de la villa, y allí pasa don Pelayo las horas muertas en las noches serenas. Ya no volvió a Madrid, solicitó la excedencia en su empleo, se dejó sin disgusto las clases del instituto y se dedicó por entero a la contemplación de los astros y al descubrimiento de platillos volantes, que es su más fuerte pasión. Se suscribió a varias revistas de ciencia ficción y de experiencias con extraterrestres, y compró libros y revistas de ajedrez, su segunda obsesión en tan descansada vida. En Villa Luce la vida es cómoda y nada fatigosa, sin problemas que él deba resolver. Todo se desarrolla dentro de la dulce molicie de una decadencia progresiva. Además, nadie sabría decir lo que pueda suceder en España a la muerte de Franco. Estamos en 1974 y el viejo y astuto dictador tiene ya más de ochenta años. Agoniza el régimen sin una salida clara. Doña Vittoria tuvo la idea de instalar en Villa Luce, como cebo, el telescopio de don Pelayo. Y además, dos telescopios más pequeños. Habían costado una fortuna, pero de esa manera la señora atrajo al yerno hacia Villa Luce, alejó a su hija del porvenir incierto de una inquietante España, logró retener a Elettra en Italia junto a ella, y sobre todo pudo disfrutar de la nieta Vittoria y de los nietos que fueran llegando. Ahora sólo podía hacerlo en los veranos, y pasaba todo el resto del año más sola que la una.

—El número de mis futuros nietos, más que de otra cosa, depende del reposo de los astros —comentaba doña Vittoria a sus visitas.

Por otro lado, don Pelayo no daba demasiado quehacer,

aunque producía una leve perturbación en el orden de la villa porque dormía por la mañana, velaba por la noche aplicado al telescopio y comía a horas distintas del resto de los habitantes de Villa Luce. Pero ante esa falta de coincidencia con la familia, doña Vittoria siempre hacía el mismo comentario: «Mejor.» Total, que Elettra se instaló definitivamente en Villa Luce. Y además de quedarse allí con los dos niños y con don Pelayo, se trajo también a Marcela, a Celina y al *bell'uomo*. Al correr de los años, sin que nadie lo dispusiera especialmente, Marcela se dedicó por entero a la atención de doña Vittoria. La señora de Villa Luce, desaparecida la vieja gobernanta Faustina, no soportaba los cuidados de ninguna otra doncella de la casa. Tampoco a la señora la soportaba nadie con la paciencia y la solicitud de Marcela. Se hablaban ambas en un idioma híbrido, mezclando palabras de la lengua propia de una y otra y haciendo una ensalada con Cervantes y Manzoni. Doña Vittoria era agria de trato y un punto despótica. A veces, si a la sirvienta se le caía algo que tuviese en las manos, o acercaba un sillón o una mecedora arrastrándolos con ruido, la señora la increpaba agriamente, silbando las palabras como una víbora. «Marcela, eres torpe y rústica.» Y Marcela, respondona con todos, incluso con don Pelayo, y acostumbrada a replicar a Elettra cuando le reprochaba los gemidos que le sacaba el *bell'uomo*, confirmaba con indiferencia: «Sí, señora. Lo que diga la señora.»

El día de su boda, Vittoria estaba enajenada y como envuelta en una nube. Hasta esa misma mañana no se había percatado bien de que se casaba con un sujeto llamado Martino Martinelli, abogado milanés y mandatario y apoderado de su padre el mecenas. Habían almorzado en el comedor grande porque a media mañana llegaron a Villa Luce los familiares más íntimos del novio, padre, madre y dos hermanas con sus respectivos maridos y el tío médico llamado don Cósimo, además de la abuela materna, una viejecita encorvada que andaba con ayuda de un bastón y vestía de negro con una cinta de terciopelo también negro al cuello, de la que colgaba una perla gris en forma de lágrima. Se llamaba doña Fortuna, y al parecer le iba bien el nombre porque era el único miembro acaudalado de la familia y vivía tan ricamente en el cantón italiano de Suiza, cerca de Lugano. La verdad es que el nombre de doña Fortuna era el único que recordaban los habitantes de Villa Luce entre todos los de la familia del novio, a la cual veían por primera vez aquel día y ya jamás volverían a encontrarse con ellos. Vivían todos en Roma, excepto doña Fortuna, que ya se sabe vivía en Suiza, y don Cósimo, el médico cirujano, que vivía en Milán, y cuyo nombre era también notorio e inolvidable por algún oscuro motivo.

El banquete de boda lo serviría el hotel Milano de Belgirate, y don Salvatore Duchessi confió el encargo a su gran amigo Peppino Mugnai, el mejor hotelero del lago Maggiore y de toda la zona. Pero el almuerzo familiar, previo a la ceremonia, se serviría en el comedor de Villa Luce, hecho en la cocina de la casa, contando con el arte culinario de Simona, la cocinera, y sólo para las familias de los novios. Hacía tres días que Faustina se ocupaba en poner a punto todos los preparativos para aquel acontecimiento doméstico. «Faustina, hay que quedar bien con esta gente. Tú ya me entiendes. Que se enteren de la familia en que se meten y con quién emparientan.» «Descuide el señor.» Limpiaron toda la plata hasta dejarla despidiendo brillos. La gran sopera de dieciocho quilos estaba destinada a presidir el centro de la larga mesa del comedor grande, con la tapadera a medio cerrar que permitía caer en cascada por el lado opuesto y por los costados manojos sueltos de pequeñas rosas blancas. Flanqueando la sopera, quedarían dispuestos los dos enormes cuernos de la abundancia, también de plata, y más hacia los extremos de la mesa la pareja de altos candelabros de nueve brazos, provistos de velas blancas rizadas.

Las criadas limpiaban y sacaban lustre escrupulosamente a la cubertería portuguesa de plata de primer título, de doscientas cuarenta y dos piezas, bruñida en el modelo João II, regalo de boda del presidente del Banco del Santo Spirito a Maria Luce, la esposa muerta del prohombre, y a las jarras del agua con el vientre repujado, y a los platos de respeto, los platillos para el pan, y al juego de café con las tazas de porcelana blanca lisa, también forradas de plata, y a los saleros de cristal con la tapa argentada, y los ceniceros, y los cestillos de mimbres plateados para acostar y servir las botellas de vino ilustre. Bajo la celosa vigilancia de Faustina, temerosa de que algo se rompiera, repasaron las criadas minuciosamente la cristalería de Murano, con los cálices transparentes y un hilo dorado en el tallo, veinticuatro también, igual que los cubiertos, para cada servicio, agua, vino blanco, vino tinto, champán, jerez u oporto y la copa minúscula para el licor. Sacaron la preciosa vajilla de Rosenthal de dos docenas de servicios, una joya antigua con relieves de porcelana blanca y breves florecillas pintadas a mano que había sido de la abuela, madre de Maria Luce y esposa del banquero. «Tratad con cuidado todo eso, chicas, que ahí, en esos platos han comido ministros, cardenales, magnates y en una ocasión comió el rey Víctor Manuel III.» Faustina se permitió regañar respetuosamente a don Salvatore. «Ande, señor, que de eso ya me ocupo yo. Deje en paz a las chicas que me las pone nerviosas y es peor, no vayan a romper algo. Cada cual en lo suyo es tan rey como Víctor Manuel III, y éste es mi reino.» Y don Salvatore desapareció sin rechistar.

Entre tres mujeres habían planchado la enorme mantelería de lino blanco, que cubría la mesa y caía por los lados hasta casi el suelo, con el esmero de que no se advirtieran las señales de los dobleces adquiridas al conservarla plegada en el armario. Las servilletas, del mismo lino que el mantel, planchadas también con un ligero toque de almidón, dado con muñequillas, fueron plegadas por las doncellas pacientemente en forma de mariposa. Todo quedó dispuesto a primera hora de la mañana en el día de la boda. Sonando la una en el reloj de la iglesia, según la extremada puntualidad de don Salvatore para todas sus acciones, pasaron al comedor y se inició el almuerzo.

Don Salvatore daba el brazo a doña Fortuna, y la llevó a una de las cabeceras de la mesa, y él ocupó la de enfrente. «Si les parece, rompamos el hábito convencional y no separemos a los matrimonios. Así los chicos podrán estar juntos, que supongo será ése su deseo. Que lo que Dios va a unir no lo separe el protocolo», bromeó. «A la derecha de doña Fortuna se sentará don Cósimo, y a su izquierda, mi hijo Giacomo. Junto a don Cósimo, Vittoria y a su lado Martino. A mi derecha, la señora y el señor Martinelli. A mi izquierda, la hermana mayor de Martino con su marido. Y la otra hermana, con el suyo, a la izquierda de Giacomo. Señores, deseo a todos buen apetito.»

Simona, la cocinera, el amor gastronómico de don Salvatore, se había esmerado aquel día como es natural. Preparó para comenzar un *risotto coi funghi*[1], un poco cremoso de *mascarpone*. Los hongos *porcini* estaban recién cogidos en el bosque por Enrico el jardinero, tras las últimas lluvias. Siguió el *pesce pérsico*, el manjar del lago, condimentado suavemente con mantequilla y salvia. Y como tercer plato, se esmeró Simona en asar una docena de *ánatre*[2] al rosmarino, rociadas de curaçao y con una cenefa alrededor de cebollitas glaseadas. Se sirvió vino blanco del Friuli y un Barolo tinto, viejo y de buena cosecha. Terminaba el *pranzo*[3] con unos sorbetes de limón cubiertos de frutas del bosque, moras, arándanos y endrinas. No resultó fácil para don Salvatore encontrar en Francia, esquilmada por la guerra, unas botellas de Dom Perignon para el brindis por la felicidad de los novios, y a Vittoria no le pasó inadvertido el gesto de su hermano Giacomo, que en el brindis se había acercado la copa a los labios sin siquiera mojarlos.

Pasaron al salón a tomar el café. Después del café y las infusiones para algunas señoras, se sirvió el oporto, el jerez dulce y los licores. Don Salvatore, como siempre, tomó su aguardiente de endrinas elaborado en la montaña, y don Có-

1. Arroz con setas.
2. Patos.
3. Almuerzo.

simo prefirió coñac. «En esta casa, espero que el coñac que se sirva sea francés», bromeó, impertinente, el médico. «Por supuesto, don Cósimo, a menos que la región de Cognac la hayan trasladado al Piamonte», devolvió don Salvatore la impertinencia. «El mejor coñac que yo conozco es una buena *grappa*, señores», sentenció inesperadamente doña Fortuna, y se echó al coleto, a sorbitos cortos, pero seguidos, una copa de aguardiente de orujo. Doña Fortuna, abuela materna de Martino, no disimulaba una cierta inquina hacia don Cósimo, hermano mayor de su yerno, el señor Martinelli, padre del novio.

Los caballeros hablaban del tiempo y de política. Tras la guerra perdida, el futuro de Italia todavía no se veía demasiado despejado, y era natural que fuera contemplado con preocupación. Hacía sólo algo más de un año que la monarquía había sido derrotada en el referéndum del 46, y el rey Humberto desterrado de Italia. Los Duchessi, naturalmente, eran monárquicos y miraban con recelo el porvenir republicano. Las señoras elogiaban la comida, daban felicitaciones para la cocinera y encarecían la riqueza de los servicios de mesa, la mantelería, los cubiertos, la vajilla, el finísimo cristal de las copas de Murano. Giacomo se levantó, murmuró un *scusate*[1] apenas audible y desapareció. La verdad es que nadie se preocupó de su marcha, que pasó casi inadvertida para todos excepto para Vittoria, que lo miró escapar silenciosamente y hubo de disimular una cierta congoja inexplicable.

1. Perdonad.

2. Giacomo

Giacomo salió de la casa con visible malhumor. Entró al garaje y cogió la bicicleta. Infló con golpes secos y rabiosos de la bomba una rueda que encontró casi deshinchada. Saludó con un gesto de la mano a Enrico, sentado como casi siempre que no trabajaba junto a la puerta lateral de la casa, sujetando a los perros, nerviosos con la presencia de tantos visitantes, y pedaleó furiosamente por el camino de los castaños hacia el claro fresco y umbroso de los sauces llorones, vecinos eternamente afligidos del lago. Se tendió en la semisombra con el jersey de lana enrollado bajo la cabeza, y allí esperó durante más de dos horas algún acontecimiento milagroso o más bien imposible. El pedaleo rabioso en la bicicleta le había descargado un poco la congoja, pero ahora sentía que algo le ahogaba, se le cerraba la garganta, se le quedaban sin aire los pulmones y el corazón le latía en un galope desbocado. No podía respirar y necesitaba desahogarse en un suspiro que no acertaba a sacar del pecho. Sentía deseos de llorar, pero tampoco llorar podía.

«Tengo diecinueve años, y debo ser fuerte como un hombre», pensaba. Pero inmediatamente imaginaba a la hermana encerrada en su alcoba con aquel imbécil de Martino, suficiente y estúpido, desnudándose delante de él, dejándose tocar desnuda, viéndole a él desnudo también y seguramente excitado por el deseo. La veía someterse a él en la cama, besarse y abrazarse los dos quizá con la misma ternura con que ellos, Vittoria y él, se habían abrazado la tarde que él llamaba «la tarde del paraíso». Casi dio un grito que habría sido inútil porque nadie estaba allí para escucharlo. «¡No! La misma ternura, no. Ese imbécil no tiene ternura. Ese imbécil sólo tiene lujuria y estupidez dentro de su cabeza.» Pasaron por su frente muchas de las escenas que desde pequeños habían vivido los dos hermanos bajo los sauces. Se acarició una señal redonda y oscura que le marcaba el antebrazo izquierdo, y se detuvo en esa caricia con complacencia. Recordaba perfectamente lo que sucedió aquella tarde. Había venido Lella y, como siempre, había coqueteado con él. Vittoria siempre le tenía a Lella unos celos coléricos.

–Has estado mirando a Lella. Eres un guarro. Todos los chicos sois unos guarros.

–He mirado a Lella porque estaba contigo. No iba a volver la cara para no verla. Cuando la miro es porque la tengo delante. Además, yo quería irme solo, a leer, y sois vosotras las que me habéis buscado.

–Ha sido ella.

–Habrá sido ella, pero iba contigo.

–Me he dado cuenta. Le mirabas las tetas y el *sedere*[1], y ella giraba sobre sí misma muy deprisa para que se le subiera la falda y enseñarte las bragas.

–Lella siempre enseña las bragas, y el *sedere* lo tiene liso y bajo. En el colegio, a las niñas que tienen así el culo, las llaman los chicos *cagasuelos*. Tú tienes un *sedere* precioso, mucho más bonito que el de Lella y que el de nadie.

–¿Tú me quieres?

–Claro que te quiero. Pruébame.

Estaban fumando los dos. Fumaban a escondidas, casi siempre en los sauces.

1. Trasero.

34

–¿Eres capaz de aguantar que te apague el cigarro en la carne?

–Claro que sí –y alargó el brazo hacia ella.

–Pero, ¿sin llorar?

–Sin llorar.

Vittoria aplastó el cigarrillo en el antebrazo de él hasta que se apagó por completo la brasa. Por un segundo ascendió del brazo un olor característico a carne chamuscada, como cuando Simona les quemaba con una tea encendida a los pollos escaldados y pelados los cañones que dejaban las plumas arrancadas a tirones. Giacomo apretaba los dientes de dolor, pero no dejó escapar ni una lágrima. Experimentaba un sufrimiento placentero. Así sería el dolor de los mártires y de los místicos.

–¿Ves como te quiero?

Y ella le premió la hazaña con una larga serie de besos húmedos en todos los lugares del rostro, también en los labios. Después, lamió la herida, la refrescó con su saliva y la suavizó con un pegotito de crema de una pequeña caja que llevaba en el bolso.

Miró el reloj. Todavía quedaba tiempo.

Otros días, Vittoria se entretenía en pasarle alfileres por la epidermis del pulpejo de las manos, con cuidado de no pincharle la piel ni hacerle sangre. Le llenaba las manos de alfileres prendidos así, y le tenía un rato de esa manera, con las piernas atadas por los tobillos, y entonces hacía con Giacomo todo cuanto quería porque él no podía defenderse. Con la punta de sus dedos, delgados y ágiles, le doblaba hacia arriba los párpados superiores, de modo que se le quedaba al aire el tejido enrojecido del interior, y él tenía que pedirle que los volviera a su sitio porque le picaban las pupilas con la sequedad. Le mordía hasta casi hacerle sangre en el lóbulo de la oreja. Le abría el pantalón desde la cintura y le echaba en las ingles arena mojada que recogía en la orilla del lago, mientras él pataleaba y encogía hacia atrás el cuerpo para evitarlo. Le restregaba la arena con la mano, y entonces él se quedaba quieto, expectante, casi sin respirar. «Eres un vicioso.» Pero seguía tocándole. Se había traído dos pinzas de tender la ropa, y le pellizcaba con ellas los pezones.

–Eso sí que no, Vittoria. Me haces mucho daño y voy a llorar.

–Pues, llora.

Pero le quitaba las pinzas y también le besaba los pezones doloridos. Iba a bañarse en el lago para quitarse la arena del vientre y del nacimiento del vello, y Vittoria reía porque tenía que desnudarse delante de ella, y al principio le daba vergüenza.

«¿Qué sabrá ese imbécil de Martino de cómo nos queremos Vittoria y yo?», pensaba Giacomo agobiado de nuevo por la congoja. «Nunca habrá buscado diamelas para hacerle pequeños ramos blancos y olorosos, que ella me consiente prendérselos al pecho con mano temblorosa, ni le habrá colgado de las orejas los *pendientes de dama*, del color del ocaso, metiendo el tallo delgado por los agujeritos del lóbulo, ni la habrá enterrado, mientras duerme la siesta junto a los sauces, bajo grandes ramos de glicinos azules, casi como sus ojos, ni la ha llevado nunca en la barca de remos hasta Arona sólo para tomar un sorbete de fresa. Ni le habrá recitado nunca, mirándola a los ojos, los sonetos de Dante a Beatriz, *tanto gentile, e tanto onesta pare la donna mia*[1]. La *donna mia*, la amada mía. «Vittoria, ¿sabes cuándo se enamoró Dante de Beatriz? Dante se enamoró de Beatriz cuando ella sólo era una niña de doce años. Pero yo a ti te amo desde mucho antes. Tú eres mi Beatriz desde siempre, desde la primera vez que descubrimos los sauces.» Y entonces ella se abrazaba a mi cuello y llorábamos juntos. «¿Qué sabrá ese imbécil de Martino?» Y miraba al cielo, suplicante, pidiéndole un rayo a Júpiter. Lo que pasa es que la tarde no estaba de rayos. El cielo era ancho y azul y el sol se filtraba por entre las ramas rendidas de los sauces llorones.

---

1. Tan gentil y tan honesta aparece mi señora.

Volvió a mirar el reloj con angustia. Se acercaba el momento en que ya sería imposible que se hiciera el milagro.

Recordó también la tarde de Leopardi. Aquello no sucedió en los sauces. Sucedió en el despachito pequeño, donde él estudiaba y leía. Septiembre estaba avanzado y la anochecida se presentaba fresca. Recordaba perfectamente que el cielo estaba oscuro y que enseguida estalló el temporal. Sentado ante la mesa, él estaba leyendo a Leopardi. Vittoria tendría entonces quince años y él tenía trece. Algunos chicos del colegio, los más desarrollados, le habían explicado que frotándose aquello que Faustina llamaba la *perindola* salían al rato unas gotas de un líquido lechoso, que era lo que dejaba embarazadas a las muchachas. Cuando era algo más pequeño, Faustina lo bañaba, lo enjabonaba por todos lados y luego lo secaba frotándolo con una gran toalla. Un día, mientras le secaba la pichulina, le dio un consejo: «Todos los días deberías probar a bajarte un poco más el pellejito ese. Eso lo tienes algo cerrado y tendría que bajar más.» «Bueno, pues házmelo tú.» «Ay, yo no, hijo mío. Vaya con el niño. Háztelo tú, que sabes hacértelo, y tienes ya la *perindola* para que yo no ande toqueteándola, que me puedo llevar un sofoco.»

Casi siempre que entraba al baño, o por la noche, Giacomo se frotaba la *perindola* y esperaba con ilusión ver salir algo, pero de allí no salía nada. Desde que empezó la guerra ya no iba al colegio de San Carlo en Milán y no podía preguntar a los chicos que si les salía «eso» a los que tenían la misma edad que tiene él. Cuando cumplió los once años, los mayores le preguntaban.

—¿A ti no te sale?

—A mí, no.

—Eso es que todavía no eres un hombre.

«Paciencia. Ya llegaría lo de ser un hombre», pensaba Giacomo. A veces le dolía la *perindola* de tanto frote inútil. De momento seguía leyendo a Leopardi. En ese instante tenía el libro abierto por la «Elegía a Silvia», leída y releída tantas veces, pero que siempre volvía a ella. Lo que más le gustaba era leer a Pascoli o a Leopardi. A Carducci, menos.

All'apparir del vero
tu, misera, cadesti; e con la mano
la fredda morte ed una tumba ignuda
mostravi di lontano[1].

Se le acercó Vittoria.

–¿Qué haces?

–¿No lo ves? Leo.

–¿Qué lees?

–Poemas. Leo a Leopardi.

–Léelos en voz alta. Léelos para mí. Anda, Giacomo.

Comenzó a leer.

–Espera. Tómame encima de ti, que me canso de estar de pie.

Se sentó sobre él. Aquel *sedere* mucho más bonito que el de Lella despedía un calor de fiebre. Al poco rato, sintió él que se excitaba y se hacía daño en aquel pellejito que Faustina se empeñaba en bajar cada día un poco más, oprimido como estaba por el carnoso trasero de ella.

–Un momento. Bájate, que me haces daño.

–Bueno. Y así me subo el vestido para que no se arrugue mucho.

Se ajustó él la *perindola*, colocándola hacia arriba. Se subió ella el vestido hasta la cintura, se encaramó de nuevo hasta los muslos del hermano y se acomodó sobre ellos. Era imposible que ella no notara la excitación de él. Más bien parecía que la buscara para sujetar aquello entre sus piernas y entre las nalgas redondas y calientes, en aquel lugar preciso que despedía fuego. Ella le había rodeado el cuello con su brazo y torcía la cabeza para mirarlo a los ojos con picardía. Iniciaba un leve movimiento como si quisiera mecerse.

–Anda, méceme un poco. Méceme al *arre, caballito*. ¿Te acuerdas del día que estrenamos el columpio? Querías verme las bragas.

1. A la hora de la verdad, tú, mísera, caíste; y con la mano la fría muerte y una tumba desnuda mostrabas desde lejos.

—Hoy, también.

—No seas tonto. Hoy, no. Llevo bragas de niña pequeña. Son unas bragas caladas que me ha hecho Faustina de ganchillo con hilo blanco de perlé, muy bonitas, pero no te las enseño. Además, cínico, ya me las has visto al subirme el vestido. No te las enseño más. Anda, sigue leyendo.

La mecía él con el *arre, caballito*, subiéndola y bajándola con el empuje de las rodillas, y al poco del «sigue leyendo» le salió a Vittoria un largo suspiro entrecortado y se abrazó más fuerte al cuello de él. De pronto, Giacomo sufrió un estremecimiento jamás sentido, estiró las piernas y Vittoria resbaló sobre ellas y quedó en pie delante del muchacho. Algo estaba destilándole la *perindola*. Era como si toda la vida se le escapase por allí y le dejara sin fuerzas, feliz y asombrado. Era una sensación que le dejaba dichoso y desfallecido, exactamente como si estuviese desangrándose y muriéndose de placer a pequeños borbotones cálidos.

—¿Qué te pasa, Giacomo? ¿Te has puesto enfermo?

—No, no. Me pasa... —bajó la cabeza avergonzado y nervioso—, me pasa... que ya soy un hombre.

Ella sonrió, mirándole con una arrobada ternura. Tenía las mejillas arreboladas, estaba sonrosada por la frente y las orejas, casi roja. Y bellísima.

—Te has puesto muy guapa, Vittoria.

—Y tú también. Te quiero muchísimo. Yo te quiero más que a nadie, más que a papá, más que a Faustina, más que a nadie. Oye, ¿por qué a vosotros no os sale sangre cuando os hacéis hombres?

—Sangre, no. Pero sale algo, otra cosa.

—Y con eso que sale es con lo que las niñas se quedan encinta, ¿verdad?

—Sí, creo que sí.

—Cuando yo era muy pequeña creía que las niñas se quedaban encinta si las besaba un chico. ¡Qué tonta! ¿No me habré quedado embarazada ahora, verdad? ¿Sabes una cosa? A mí no me importaría quedarme embarazada de ti.

–Espérame. Voy a cambiarme.

Iba todo mojado por la entrepierna, y fue corriendo a su cuarto. Cuando regresó, vestido de ropa limpia, se encontró a Vittoria que había salido al balcón del despachito colgado sobre la puerta lateral. Hacía bocina con las dos manos y gritaba: «¡Giacomo es un hombre! ¡Giacomo es un hombre!» Llegó por detrás y le tapó la boca con su mano. Ella le dio un mordisco en el dedo gordo, y al quejido de él, lo chupaba para calmarle el dolor. Se asomó al balcón. Los gritos de Vittoria sólo los había escuchado Enrico, sentado junto a la puerta de servicio. Vio cómo Enrico miraba hacia arriba, y al ver pelear, jugando, a los dos muchachos movía la cabeza con desaprobación.

Miró de nuevo el reloj. Eran las cinco. Vittoria no podía casarse con ese imbécil. Su hermana no podía dejarle así, abandonado y solo, y marcharse con el primer cretino que quisiera tocarle el culo, sentársela encima de las rodillas, ponerse encima de ella por la noche. «Tengo diecinueve años y debo ser fuerte como un hombre. Pero yo no quiero ser un hombre si no es para ella. No he tenido madre y ella es mi madre. Quiero vivir siempre con la cabeza reclinada entre sus pechos. Hermana mía, amor mío, mamá, mamá, madre mía, amada mía. Jamás amaré a una mujer que no seas tú. Jamás podré olvidar tus ojos clavados en los míos y preguntándome: "¿Me quieres? ¿Hasta dónde eres capaz de soportar el dolor por mí?" Hasta la muerte, hermana mía, amor mío, hasta la muerte. No hay nada que yo no pueda aguantar por ti. Lo único que no podré aguantar es que te cases con ese imbécil. Soy capaz de matarlo de celos. O de matarte a ti como a Desdémona, y escribirte una elegía como la de Leopardi a Silvia. O de matarme yo, amor mío. Eso, de matarme yo.»

Por la mañana, cuando Giacomo la dejó sola en la terraza, Vittoria apretó los labios con crueldad, como si hubiese toma-

40

do una decisión de venganza, y cerró los puños hasta sentir la sensación dolorosa de las uñas recién limadas clavándose en el pulpejo de la mano. Después, respondiendo a un impulso súbito, entró en el comedor grande de las ocasiones solemnes, con la larga mesa ya vestida para el almuerzo, los candelabros, la sopera grande abierta, rebosante de flores, y los dos grandes cuernos de la abundancia, todo de plata repujada. Habitualmente, el prohombre, Vittoria y Giacomo comían en una salita pequeña, sentados a una mesa cuadrada, cerca de la ventana por la que se metía en la casa el paisaje bellísimo y cambiante del lago. Entre bocado y bocado, el prohombre se llenaba los ojos de aquella belleza y a veces suspiraba casi con emoción. Aquella era la única concesión que don Salvatore se permitía hacer a la exteriorización de los sentimientos. A pesar de su pasión por el arte y la literatura, era un hombre pragmático y ordenado, y cualquier emoción excesiva o efusión hacia la belleza o el sentimentalismo las consideraba una flaqueza o una prueba de vulgaridad y paletería.

El prohombre estaba viudo desde 1928 en que su mujer Maria Luce murió de fiebres puerperales después de alumbrar a Giacomo. Era hombre robusto, de figura noble, poblados bigotes, astuto y autoritario, y había sido consejero de algún banco durante el fascismo, aunque se había mantenido siempre cuidadosamente al margen de la política. Poseía un raro sentido para descubrir y valorar la belleza artística y literaria, que no se evidenciaba en su aspecto, más acorde con el de un capitán de industria, un banquero o un político pragmático. Su pasión por el arte no le impedía administrar con provecho su capital y realizar sustanciosas operaciones económicas. A la fortuna de don Salvatore se añadía la de su suegro, un banquero de Roma muy relacionado con el Vaticano, muerto ya, cuyos herederos únicos eran los hijos de Maria Luce. El prohombre Duchessi administraba esa fortuna durante la minoría de edad de Vittoria y Giacomo. Villa Luce era el regalo de bodas que el banquero había hecho a su hija cuando se casó con Duchessi. Dedicó a capilla una de las habitaciones grandes de la planta principal y adquirió una *Madonna* con el niño en el regazo, atribuida a Andrea del Sarto, a unas monjitas de Calabria empobrecidas y hambrientas. Amuebló ricamente la casa, mandó repoblar el parque y le cambió el nombre, Le Aiuole, por el de Villa Luce.

Desaparecida su jovencísima mujer, firmada la paz, casada su hija, desaparecido su hijo, nacida su nieta Elettra, advenida la República, envejecida Faustina y fatigado de los negocios, Salvatore Duchessi, el prohombre, mecenas y benefactor del lago, pensó que nada apreciable, excepto acariciar recuerdos, le quedaba por hacer en este valle de lágrimas. Se encerró en la biblioteca a escribir unas *Memorias del arte de dos guerras* que jamás vieron el fin y nadie leyó nunca, y una noche del otoño de 1952 se quedó dormido para siempre con el corazón partido y la cabeza caída sobre el incompleto cuaderno de sus recuerdos y saberes, destinados, ellos también, a un sueño eterno e ignorado.

Vittoria había penetrado con prisa en el comedor grande. Era la mañana del día de su boda. Fue derecha al lugar donde se encontraba el aparador inglés de caoba, con dos vitrinas a los lados, de cristal biselado, y que nadie abría si no fuera en ocasión de limpieza general. En uno de los vasares bajos estaba el sol. El sol era un pequeño recipiente de porcelana de Capo di Monte en forma de esfera blanca-amarilla, que se asentaba por un lado plano y por el opuesto tenía una tapadera en la que figuraba el rostro rubicundo y sonriente del sol. La tapa se alzaba agarrando el sol con dos dedos por un mechón de cabellos radiantes. El sol era en realidad un salero. La tapa tenía una muesca por donde se introducía una pequeña pala, también de porcelana, que servía para espolvorear la sal sobre los alimentos. Jamás se había usado que ella recordara. Tal vez su padre lo conservaba con especial cariño porque lo hubiese usado Maria Luce, y estaba allí desde siempre, irradiando mentirosas luces desde la vitrina. En aquel sol, Vittoria y Giacomo, todavía muy pequeños, cuando apenas sabían escribir, se dejaban breves mensajes escritos en un código cifrado, secreto aunque elemental. Consistía el código en sustituir las letras por números. Era un juego picante, divertido y a medida que los hermanos fueron creciendo, también emocionante. Por ese medio de comunicación se citaban para ir a pasear en barca o para ir a bañarse en el lago aprovechando la suave ribera de los sauces. Las ramas de los llorones rendidas hacia tierra ofrecían un lugar reservado para desnudarse y vestirse sin peligro de que alguien los sorprendiera con un catalejo desde la otra orilla o desde una barca que navegara cerca de la costa.

Muchas tardes del estío, los dos hermanos habían compartido la soledad de los sauces y el baño en el lago, lejos de la casa y del embarcadero, y sobre todo lejos de las miradas de cualquier curioso o entremetido. La cita para encontrarse bajo los sauces se precisaba casi siempre por escrito, en una esquelita escondida en el sol de porcelana, en el *Apolo*, el *rubicundo Apolo*, como le llamaba Giacomo, que ya habría leído a algún clásico. «A las cuatro, en los llorones.» La iniciativa la tomaba el uno o el otro, indistintamente. Giacomo acudía sin falta a la cita, pero Vittoria rechazaba alguna vez la invitación. Devolvía el mensaje. «Hoy, no.» Cuando él se quejaba de la ausencia y preguntaba el porqué, ella sonreía con sorna y le retaba: «Adivínalo, tonto.»

Nerviosa, abrió la vitrina y sacó el sol de su sitio en la leja. Sentía el corazón golpeándole el pecho. Jamás antes había sentido una emoción así al buscar el recado secreto del hermano. Cogió el *rubicundo Apolo*, levantó la tapa y allí encontró, no una, sino dos papeletas plegadas con otros tantos mensajes. Tomó la primera papeleta. «A las tres, en los sauces. No faltes, por favor. Hoy no faltes.» No habría podido explicarlo, pero se sentía irritada y feliz al mismo tiempo. «¿A las tres en los sauces? Giacomo estaba loco de remate. Ella se casaba a las seis. Tenía que bañarse, maquillarse, vestirse, peinarse, prenderse el velo, ajustarse la diadema de brillantes de la bisabuela. Pero sobre todo, es que se casaba, se casaba, se casaba. ¿Es que no se daba cuenta Giacomo de que ella se casaba esa tarde?» Sí, claro que sí. Giacomo se había percatado perfectamente de que su hermana se casaba. Lo probaba el mensaje escrito en la segunda papeleta. «No te cases con ese imbécil. Te arrepentirás durante toda tu vida.» Naturalmente, Vittoria no acudió a los sauces, y Giacomo vino de allí con el tiempo justo de vestirse la etiqueta y estar con anticipación en la ceremonia para no despertar la cólera del puntualísimo prohombre Salvatore Duchessi. Se conoce que el insensato había esperado en vano desde el final de la comida con los invitados hasta el momento de regresar, ya sin dilación posible. Venía acalorado y sudoroso, tras una larga carrera en bicicleta desde el lugar del encuentro fallido. El rincón recóndito de los sauces está lejos, y los dos hermanos casi siempre iban allí en bicicleta. «¿Cómo se le ocurría que ella pudiera estar a esa hora con él en los sauces? Está loco. Está rematadamente loco», pensó de nuevo Vittoria, iluminada de felicidad, esta vez sin asomo de irritación.

«Ese imbécil» era un abogado milanés, diez años mayor que Vittoria, pero aparentaba llevarle veinte, porque Vittoria no había perdido todavía la frescura, la alegría y el atolondramiento jovial de la adolescencia, y él parecía, desde siempre, un joven envejecido. Era fiel colaborador del prohombre en su actividad de mecenas, le servía de mandatario y le preparaba documentos de dádivas y concesiones, también de negocios, y gracias a esa relación conoció a Vittoria varios meses atrás, terminada ya la guerra. Frío y correcto de trato, se mostraba siempre educado, cortés y aburrido. Todo en él era regular, de una tediosa normalidad. No era ni alto ni bajo, ni gordo ni flaco, ni guapo ni feo, ni tonto ni listo, ni callado ni charlatán, ni simpático ni hosco. Incluso el nombre era vulgar, según Giacomo. Al poco de tratarle se le adivinaba un espíritu receloso, suspicaz, desconfiado, sin seguridad en sí mismo. Había nacido para obedecer, para sospechar y para no tratar de empinarse delante de nadie sobre la punta de los pies. Era, desde luego, leal y laborioso, dos virtudes excelentes en la opinión del prohombre don Salvatore.

No sabría decir si lo amaba realmente. Un poco, sí, claro. Le halagaba la galante atención con que la rodeaba en todo momento, y la humildad con que sufría todos sus caprichos súbitos y sus injustificados desdenes, que a veces adquirían visos de crueldad.

—Martino, vete, que esta tarde quiero estar sola.

—Pero, mujer...

—Vete.

—Es que no voy a poder venir ni mañana ni pasado, quizá no pueda venir hasta la semana próxima.

—Estupendo. ¡Qué descanso, hijo!

—¿Y qué vas a hacer?

—Lo que a ti no te importa.

—Sí que me importa. Quiero saber lo que haces porque me voy a casar contigo.

—¿Quieres saberlo de verdad? Te voy a poner los cuernos.

—Eso es mentira ¿Con quién?

—Con quien menos te imaginas.

—¡Cómo eres, Vittoria!

—Soy como soy.

Giacomo le decía que era como Casandra la griega. Vittoria no entendía muy bien lo que Giacomo quería decir con eso, pero le gustaba lo de Casandra. Si alguna vez tenía una hija le pondría un nombre griego, Antígona, Casandra, Helena, Elettra, uno cualquiera. Martino lo aguantaba todo. Se alejaba enfurruñado y digno, pero luego volvía humilde y dócil como un perro. Por otra parte, en los alrededores de Villa Luce no encontraba Vittoria un razonable plantel de posibles novios donde elegir. La guerra se había tragado muchas vidas jóvenes, y las villas y pueblos en derredor estaban pobladas sobre todo de mujeres, hombres maduros, viejos y niños o adolescentes, todo ello inservible para intentar un matrimonio. Milán era un desierto de hombres jóvenes. Y tenía la certeza de que a su padre le agradaba la boda con «ese imbécil».

«Ese imbécil», Martino Martinelli, pudo eludir pelear en el frente gracias a una leve lesión de pulmón, convenientemente exagerada en su importancia por don Cósimo, el tío médico-cirujano de aquel enfermo imaginario, que según murmuraban las malas lenguas practicaba abortos clandestinos y a quien debían favores de ese tipo muchas personas importantes de la ciudad. Además de las dudas que suscitaba la supuesta existencia de la enfermedad de pulmón, el *soldado inútil* se preocupaba de informar con reiteración que ya había sanado totalmente. Real o fingida, la tuberculosis ya había desaparecido. Ni su tez era lívida, ni padecía la tosecilla terca de los tísicos, ni dejaba una espuma sonrosada en los pañuelos. Algunos decían que aquella lesión había sido una suerte para Martino, pero ella, sin saber bien por qué, se sentía incómoda cuando la conversación recaía sobre ese asunto del pulmón, y sospechaba que todo había sido una estratagema de don Cósimo el médico para que el sobrino escapara de ir al frente; una estratagema que consideraba humillante y que hacía de Martino, no un enfermo, sino un despreciable cobarde. Las novias, al revés que sucede a las madres con el hijo, siempre quieren que el novio vaya a la guerra y vuelva héroe y victorioso. Desde luego, Martino no tenía madera de héroe. Mejor quedarse sólo en abogado.

–Si tú hubieras ido al frente, habríamos ganado la guerra, ¿verdad, Martino? –le preguntó un día Giacomo ante el asombro de todos.

–Hombre..., yo..., no creo –balbució «ese imbécil»–. La guerra... Ya sé que quieres tomarme el pelo, *ragazzo*.

Había una cosa que a Giacomo le fastidiaba mucho más que cualquier otra de este mundo, y es que Martino le llamara *ragazzo*. Estuvo a punto de soltar una impertinencia, *ragazzo un cavolo, cretino*[1], pero le contuvo la presencia de su padre.

–La guerra estaba perdida desde el día en que los alemanes invadieron Rusia –sentenció el prohombre–. Es más, estaba

1. Muchacho, un pijo, cretino.

46

perdida desde antes, desde que los ingleses se aliaron con los rusos rompiendo así la alianza Hitler-Stalin.

–Y además, hay que tener en cuenta a los americanos. Al entrar en la guerra los americanos, el final ya se pudo ver claro. Norteamérica, hoy, es invencible –apostilló Martino.

–Vamos, anda. Cuando Norteamérica desembarca aquí, la guerra en Europa está decidida. Los americanos llegan a la guerra para tirar la bomba atómica sobre el Japón. Para ellos, el desembarco en Europa y las bombas de Hiroshima y Nagasaki fueron unas maniobras, un entrenamiento. Vinieron sólo a sentarse en la mesa de la paz. Los ingleses lucharon en la guerra hasta la última gota de sangre de los franceses, y los americanos, hasta la última gota de sangre de los ingleses. Los americanos son egoístas y están sin desasnar. Luchan a base de máquinas, de bombas y de negros. Dan dinero porque es lo más cómodo en una guerra para quien lo tiene. Los demás ponen la sangre. Quien no pueda ver algo tan claro como eso será porque le ciega la estupidez.

Continuó con el argumento algunos minutos más. Cuando Giacomo hubo cortado el torrente de sus palabras, sin duda excesivas de vehemencia y en más de un punto impertinentes, Martino se encogió de hombros y quedó en silencio. Si las opiniones del *ragazzo* necesitaban alguna puntualización, que la hiciera su padre, el prohombre, sabio en letras, en artes, en estrategia y en política, amén de tantas otras materias. Estas pequeñas escaramuzas dialécticas en las que su prometido siempre salía derrotado por su hermano, divertían a Vittoria. Diríase que se alegraba de que Martino quedase humillado por Giacomo. El prohombre, por su parte, se limitaba a moderar.

–No exageremos, no exageremos –y alzaba las dos manos para recomendar mesura. No cabe duda. Don Salvatore era hombre prudente y amigable componedor.

El recuerdo de estas inocuas trifulcas entre cuñados, y de pullas y chanzas de Giacomo a su novio, hacen sonreír por primera vez en la tarde a la vieja señora, aunque la sonrisa se convierta enseguida en un rictus de irónica amargura. Se casó con «ese imbécil», claro, ¿qué otra cosa podría haber hecho a esas alturas? Giacomo no se daba cuenta de que ella tenía que casarse con «ese imbécil», pero a pesar de todo la profecía terrible de Giacomo se había cumplido al pie de la letra. Toda su vida la había pasado arrepintiéndose de aquella boda. En verdad, todavía se arrepentía hoy, después de medio siglo. Fue una cobardía igual que la de Martino al no ir a la guerra. Ninguno de los dos quisieron ser valientes para enfrentarse a la dura, a la dramática realidad.

Recuerda que aquella noche bailaba con todos, con su padre, con Martino, con los amigos del prohombre, con los cuñados del novio, con sus propios amigos de Milán, de Turín y de las villas del alrededor. Se fijó en Lella, que iba de uno a otro invitado y de una amiga a otra preguntando a todo el mundo por Giacomo.

–¿Habéis visto a Giacomo?

–¿Giacomo? No. Hace tiempo que no le veo. La última vez que le vi estaba bailando contigo, y muy amartelado por cierto.

–Pero de eso ya hace mucho.

–No sé, bonita. Estará dando un paseo por el parque con alguien. –Y la chica que hablaba recalcaba lo del «parque» con un tono malévolo.

–Pero es mucho tiempo para andar por el parque.

–Claro, monina... Se encontrará a gusto. Si no está en el parque, estará en la casa.

–No, en la casa no está. Ya he preguntado al servicio.

Nadie había visto a Giacomo. No estaba en la casa. No estaba en la carpa. No estaba en la terraza. Oscurecía velozmente. Enrico, que tenía una voz potente, lo llamaba a gritos por el parque.

–¡Señorito Giacomo! ¡Señorito Giacomo! ¡Señorito Giacomo!

Vittoria tuvo un presentimiento angustioso. «¡El embarcadero! ¡Buscad en el embarcadero!» Bajaron hacia el embarcadero. Faltaba la barca de remos de Giacomo. Sin duda el muchacho había ido a dar un paseo por el lago. Tal vez había llegado hasta Stresa, o quizá hasta Arona. Esperaron una hora más, la gente cada vez más nerviosa. El prohombre había mandado parar la música. Era ya noche cerrada. La luna creciente rielaba en el lago y el cielo aparecía sereno y estrellado, pero el viento se sentía en el rostro aunque no con la fuerza suficiente para resultar inquietante. Don Salvatore tranquilizó a los invitados, «Giacomo es un remero experimentado y un excelente nadador, que puede cruzar el lago a lo ancho, más de cuatro kilómetros. Pero vamos a dar fin a la fiesta y lo mejor es que ustedes regresen sin preocupación alguna a sus casas. Este chico es así, un poco temerario, un poco aventurero». El prohombre recomendaba tranquilidad, pero había telefoneado ya a las autoridades de Arona y de Stresa. «Soy Salvatore Duchessi, sí, claro, el de Villa Luce, y mi hijo Giacomo ha desaparecido en el lago con su barca va ya para tres horas, y estamos con la inquietud lógica del caso. No sabemos la dirección que ha tomado. Nunca ha hecho el chico una cosa así. Además, esta tarde se ha casado mi hija, y tenemos la villa repleta de invitados. Organicen ustedes la búsqueda. Si es necesario, recluten donde sea algunos marineros prácticos en la navegación del lago. Yo los pago. Consulten con quien deba dar la autorización y confirmen que salen enseguida.»

A pesar de las palabras tranquilizadoras del señor Duchessi, ninguno de los invitados se había movido de Villa Luce. Doña Fortuna, sí. A doña Fortuna la había llevado a Lugano un Hispano Suiza negro con chófer uniformado de azul oscuro. Después de la ceremonia religiosa, había tomado un bocado simbólico y un sorbo del champán francés y se había despedido con el pretexto de su vejez, de su reúma y de las dos horas largas de viaje que le aguardaban hasta Lugano. Todos escrutaban ansiosamente desde la orilla, cerca del embarcadero, las aguas oscuras del lago, o desde la terraza alta de la casa. Martino había puesto cara de circunstancias y pronunciaba frases tópicas. «Serenidad. No pasará nada. Esto es una chiquillada. Habrá querido tener, él también, algún protagonismo en la boda de su hermana. El *ragazzo* regresará sano y salvo en cualquier momento.» Don Salvatore se movía con precisión y eficacia. Telefoneaba a todos sus amigos influyentes de la zona. Mandaba buscar antorchas. Ordenaba que trajeran a todas las gentes del pueblo que poseyeran barcas. Faustina cuidaba con diligencia nerviosa de que en las mesas no faltasen zumos frescos de frutas y agua fría. Se afanaba sin descanso en esa tarea mientras movía los labios en un rezo silencioso y apresurado. A lo lejos, un ruido de motores y una luminaria de antorchas anunciaban que una procesión de canoas ya estaba recorriendo el lago. En unos minutos, la oscuridad de las aguas se rasgó con mil luces que surcaban el cauce en todas direcciones como en un juego enloquecido, sin orden ni disciplina. El lago, desgarrado de gritos y de llamas, parecía una verbena trágica.

Vittoria, todavía oprimida dentro de su traje de gruesa seda blanca, lloraba en silencio, encerrada en su alcoba de novia y derrumbada sobre la cama destinada inútilmente a tálamo nupcial. Ni siquiera se alzaba de allí para asomarse al balcón con el anhelo de tener noticias. Ella ya presentía, mejor dicho, ya «conocía» las noticias. En todo aquel tumulto de gentes que iban y venían, en todo aquel desconcierto, ella, Vittoria, era la única persona que había adivinado con precisión el desenlace de la tragedia.

Giacomo había pedaleado con fuerza. Llegó jadeante y sudoroso a Villa Luce, subió los escalones de tres en tres hasta alcanzar su cuarto, se metió unos minutos bajo la ducha fría y se vistió el chaqué para la ceremonia. Cinco minutos antes de la hora prevista por la exagerada puntualidad de don Salvatore, estaba abajo, esperando en la capilla. Siguió la ceremonia con una seriedad que ocultaba tristeza y decepción. Casi no probó los manjares del banquete de bodas, ni probó las bebidas. Lo asaltó Lella y empezó a restregarse con él y a intentar llevárselo al parque, a la oscuridad y entre las frondas. Le acercaba el rostro y los labios a los suyos y le metía la mano en el bolsillo del pantalón según su vieja costumbre para buscarle la *perindola* y alborozarse y extremar el acoso cuando comprobaba la excitación. «¿Has visto? No me falla. Hala, bonita.» Le fastidiaba Lella. No podía soportar su cercanía. Le repugnaban sus labios y su mano en el pantalón era como un animal asqueroso que se moviera buscándole el sexo.

No podía mirar hacia Vittoria sin sentir que se le llenaban los ojos de lágrimas. No podía mirar a Martino sin que le vinieran ganas de ahogar a «ese imbécil». No podía mirar al grupo de gente mayor sentada en las mesas bajo la carpa, y hablando de cosas fútiles y vacías sin que le asaltara el deseo de gritar: «¡Idiotas!» No podía mirar a las parejas jóvenes que se adherían y apretaban uno contra el otro en el baile y escapaban disimuladamente hacia los árboles y los macizos de hortensias para restregarse los labios y abrazarse los cuerpos, sin notarse invadido de una injustificada tristeza. De pronto, tomó una decisión. Escapó de allí. Nadie se percató de que emprendió el camino hacia el embarcadero, y así mismo, vestido de chaqué como estaba, saltó a la barca de remos y empezó a remar tranquilamente, pausadamente, inexorablemente.

A partir del momento en que Vittoria se contempla a sí misma echada en la cama, sollozando, los recuerdos se agolpan en la memoria de la vieja señora y se atropellan unos a otros. A pesar del chal que le trajo Marcela, un estremecimiento de frío le sacude los hombros. Se arrebuja más en él y se encoge para aprovechar el abrigo al máximo. Casi sepulta la cara en el cachemir de tacto amoroso y materno. Siente que se le han entumecido las rodillas y los brazos. Le duele la mano izquierda donde las señales de la artrosis se hacen más evidentes. Reprime el soplo de un par de estornudos. Pero no aparta la mirada y la mantiene todavía fija en un punto lejano del lago.

A la tarde del día siguiente, trajeron el cuerpo del ahogado, hinchado como un globo que fingiera una deforme y monstruosa figura humana. Apareció más allá de Arona, fuera de la barca, en las compuertas que regulan las aguas del Ticino. Llevaba todavía el chaqué que había vestido para la ceremonia de la boda de su hermana, y eso acentuaba el aspecto tragicómico del cadáver y lo convertía en un muñeco grotesco. El *ragazzo* tenía el rostro desfigurado y nadie se había ocupado en echar hacia atrás los largos cabellos negros que le cubrían la frente, los ojos, las mejillas y se le introducían en la boca dándole el aspecto extraño y macabro de una marioneta hinchada que comiera absurdamente sus propios cabellos. Don Salvatore se abrazó a él hasta que lo arrancaron de allí a la viva fuerza. Vittoria no quiso verle muerto. Permaneció tres días y tres noches sola en su alcoba, sin querer abrir la puerta a nadie. Nada comió en esos tres días y bebió solamente el agua del grifo del baño, y no abandonó la habitación ni para estar presente en el duelo, ni para despedir el entierro, ni para saludar a las gentes que venían a presentar sus condolencias. Don Salvatore tenía que disculparla y explicaba que su hija se había puesto enferma de la impresión. «Es natural. La emoción de la boda y luego, el drama del hermano.» Faustina acudía cada poco con una bandeja de alimentos, y tocaba repetidamente, con angustia, a aquella puerta que no se abría. Se escuchaba a través de la madera la voz ahogada de Vittoria. «No quiero comer nada. Dejadme en paz.» La escena se había convertido en absurda, y don Salvatore no sabía qué decisión tomar. A Martino Martinelli le instalaron una cama turca en el gabinete que daba al dormitorio de ella. El «marido aplazado» soportaba malamente la situación y andaba por la casa mirando a los criados de reojo e intentando sorprender murmuraciones más o menos imaginadas de las cuales él adivinaba ser el risible protagonista.

El prohombre logró con sus influencias políticas que al chico no le hicieran la autopsia. El forense de Arona certificó la muerte por asfixia, tras afirmar haber hecho una autopsia que no se hizo. «Hacer la autopsia, además de ser un deber mío, es conveniente, señor Duchessi. Puede haberle matado alguien. Puede haber muerto de un ataque al corazón y debemos saberlo.» Don Salvatore movía la cabeza con energía. «No.» Giacomo estaba muerto y no necesitaba saber más. Lo enterraron en el cementerio del pueblecito, un camposanto alto y florido, tendido en la falda de la montaña, rodeado de árboles gigantes y con un prado eterno y fresco entre las tumbas. La espadaña de la iglesia vieja, mordida por los siglos, podía servir muy bien para representar el ansia mortificada de un amor destrozado. La muerte del chico Duchessi había conmovido a muchas gentes de las aldeas en varios kilómetros a la redonda, y venían amigos de don Salvatore desde Stresa, desde Arona, desde Varese, desde Istria, desde Novara, desde Turín y desde Milán. El murmurio general en el entierro, extendido por todos en voz baja, daba por cierto que Giacomo Duchessi se había suicidado, dejándose ahogar adrede sin luchar contra el agua. ¿Pero por qué? A los suicidas, la Iglesia católica no les da cristiana sepultura, pero el señor obispo de Novara en persona había acudido al entierro con dos canónigos y media docena de presbíteros, y había presidido los funerales antes de enterrar en sagrado los despojos mortales del infeliz muchacho. El prohombre era benefactor antiguo y generoso de la Santa Madre. Don Salvatore ordenó colocar el ataúd en el panteón familiar junto a la tumba en que reposaba Maria Luce, e hizo inscribir en una pequeña lápida de mármol, arrimada a la de la muerta, esta insólita inscripción: «Giacomo Duchessi. 1928-1947. Descansa aquí junto a su madre, que perdió la vida para dársela a él. Que la muerte que los separó brutalmente en el nacimiento los una para siempre con piedad eterna. Amén.»

3. Martino

Ahora doña Vittoria tiene la cabeza vencida y la barbilla clavada en el pecho. Tal vez, por fin, han asomado unas tímidas lágrimas al borde de sus ojos. De pronto, suena la voz firme y autoritaria de Marcela, que esta vez no pregunta sino que ordena.

–Vamos, señora. Hay que entrar. Se está haciendo de noche. Viene el frío y no me da la gana de que pille usted una pulmonía, que después me toca a mí cuidarla. Además, cuando pasa toda la tarde aquí, siempre termina usted llorando. El frío de septiembre es malo y traicionero. Decía el *bell'uomo* que septiembre, y no noviembre, es el mes de los muertos...

Casi la tomó en peso y la llevó a la fuerza hacia el interior de la casa. A doña Vittoria, el diagnóstico del *bell'uomo* sobre el mes de septiembre y los muertos la estremece de nuevo y termina de sacarle las lágrimas que ya resbalan lentamente por las mejillas pálidas pero todavía tersas. Septiembre, el mes de los muertos. En septiembre había muerto Maria Luce, su madre, joven y feliz. En septiembre había muerto el prohombre, vencido por el dolor y la incertidumbre del drama del hijo joven. Vittoria sabía que don Salvatore había muerto negándose tercamente a entender el oscuro propósito del hijo como un suicidio y su extraña idea de navegar por el lago precisamente aquella noche. Abandonó este valle de lágrimas hastiado de una vida que ya no le traía ilusiones sino sólo recuerdos. También en septiembre había muerto su amado y pequeño Giacomo, su amado, pequeño, mortificado e inolvidable Giacomo.

Con el cabello blanco peinado en grandes ondas naturales y recogido detrás en un pequeño moño, su piel blanca, casi transparente, y sus ojos claros, azules casi siempre, pero a ratos verdes como el agua del lago en algunos atardeceres del otoño, doña Vittoria es una vieja anticipada con un agradable vestigio de hermosura serena y triste en el rostro aún bello y en la figura aún esbelta. Aparenta diez o quince años más de los que en realidad tiene. De joven, su belleza era alegre y traviesa, imperiosa. Cuando ella aparecía no había más remedio que seguirla con los ojos. Luego, en la segunda juventud y en la edad madura, esa belleza se hizo melancólica y abandonada. Perdió toda veleidad de coquetería. Pero la indudable, la esplendente hermosura de Vittoria acaso estaba empañada desde siempre, aun de muy joven, incluso de niña, por un duro gesto de decisión, de ironía y de crueldad que asomaba a su rostro en algunos momentos. Entonces, algo inquietante y perverso brillaba en el fondo fascinante de su mirada.

–A lo mejor, el *bell'uomo* tenía razón. Septiembre, el mes de los muertos. Pero el *bell'uomo* era una mala bestia, Marcela, y tú, otra. Anda, vamos, suéltame, que tienes manos de hierro y me haces daño. No es necesario que me lleves en volandas. Todavía no soy una impedida.

Después de los tres días con sus noches de permanecer encerrada, desolada y sola en su alcoba de novia, Vittoria abrió una noche la puerta del cuarto, pasó a la salita de delante y allí estaba Martino, acostado en la cama turca, vestido con un pijama de seda blanca con ribetes azules por los bordes, sin duda un pijama de novio. El pobre había abrigado la ilusión de que aquella puerta se abriera mucho antes, quizá en la misma noche de la tragedia y estaba dispuesto al encuentro nupcial. Martino, así, tendido estúpidamente solo en la cama estrecha y preparado para la noche mágica con el pijama blanco de novio, le pareció a Vittoria más «ese imbécil» que nunca. A pesar de eso, se inclinó sobre él y le rozó la sien con un beso mezquino y desentendido. Se sentó él en el borde del lecho y quiso buscarle con los labios la mejilla y la boca, pero ella se irguió rápidamente y escapó de la caricia sin disimulo alguno, ostensiblemente. Se había puesto una bata larga y opaca encima del camisón.

–Buenas noches, Martino. ¿Has dormido aquí estos días? ¿Te han cuidado bien?

–Estoy muy bien, Vittoria. Buenas noches, aunque estas noches no hayan sido buenas. Esperemos que la próxima sea una buena noche. Estas tres noches no han sido buenas para mí y seguramente para nadie. Yo he querido dormir lo más cerca de ti que me era posible. No comprendo por qué te has encerrado sola tanto tiempo en una alcoba que tendría que haber sido para los dos en la noche de nuestra boda. Lo que tú necesitabas es consuelo y cariño, y yo estaba aquí para dártelo, amor mío. No he dejado de pensar en ti ni un solo minuto. Cuando te tranquilices del todo deberás explicarme tu extraña conducta, porque he llegado a imaginar que no quieres tener a tu marido al lado, que no deseas que te abrace, que te bese, que te ame. He llegado a imaginar que me aborreces.

–No voy a explicarte nada, Martino, ni ahora ni más tarde.

Vittoria hablaba con una serenidad desacostumbrada en ella. Había abdicado su vehemencia habitual y pronunciaba las palabras con una lentitud que sugería un invencible cansancio o un cierto desdén.

–Puedes pensar lo que te parezca. Creo que no entenderías nunca lo que me sucede. Te agradezco mucho tu amor y tu deseo de darme consuelo, pero desgraciadamente no puedes hacerlo, y seguramente yo no lo merezco. Ahora he de decirte alguna cosa importante, y te ruego que la aceptes y que asumas con paciencia la situación. Ya sé que lo que voy a pedirte no se le puede pedir a ningún hombre, a ningún marido recién casado, pero sin embargo yo me veo obligada a pedírtelo a ti, y si tú me quieres...

–Claro que te quiero –interrumpió él con prontitud.

–Si tú me quieres, harás ese sacrificio por mí. Ni siquiera estoy segura de que te lo agradeceré alguna vez, pero eso tendrá más mérito por tu parte. También yo tendré que hacer un esfuerzo. Debemos procurar salvar nuestro matrimonio, ya ves, un matrimonio que ni siquiera es todavía un matrimonio de verdad, un matrimonio consumado. He de confesarte que lamentablemente en estos momentos no tengo deseo alguno de que se consume.

Por sus palabras, por la mesura del tono, por la infinita tristeza que se adivinaba en el fondo de todo cuanto había dicho, no parecía sino que Vittoria hubiese envejecido treinta años en sólo tres noches. Por supuesto, el abogado milanés no entendía nada, no adivinaba nada de lo que quería decirle su novia, bueno, su mujer, no, no, su novia, bueno, lo que fuere. Se había sentado en la cama y había echado las sábanas por encima de las piernas y el vientre para ocultar tímido y vergonzoso la bragueta sin botones del pijama de seda blanca de novio, que se abría desconsideradamente a cualquier movimiento de él. Era una precaución de instintivo pudor. Se percató de ello Vittoria y sonrió con ternura malévola. «Ese imbécil.»

–No te entiendo, Vittoria. Si no te explicas mejor...

–Claro que no me entiendes, querido. En realidad, jamás nos hemos entendido el uno al otro. Nuestros pensamientos han discurrido paralelos, sin encontrarse. Con quien tú te entiendes mejor es con mi padre, ¿cierto? Habláis de negocios, de papeles, de leyes, y os entendéis perfectamente. Es lógico, Martino. El matrimonio puede ser algo parecido a eso. Sin embargo, el amor es otra cosa. Yo creo que es otra cosa, algo que quizá yo no pueda alcanzar jamás. Pero bastará que nos respetemos y que nos suframos el uno al otro con paciencia. Porque lo que sucede es que no nos amamos. Nos hemos casado y resulta que no nos amamos. Pero eso tampoco es grave. Dicen que hay muchos matrimonios que no se aman y conviven con naturalidad. Quizá sea un problema de generosidad. O de educación.

—Yo sí que te amo, Vittoria. No sé por qué dices esa tontería de que no nos amamos. Tu padre no tiene nada que ver en nuestro amor. Yo no te quiero por tu padre. Si piensas eso, estás equivocada. Yo estoy enamorado sinceramente de ti, y tú me has demostrado amarme con tu alegría, con tus cariños y con tus besos de novia. Hemos sido felices en espera de este momento.

Vittoria volvió de repente a la crueldad y a la suficiencia de sus momentos más brillantes.

—No seas cretino. No se enamora uno «sinceramente». Se enamora uno apasionadamente, insensatamente, locamente. El amor verdadero es una pasión, una destrucción y un suicidio. Eso, un suicidio. Tú no amas. Tú quieres con una normalidad aburrida, con un egoísmo tranquilo y vulgar. Tu amor por mí es sólo una repetida rutina, necesaria y conveniente. ¿Mis besos? ¿Acaso sabes tú lo que son besos de amor? Los besos de amor no son roces, son mordiscos dolorosos, deseos frenéticos, llamas de infierno, pecados de fuego. Yo no he sido feliz contigo. Lo siento, sé que esto que te digo es una verdad cruel, pero lo que ha sucedido me obliga a no mentirte. La felicidad es otra cosa. Y si tú has sido feliz conmigo, es que no vislumbras lo que pueda ser esa cosa llamada felicidad. Mira, Martino, te lo diré muy claro y sin rodeos, si tú has sido feliz conmigo es que eres un pobre imbécil.

Martino la escuchaba boquiabierto, sin terminar de creerse lo que Vittoria decía. Nunca la había visto así. Tenía repentes caprichosos de niña voluntariosa, pero nunca había llegado a eso. Se iba poniendo rojo de ira y vergüenza, y se encontraba perplejo, sin saber qué hacer o qué decir. Por fin, habló:

—Vittoria, hasta aquí hemos llegado. No te permito que, además de despreciarme, me insultes. Hablaré con tu padre y afrontaremos esta situación imprevista e increíble de la que yo, desde luego, no creo tener culpa alguna. Si tenemos que romper nuestro matrimonio, lo rompemos. Es un matrimonio rato y no será difícil...

–Otra vez mi padre. Y las leyes. Como si esto fuese cosa de leyes. Claro que tú no tienes la culpa. Continúas sin entender nada. ¿No comprendes que a partir de este momento todo me da igual, que no me importan las culpas ni las responsabilidades, que nada puede conmoverme ni forzarme a hacer lo que no quiera hacer? ¿No has entendido todavía que nadie, ni tú, ni mi padre, nadie, puede darme lo único que yo deseo?

Hizo una pausa, respiró profundamente y miró a Martino con una sombra de ternura o de conmiseración. Había tomado una resolución, una resolución incómoda, tal vez heroica, pero firme. Cambió el tono. Quizá la propuesta de romper el matrimonio la había asustado. No tenía ningún interés en anular un matrimonio recién celebrado y que todo el mundo supiera que no se había producido la consumación. Aquel matrimonio era «necesario».

–No será preciso que hables con mi padre, Martino, ni que nadie, ni siquiera tu familia, se entere de esta conversación. Será un secreto entre los dos, tal vez el único secreto que vayamos a compartir. Te prometo que a partir de hoy me comportaré correctamente contigo y seré una esposa amable y fiel.

–Entonces...

–Entonces lo único que te ruego es que me permitas dormir sola en la alcoba que era de Giacomo. Tú puedes dormir en la que hasta ahora he ocupado yo. Mi puerta estará normalmente abierta, sin llave ni pestillo, para evitar murmuraciones del servicio. No la abras, por favor. No intentes entrar en esa habitación, que será mi refugio exclusivo. Pero si quieres... si quieres... si alguna noche quieres verme, llámame. Bastará con que toques suavemente en la puerta con los dedos. Si estoy dormida, me despertaré enseguida. Tengo el sueño muy ligero. Yo acudiré entonces al dormitorio de los dos, ¿comprendes? Después, me dejarás ir otra vez. Ahora, quiero estar sola y tranquila una semana o diez días más. Necesito esa tranquilidad, Martino, para poner un poco de orden en mis pensa-

60

mientos y en mis sentimientos. Hazme ese favor, hazme ese favor por todo lo que dices que me quieres. Yo misma te llamaré cuando me encuentre dispuesta a cumplir mi obligación de esposa y a demostrarte mi... afecto y mi sumisión a tus naturales deseos.

La voz de Vittoria había recuperado el tono sereno y templado de un principio, y él la escuchaba y asentía dócilmente con la cabeza mientras ella seguía hablando. Al fin y al cabo, no sería el suyo el primer matrimonio que dormía en camas separadas o en habitaciones distintas. Hombre, en los primeros días de la boda eso no parecería tan normal, pero aquella mujer era imprevisible y con ella jamás se sabía cómo iban a desarrollarse los acontecimientos. También de novios, cuando estaban más tranquilos y parecían más felices, le daba un repente y le decía: «Vete.» Y él ya sabía que ese «vete» estaba dictado sin apelación posible. Discutir era peor, podía desatar una sarta de improperios mortificantes y ofensivos. Vittoria era así, y así la quería y la aceptaba él. Paciencia.

–Yo te llamaré todas las noches, Vittoria. Quiero estar siempre a tu lado.

–No seas exagerado. Eso no hay quien lo aguante, Martino. Debes conformarte ahora con lo que te prometo.

–¿Pero qué es lo que me prometes?

–Te prometo que cuando me llames vendré siempre a ti. Bueno, excepto si me encuentro indispuesta, ya sabes, esas dolencias que sólo pasamos las mujeres.

Podría haber añadido: «Adivínalo, tonto.» Pero no lo dijo y tragó saliva amarga.

A raíz de la muerte del hijo, don Salvatore abandonó el gobierno de la casa e incluso descuidó bastante los negocios. No encargaba provisiones, no tomaba disposición alguna, no manifestaba como antes preferencias por algún plato y además le fastidiaban las visitas. Se zafaba de ellas siempre que podía con cualquier pretexto. Todos sus amigos deseaban venir a Villa

Luce y ofrecerle sus condolencias, y él soportaba a los más íntimos, recibía a aquellas personas con las que se encontraba más obligado, y enseguida, a los pocos minutos de conversación rutinaria y repetida una vez y otra, daba visibles y hasta ineducadas muestras de cansancio. Si la visita no advertía estas señales, don Salvatore pedía perdón, anunciaba que se encontraba fatigado, se ponía en pie y despedía con urgencia al visitante. Las conversaciones solían ser un modelo de hipocresía porque nadie abordaba claramente, ni siquiera insinuaba, la circunstancia del suceso en la que todos estaban pensando. A veces era peor, porque alguien más compasivo buscaba engañosas justificaciones a lo que todos consideraban un hecho sin justificación normal.

—Se conoce que el chico, con la cena, por cierto, espléndida, alguna copa, la música, el baile, el barullo de gente y quizá algún intrascendente desvío amoroso, cosa de jóvenes, se encontró aturdido y quiso despejarse dando un paseo en barca, natural. La noche era serena y el lago estaba tranquilo. No había peligro alguno. ¿Quién podría predecir un accidente así? Bien es verdad que, como usted sabe porque lo habrá escuchado mil veces, el lago es a veces muy traidor y se ha tragado barcas y pescadores sin saber cómo ni por qué. Recuerdo que el año 38 sin ir más lejos se ahogó un experto remero, un profesional, que salió de Belgirate y jamás llegó a Santa Caterina del Sasso. Misterios del lago, que de tanto en tanto roba una vida humana. En fin, caro Duchessi, la muerte de un hijo es un suceso muy doloroso, que por nadie pase, pero Dios le dará resignación... El consuelo y la fortaleza de nosotros los cristianos es la resignación para aceptar la voluntad de Dios... bla, bla, bla. Etcétera.

No sufría estos discursos, se le rebelaban los nervios y entonces una pierna independizada de las órdenes del cerebro empezaba a moverse de abajo arriba cada vez más velozmente y el tacón del zapato repiqueteaba sobre la madera del parqué componiendo una musiquilla impertinente, completamente fuera de lugar y que sonaba como una clara muestra de impaciencia. Aquella actitud insociable de don Salvatore fue cada vez a más y terminó por sumir a Villa Luce en una especie de aislamiento que duró muchos años, exactamente hasta que Totoya y Giacomino se hicieron mayores y empezaron a llevar amigos a la finca.

El único deseo de don Salvatore en esos momentos de duelo era que le dejaran solo, que le permitieran sumergirse en el balsámico y cálido consuelo de la soledad. Lo único que ya le ataba a la vida era su hija Vittoria. Por un lado, desde la muerte de Giacomo, se agarraba a ese último cariño como el náufrago que se agarra a la única tabla de salvación que tiene a su alcance. Por otro lado, cuando contemplaba a Vittoria permanecer hundida en un sillón, casi sin moverse, o al revés, ir de un lado a otro, arreglar las flores de un jarrón, llevarse perezosamente el tenedor a la boca, recibir o despedir a su marido con un cariño desangelado y fingido, le parecía no reconocerla, la encontraba extraña, impenetrable, como si se tratara de una persona ajena a su casa, a su familia, a su amor de padre.

Don Salvatore había abdicado la gobernación de la villa. Enrico, el jardinero, cuidaba el parque sin consultarle nada. Podaba lo que quería, sembraba lo que gustaba y plantaba lo que le daba la gana. Antes de la tragedia, don Salvatore quería enterarse de lo que sucedía en la vegetación del último rincón del parque, debía encontrar los caminos limpios de hojarasca y de pequeñas ramas, se interesaba por la vida efímera de las rosas, comprobaba el color y el tamaño de las dalias, el número de flores que daban los frondosos magnolios y el tamaño gigante de los macizos de agrupadas hortensias, y sobre todo espoleaba a Enrico para que borrara del parque los vestigios que dejaban los temporales, tan frecuentes en aquella zona del lago y más en los estertores del verano. Ahora, cuando Enrico venía a preguntar algo relacionado con los cuidados de la prodigiosa flora del parque, don Salvatore se encogía de hombros, miraba al hombre sin verlo, lo escuchaba sin oírlo y terminaba por decir, lacónico: «Eso es cosa tuya.»

La casa la gobernaba el ama de llaves, Faustina, que entró

al servicio de Maria Luce cuando la hija del banquero se casó con don Salvatore. Vino a Villa Luce como doncella, porque en la casa ya había una gobernanta, pero ésta se jubiló enseguida y se fue a vivir con su familia, una hermana llena de hijos y una madre casi centenaria, y Faustina ocupó el puesto de ama de llaves. Antes de la desgraciada muerte de Giacomo, Vittoria solía gastar bromas a Faustina con don Salvatore, y Faustina enrojecía y fingía disgustarse seriamente.

—¿Cuántos años está viudo mi padre, Faustina?

—Vamos a ver, niña. Tu pobre madre, que en paz descanse, murió en el año 28. Tenía veintiocho años porque iba con el siglo. Lo sé muy bien porque yo tengo la misma edad, también voy con el siglo. Estamos en el 46, pues hace dieciocho años. ¿Por qué me preguntas eso ahora?

—No, por nada. ¿Y cuántos años tiene ahora mi padre? Cincuenta y cuatro, ¿verdad?

—Más o menos, eso tendrá. El otro día estaba diciendo que cuando cumpla sesenta va a hacer una fiesta sonada. ¿Pero a qué vienen esas preguntas? ¿Qué tripa se te ha roto? —Faustina le hablaba de tú a Vittoria, aunque sólo cuando estaban con personas de la casa, sin testigos de fuera, porque, como ella decía, «la había visto nacer».

—Bueno, lo digo, porque, si el pobre está viudo tanto tiempo te podrías acostar con él. Así no se le vendría a la cabeza la idea de casarse con otra. Dicen que los viudos siempre se casan con otra.

—Ave María Purísima. *Santa Madonna* y qué cosas se te ocurren. Ni que el demonio se te hubiera metido en el cuerpo. Anda, no pienses disparates y que no se te oiga nadie decir esos despropósitos, y menos que cualquiera, tu padre, porque es capaz de soltarte una buena bofetada. ¡Habráse visto la descarada! —De repente, pensó en alguna malevolencia—. ¿Es que has oído a alguien insinuar semejante barbaridad? Dime a quién has oído decir eso.

—No lo he oído decir a nadie, pero la otra noche soñé que mi padre te daba un beso de amor.

64

—Pues no sueñes tanto, y menos esas cosas de besos y de acostarse los hombres con las mujeres, que una noche te vas a caer de la cama, señorita. A mí no me da besos ningún hombre, ¿te enteras?

Pero se quedó pensativa. Quizá aquella conversación era una manera de decir sin decir, de insinuar que aprobaba cualquier cosa que ella tuviera que aprobar entre la gobernanta y don Salvatore, y que ya la tuviera entrevista o adivinada. Por cierto, don Salvatore ya no era el mismo. Vivía despreocupado de todo, excepto de escribir sus *Memorias del arte de dos guerras* y ni siquiera daba el dinero para el gasto de la casa. «Pídelo a la señorita Vittoria», le indicaba a Faustina. La señorita Vittoria buscaba las llaves del padre, cogía el dinero del cajón del bargueño donde lo guardaba don Salvatore y le daba a la gobernanta lo que le pedía. Pero poco a poco Vittoria tomó el mando de la casa y ya no lo dejó hasta su muerte, hasta su terrible muerte. Se había apresurado a ordenar, eso sí, que pasaran sus cosas personales a la habitación de Giacomo, para lo cual ni siquiera pidió permiso al padre, y sus útiles de aseo, frasquitos de perfume y botes de cremas fueron colocados en el cuarto de baño que había sido del hermano. Ella misma sacó de los armarios las ropas del ahogado, una a una, y a veces tomaba un jersey, una camisa, incluso un pantalón o una prenda interior, y las apretaba contra su corazón o contra su rostro, contra su boca también para besarlas largamente. Metió todas las cosas de Giacomo, libros o zapatos, pañuelos o discos, excepto el reloj y la pitillera de oro, en un par de baúles y mandó subirlos a los desvanes, que había dos, uno a cada lado de la torre alta, desde donde se veía un trozo amplio y bellísimo del lago y de la orilla opuesta, la ribera lombarda. Apartó también una pequeña fotografía en la que se veía a los dos hermanos montados en una bicicleta. Era la bicicleta de Giacomo y él la llevaba a ella montada a la jineta en el cuadro. Besó la foto largamente, y la guardó en el cajón de la mesilla de noche junto a un rosario de oro que había sido de su madre y que le regaló don Salvatore el día de su Primera Comunión. Desde la noche en que abandonó el encierro en la alcoba de novia, Vittoria dormía regularmente en aquella habitación del hermano. Martino se había instalado también con sus ropas y efectos personales en la habitación que había sido de ella, y todas las noches iba a tocar suavemente con las yemas de los dedos en la puerta de su mujer. No todas las noches pasaba Vittoria a la otra habitación. Con alguna frecuencia, se excusaba, ante la visible contrariedad de él, que a pesar de todo no protestaba. Luego, a medida que iban pasando los días, la solicitud de Martino se espaciaba. Algunas noches, Vittoria ya no escuchaba el roce de los dedos en la madera de la puerta.

Aquella torre flanqueada por los dos desvanes era, claro está, la misma torre en la que doña Vittoria, un cuarto de siglo más tarde, mandó instalar el telescopio de don Pelayo, el contemplador de estrellas y buscador de ovnis, marido de la hija que ella presentía llevar ya en las entrañas.

En la salita de la mesa cuadrada cenaban ahora los tres, Vittoria, don Salvatore y Martino. Casi todos los días, almorzaban solos el padre y la hija porque el abogado se quedaba trabajando en Milán y no regresaba hasta la noche. Don Salvatore dejaba cada vez más los negocios en manos del yerno. Por la tarde, el prohombre recibía el informe de las gestiones desempeñadas durante el día. Martino era escrupuloso y puntual en la rendición de cuentas y diligencias, y así la atención del prohombre se iba haciendo menos intensa, y a veces parecía estar ausente y desentendido.

Vittoria no había querido que su marido ocupara el sitio de Giacomo en la mesa pequeña, y le había cedido el suyo con el pretexto de que era más cómodo y desde él se contemplaba mejor el lago. En el silloncito de Giacomo se sentaba ella. Era casi evidente el deseo de que Martino no utilizara nada de lo que había sido de Giacomo, como si fuese a mancillarlo con su tacto sacrílego. Don Salvatore no se percataba o aparentaba no percatarse de todos estos pequeños pero significativos caprichos de su hija, dormir en la alcoba de Giacomo, ocupar su sitio a la mesa, encargarse personalmente de ordenar y guardar sus ropas, sus libros, sus pequeñas y tal vez secretas propiedades. Quién sabe si Giacomo guardaría algunas revistas o libros eróticos, la carta de alguna chica enamoriscada, un preservativo tal vez. Giacomo era un chico formal, pero ya tenía edad de andar metido en alguna aventurilla amorosa o en algún desahogo sexual. Todo eso pensaba el prohombre. De hecho, el propio don Salvatore le había sorprendido en alguna ocasión amartelado con Lella, esa chica pegajosa de cuya madre se contaban historias picantes de flirteos y hasta de cuernos. De raza le vendría a la galga. Y algunas noches subía a la motora y se iba de parranda a Pallanza o Intra, o se largaba en el pequeño Fiat a Milán, a Turín, a Verona, o Dios sabría dónde.

Un mediodía, don Salvatore permaneció mudo durante todo el almuerzo. Al final, teniendo ya delante la tetera con la infusión de menta que tomaba siempre después de las comidas, le hizo un gesto a su hija para señalarle la puerta de la sala.

–Anda, cierra con llave. Tengo que hablar contigo de algo delicado y no quiero que nadie nos interrumpa.

Ella se levantó lentamente, con desgana, y fue a cerrar la puerta.

–Dime papá. –En su voz había un cierto tono de resignación.

Don Salvatore permaneció callado unos segundos con la cabeza baja, quizá pensando la manera de decir lo que quería decir.

–No sé cómo empezar, hija. ¿Tú crees que tu hermano...?

–Papá, no te calientes la cabeza y empieza como quieras. Empieces como empieces, ya sé cómo vas a terminar. Antes de que hables, ya sé lo que me vas a decir. Que mi hermano, ¿qué? Pues claro que sí. Todo lo que puedas imaginar, por mucho que te cueste creerlo, es seguramente verdad. Pero no te empeñes en conocer las evidencias. ¿Qué necesidad hay de que me lo preguntes todo y de que hablemos de eso? La verdad no te dará consuelo. Aumentará tu dolor, y te llenará de vergüenza y quizá de odio hacia mí. La verdad también es una impostora. Nadie entiende realmente lo que sucede en el alma de los demás. Nadie tiene derecho a buscar la verdad en el corazón de nadie. Ni siquiera en el corazón de una hija. Antes de que me dijeras que querías hablar conmigo, he reflexionado muchas veces sobre esta conversación, que ya suponía inevitable, y en lo que tenía que decirte para no dejar que tú preguntes lo que no debes preguntar. Giacomo decía que hay secretos entre dos personas que aunque sean consabidos, es mejor no reconocerlos nunca. Mi hermano y yo teníamos algún secreto de ésos, y yo no te los voy a confesar ni ahora ni nunca por más que me digas que tienes derecho a ello. Con lo que te digo ya tienes demasiado para saberlo todo, y suficientemente poco para ignorar lo que no quieras saber.

Don Salvatore escuchaba asombrado el discurso de su hija. Jamás habría imaginado que Vittoria pudiera hablarle en ese tono y con esas... elocuencia y autoridad. Su hija le había dicho, casi claramente, todo lo que él se negaba a conocer o a creer.

–Te escuchaba y me dabas miedo, hija. No sé lo que hoy tienes dentro de ti, dentro de tu cabeza y dentro de tu corazón. De repente pienso que dentro de ti hay una persona desconocida que habla por la boca de mi hija, una persona extraña y...

–¿Diabólica, papá?

–Diabólica, ¡no! Qué barbaridad. Eres sólo una persona nueva a la que no entiendo ni reconozco, una persona imprevisible, indómita, enrevesada, y que me da miedo.

–Soy yo la que tiene miedo de todo, papá. Tengo miedo de mi matrimonio, tengo miedo de tener un hijo, tengo miedo de ti, de tu cólera o de tu dolor, tengo miedo a la verdad, tengo miedo a la vida y tengo mucho más miedo a la muerte, y bien sabe Dios que no sólo por mí. Si no tuviera tanto miedo a la muerte, ya la habría buscado porque hay momentos en que la deseo, la deseo mucho, papá, la deseo tanto como...

–Calla, hija mía, calla. No digas eso. Sólo me faltaba ese último golpe en esta vida tan desgraciada que me ha tocado vivir. No lo resistiría. Ni siquiera sé si voy a resistir el... la muerte de tu hermano. Señor, Señor, ¿qué pecado he cometido yo para recibir este castigo sucesivo, esta pena continua, que no se detiene, esta sucesión de muertos amados? Casi todavía no era un hombre hecho y derecho cuando tuve que ver a mi hermano menor asesinado por la guerra. Era una criatura alegre e inteligente, y yo lo vi comido por la iperita, con la carne mordida y abrasada. Vi morir a mi padre, joven todavía, ahogado por el asma. Mi pobre madre murió de un tumor en la cabeza, que primero la dejó ciega y más tarde desmemoriada y con la edad mental de una párvula. Luego fue tu madre, a la que amé con toda mi alma, y que se llevó con ella a la tumba la alegría por el nacimiento de mi hijo varón. Murió tu tía Leticia, sor Lucía, mi única hermana, joven y bella, encerrada en un convento, sepultada en vida, con la carne abierta por los estigmas. Después, Giacomo, tan joven, tan hermoso, tan lleno de vida, y así, de esa manera tan... tan mala, tan dolorosa. Es espantoso sobrevivir a la muerte de los jóvenes que uno ama, sobrevivir a los hijos. No hay dolor en el mundo comparable al de la muerte de un hijo. Y ahora, tú, que me dices esas cosas...

Don Salvatore tenía el rostro inundado de lágrimas silenciosas. Vittoria se alzó de su asiento y fue hacia él. Le rodeó con la mano un pómulo y le llenó el otro de besos apretados y ruidosos. Acercó después su mejilla a la de él, y así, en un leve sollozo, murmuró:

—Lo peor de todo, papá, es que no puedo arrepentirme, que no quiero pedir perdón de nada, a nadie, ni siquiera al mismo Dios. Es terrible, papá. Pero si volviera a nacer, volvería también a amar de la misma manera que amé.

En ese instante, don Salvatore rompió a llorar con un ronquido enorme, un ronquido que semejaba al de un gran animal herido y acorralado.

Caminaba a buen paso, vivaz y alegre, aunque circunspecto, como corresponde a un abogado milanés con una clientela seria y acomodada, si bien todavía escasa, y que además se encontraba en vísperas de boda con una muchacha de buena familia, nieta de un banquero e hija de un caballero acaudalado e importante, un mecenas de las artes y las letras, un benefactor, un prohombre. Martino Martinelli acababa de salir de una famosa sastrería donde se había encargado un terno de entretiempo, pantalón, chaleco y americana, de lana color marrón, no muy oscuro y surcado por una tenue raya roja, casi imperceptible. A Martino Martinelli le gustaba vestir así, de marrón casi claro. Una tarde que vestía un traje de esos, Vittoria comentó: «Hijo, te gusta ir siempre vestido de mierda.» Vittoria era como era, y en cierto modo a Martino le hacían gracia esos comentarios de su novia que a él jamás se le habrían ocurrido.

Era desde luego una chica muy atractiva. Tenía un pelo claro, algo rubio, y los ojos también claros, grises o verdes, que miraban traviesos e implacables, con una mezcla curiosa de burla y de dureza. Bajo una nariz recta y delgada, casi alineada con la frente según el canon helénico de la belleza femenina, sus labios eran finos, labios de persona voluntariosa y cruel, pero rojos y húmedos. Acostumbraba a mantener un poco adelantado el labio inferior, en un gesto que a Martino Martinelli le sacaba enseguida las ganas de besarla. Tenía el pecho abundante, como suelen tenerlo las mujeres italianas, quizá todas las mediterráneas, pero no tanto que le impidiera caminar erguida, casi desafiante, y una cintura muy estrecha que hacía resaltar un vientre un poco prominente. La cadera era firme, pero no muy ancha, y caminaba con gracia y viveza sobre unas piernas, quizá demasiado delgadas por la pantorrilla, pero carnosas y torneadas en los muslos. Lo que a Martino le sujetaba la mirada con mayor atención era la nalga, alta y rellena, nalga casi de mulata o de negra, con un inicio de esteatopigia para sentar allí al hijo y que se le abrazase al talle. Aquel culo empinado sugería inmediatamente al hombre más casto un asalto sexual. Y encima, Vittoria gustaba de llevar en verano trajes de seda transparente, y cuando se ponía al trasluz, contra el sol, mostraba, perfilada y casi desnuda, una figura perfecta y bien plantada.

La verdad es que Vittoria no era demasiado hacendosa ni sumisa, aunque había aprendido a bordar, a hacer labores de molde o de ganchillo y algo de *petit point*. Ni siquiera era a veces razonablemente obediente. Más bien era caprichosa, un poco atolondrada, exigente, imperiosa y muchas veces corrosiva en sus comentarios. Pero también es verdad que era una muchacha hasta cierto punto culta, había aprendido junto a su padre a gozar del arte y la literatura, daba opiniones atrayentes y originales, con frecuencia desconcertantes, tenía un gusto muy refinado y personal para vestir, para amueblar una habitación o para arreglar la mesa de un banquete. Y además era hija de don Salvatore Duchessi, y ella y su único hermano, Giacomo, heredarían la importante fortuna del prohombre, con muchas propiedades en Italia, participaciones en fuertes empresas y, sobre todo, un importante capital en Suiza, a salvo de las fluctuaciones políticas y de los ruinosos efectos de la guerra.

Hacía calor y Milán estaba casi vacío. Muchos comercios cerraban al entrar agosto y no volvían a abrir hasta primeros de septiembre. Dos días antes, Vittoria le había sorprendido con una decisión repentina. Paseaban los dos por el camino de los castaños, al anochecer. Ella se colgó de su brazo y se le acercó mucho. Sin mirarle a la cara, le dijo, quizá mimosa, quizá autoritaria: «Martino, quiero casarme.» Martino se detuvo, la tomó por los hombros y balbució: «Yo también.» Quedaron los dos callados unos minutos y dieron unos cuantos pasos en silencio.

—Es que quiero casarme ya.

—Pues, claro. Mañana mismo hablamos con tu padre, fijamos la fecha y acordamos todos los pormenores. En un par de meses termino los asuntos pendientes en el bufete, y ya no adquiero otros compromisos hasta que volvamos del viaje de novios. ¿Dónde querrás ir?

—Quiero ir al mar. No a la playa, sino a navegar. Quiero

hacer un crucero. Pero no me entiendes. Quiero casarme enseguida, este mismo mes si es posible.

–Pero Vittoria, ¿a qué vienen tantas prisas? Eso será imposible. Tendremos que hacer los trámites de la Iglesia. Tienen que correr las amonestaciones. Hay que preparar las invitaciones, contratar el banquete, encargar la confección de nuestros trajes y los de los padrinos.

–He dicho que quiero casarme enseguida, y ya verás como todo eso que dices se arregla en poco tiempo. Eres odioso. Me da vergüenza ser yo la que tenga más prisa en casarnos que tú. Me haces sentirme... ansiosa y casi *puttana*. ¿No eres abogado? Pues, hala, abrevia los trámites, gestiona los documentos, soborna a los párrocos, consigue los billetes para el crucero, avisa a los padrinos, bueno, a tu madre, que será la madrina y querrá estrenar un traje nuevo, porque mi padre tiene dos o tres chaqués, para invierno, para verano y para entretiempo. Si nos lo proponemos, en quince días estamos casados.

–Estás loca, Vittoria, estás absolutamente loca, pero esa locura me encanta. Se hará como tú quieres. Vamos ahora mismo y le damos la sorpresa a tu padre.

Don Salvatore, sin embargo, no se llevó ninguna sorpresa. Era muy natural que los chicos quisieran casarse cuanto antes. Eran jóvenes, sanos, se querían y no tenían problemas de dinero.

–Felicidades, hijos míos. Martino, cualquier problema que surja, me lo dices, y yo trataré de poner remedio. Besó a su hija, abrazó a su futuro yerno y siguió leyendo, en inglés, una breve novelita de un americano llamado Hemingway.

Los novios tenían previsto tomar un barco en Génova y hacer un crucero por el Mediterráneo oriental, llegar hasta el mar Egeo y las islas griegas, y pasar el estrecho de los Dardanelos para desembarcar en Estambul. El mar de Mármara tiene fama de ser uno de los lugares más bellos del mundo. Desembarcarían en Venecia, y desde allí, en dos zancadas, a Villa Luce, en el lago Maggiore.

Todo eso, como se sabe, se quedó sólo en proyecto por culpa del misterioso accidente en la noche de la boda que acabó con la vida de Giacomo. Aquella tragedia afectó a Vittoria hasta un punto tan exagerado que resultaba difícil de comprender y de justificar, mucho más para él, que era un sujeto lleno de perplejidades, sospechas y recelos, uno de esos individuos que a fuerza de creer que todos lo engañan, terminan por ser engañados por todos. Tuvo mucho tiempo para rumiar sus recelos durante los tres días y las tres noches que Vittoria lo dejó solo para encerrarse en su alcoba. En esas horas temió que su boda se fuera a pique y su matrimonio con aquella muchacha hermosa y rica terminara antes aún de consumarse. Pero la tragedia tenía también su lado bueno, y era que, desaparecido el hermano, Vittoria sería la heredera única de don Salvatore y de la fortuna de su abuelo materno, el banquero, que ahora administraba el prohombre, y que después sería administrada, íntegra, por él mismo, por Martino Martinelli. Nadie mejor que él mismo conocía la importancia de aquella fortuna porque estaba al tanto de todas las propiedades e inversiones. No hay mal que por bien no venga. Si a Vittoria le había afligido excesivamente la muerte del hermano, allí estaría él para consolarla. Y si en aquel cariño hubiese algo anormal y excesivo, la ausencia irremediable, el tiempo, su propia compañía y los hijos que vinieran, curarían el morboso dolor de ella.

También estaba previsto que al regreso del viaje de novios, Martino se quedase a vivir en Villa Luce. Esa decisión presentaba alguna incomodidad, especialmente la obligación de tomar el tren o conducir el coche dos veces todos los días, a la ida y al regreso, y para poder estar a primera hora de la mañana en el bufete de Milán tendría que ejercitarse en la incómoda virtud de madrugar y tirarse de la cama antes del alba. Pero Martino era diligente y por otra parte esa solución de vivir en Villa Luce tenía para él la gran ventaja de no estar obligado a mantener una casa.

El crucero por el Mediterráneo oriental ya no se hizo nunca. El «hombre vestido de mierda» no pudo estrenar el traje marrón en las islas griegas ni en la vieja Constantinopla, y encima su mujer le hacía dormir en otra habitación, y arañar la puerta de la alcoba de ella cuando le asaltaba el deseo de poseerla, como un perrito desterrado por el ama a dormir lejos de su compañía. Cuando él llamaba, Vittoria casi siempre le abría y se iba con él a la otra alcoba. Cumplía su palabra de entregarse dócilmente, pero le impedía la entrada en su sagrario personal, el dormitorio que había sido de Giacomo. El marido jamás había podido aspirar el olor cálido de las almohadas y las sábanas de la cama de ella. Martino no era un ciclón sexual, ni siquiera un experto en el *ars amandi*. Sus conocimientos se limitaban a unos contactos con profesionales, más bien infrecuentes, rápidos, sin emoción alguna y atenuados por el temor a las enfermedades venéreas, y por supuesto al viejo hábito de satisfacerse él solo, también con escaso entusiasmo y ninguna imaginación. Vamos, que Martino no era el *bell'uomo*, y si se hubiera acostado con Marcela en los buenos y frutales años de la sirvienta, gracias a un prodigioso salto en el tiempo que hiciese eso posible, de seguro la habría dejado más muda que la Esfinge, sin darle ocasión para exhalar aquellos gemidos capaces de escandalizar al vecindario que le sacaba de las entrañas el *bell'uomo*. Esa falta de maña y arte para la cama se le notaba al bailar, porque se movía con desgarbo, sin abrazar con dominio y afán de posesión a la pareja, dando pasos como si quisiera medir las dimensiones de la sala, y manteniendo el cuerpo, los pies, las rodillas, las caderas, la cintura, los hombros, el cuello y el alma fuera del ritmo, del juego, la intención y la sandunga de la danza. En ese aspecto, no en otros, el abogado milanés era un auténtico desastre.

Todo lo contrario que su mujer. Vittoria era un torbellino y derrochaba garbo y picardía. Cuando se movía, había que seguirla con los ojos irremediablemente. Ella lo sabía y a veces se insinuaba con más complacencia, o al revés, se detenía y adoptaba un porte adusto y un paso casi militar, quizá sólo con el propósito de fastidiar y defraudar al mirón. Viéndola moverse, se hacía uno la idea de que aquella niña, en la cama, tendría que ser una fiesta constante de tentaciones. Incluso Martino, al verla andar, correr, hacer piruetas, dar vueltas sobre sí misma, pedalear en la bicicleta, saltar dentro de la barca o bailar cualquier ritmo, sentía que se le engarabitaba la lujuria, aquella lujuria tan apagada y tan fácilmente contentadiza. Sin embargo, cuando Vittoria le abría la puerta y le acompañaba, fría e indiferente, a la alcoba de los encuentros, perdía gran parte de su atractivo. Restaba el cabello suave y suelto, los ojos verdes y profundos y el cuerpo perfecto, adivinable bajo el camisón. Sin quitárselo, Vittoria se despojaba de las bragas con la misma despreocupación que si estuviese sola, se arremangaba con toda naturalidad y se echaba en la cama, boca arriba, entreabiertas las piernas, con una expresión de víctima dispuesta al sacrificio.

Realizaban una unión fría, mecánica, exactamente igual a la anterior y exactamente igual a la siguiente, en la que él se afanaba con mesura hasta la culminación del placer, y en la que ella sólo ponía de su parte un abrazo desmayado y sin fuerzas, un leve acompañamiento en el vaivén, y un silencio nunca roto por un jadeo o por un gemido. El primer día, ella se limitó a quejarse débilmente. «Lleva cuidado. Me haces daño.» Repitió la frase varias veces, quizá para dejarla bien asentada en la memoria de aquella noche. Luego, nada. Martino sólo escuchaba en estas ocasiones el resuello de su propia respiración afanosa y acompasada. Ya se ha dicho que Martino no era un ciclón sexual. Pero paradójicamente resultaba algo más activo que su mujer. Realmente, si alguien hubiese contemplado un encuentro amoroso entre estos dos seres, habría imaginado estar viendo a un moribundo tirándose a una Venus de mármol.

Desde el balcón grande del dormitorio que había sido de don Salvatore, se puede ver la escalinata que sube hasta la puerta principal. Es una escalera de mármol rosa flanqueada a los dos lados por una catarata de azaleas. Se ve también, claro, la gran explanada frente a la entrada, donde levantaron la carpa gigante que acogió a los invitados el día de la boda de Vittoria y la muerte de Giacomo. Por un lado, hacia la derecha, se abre el camino de los abetos, que luego hace un recodo y se mete en el parque por detrás de la casa, ya en terreno progresivamente selvático, poblado no sólo de abetos sino de muchos otros árboles, plátanos y diversas especies de coníferas altas y varias veces centenarias. Por el lado de enfrente, hacia la izquierda, comienza el paseo de los castaños, enarenado y liso, que permite el paso de las bicicletas y de un coche pequeño y que llega en un suave declive hasta la orilla del lago, pasa cerca del rincón de los sauces llorones y muere lejos, ya en el límite del parque, contra la cerca de piedras que sirve de medianería con la finca aledaña.

El balcón es largo y ancho, formado por una balaustrada también de piedra, y en él cabe holgadamente una mesita para el desayuno o la merienda de tres o cuatro personas. Cuando se murió don Salvatore, su dormitorio permaneció cerrado con llave durante dos años por orden de la señora, y sólo se abría una vez a la semana, los sábados, para hacer la limpieza. Después de ese tiempo de respeto y tras vencer algunas dudas, doña Vittoria se trasladó a él. En cierto modo, se resistía interiormente a abandonar la alcoba que había sido de Giacomo, y ya se había acostumbrado a la cama de él, a los muebles aquellos y a las dimensiones del cuarto. Por fin, decidió pasarse a la habitación de don Salvatore, dejando la de Giacomo sin ocupar. Nada quiso cambiar del mobiliario e incluso dormía en la cama de su padre, que había sido la del matrimonio y donde Maria Luce la había traído a ella a este maldito mundo y después se había ido de él. «Quiero morir en la misma cama en que nací y en que murió mi madre. Ése es ya casi mi único deseo», dijo, y se metió en la habitación acompañada solamente de un pequeño marco de plata en el que había mandado colocar una ampliación de la pequeña fotografía de Giacomo montado en su bicicleta y con ella sentada a la jineta en el cuadro. «Qué cosas piensas, mamá. Todavía estás joven y fuerte, y además, guapa. Estás guapa», y Elettra se le acercó para darle un beso en la mejilla y en las dos manos. «Te queda mucha vida por delante y aún tienes que conocer a tus bisnietos.» Cuando Elettra pronunció la palabra «bisnietos», doña Vittoria se estremeció sin motivo, quizá una ligera ráfaga de aire fresco.

La vieja señora pasa largos ratos en ese balcón y allí suele hacer alguna labor de aguja. Marcela le deja al lado un costurero grande forrado de raso verde. «Hace juego con el color de sus ojos, señora.» «Pues vaya un descubrimiento que haces ahora, Marcela. Me lo regalaron así por eso, tonta.» El costurero verde se lo regaló Giacomo un día que fue a Venecia con un grupo de amigos, a conocer la Ciudad del Agua. Cuando el sol calienta demasiado, le abren una gran sombrilla de lona a rayas blancas y azules. Algunas tardes, prefiere sentarse en la terraza, con la taza de té al lado, ese té que siempre se le queda frío cuando se embebe en los recuerdos y que Marcela se encarga de sustituir. Dentro de la casa, se la encuentra casi siempre sentada en la salita de la mesa cuadrada, donde comían los tres, el padre, Giacomo y ella, y donde luego cenaban con Martino. Ahora, comen todos en el comedor grande, Vittoria, Elettra, don Pelayo los días que desciende desde las estrellas, y los niños Totoya y Mino. Totoya ya es una señorita de diecisiete años, Marcela dice que es una *pollita*, nombre que irrita a don Pelayo, y Giacomino, Mino, tiene ya quince, ha leído media biblioteca de don Salvatore, juega bien al tenis, baila como una peonza y ya navega solo en la barca ante el sobresalto y la inútil prohibición de su madre y de su abuela.

Son las cuatro de la tarde y el sol ha empezado a bajar, aunque todavía calienta. Desde el balcón grande de la balaustrada, doña Vittoria ve a los nietos salir de la casa, bajar corriendo las escalinatas, «un día, esos niños se matan, Dios no lo quiera», dirigirse a la cochera que se abre junto a la escalera, y montados ya en las bicicletas salir por el camino de los castaños a toda velocidad, haciendo carreras, Totoya delante, «anda, píllame si eres hombre», y antes de perderse de vista por el primer recodo de la vereda, Mino ya ha adelantado a su hermana y le ha demostrado, de esa manera tan inocente, con

Leopardi ajeno, que es un hombre. A doña Vittoria se le han empañado los ojos. Después, los levanta hacia el cielo pidiendo tal vez no se sabe qué clase de ayuda a la Divinidad. Por fin, se encoge de hombros, pone en los labios una sonrisa enigmática, de temor o de felicidad, y toma la labor de *petit point* que asoma por el costurero de raso verde manzana y se aplica a ella con atento primor aunque con resultado dudoso. Sus manos blancas, largas y finas dan la puntada con precisa exactitud pero su mente ya está sumergida en un mar, en un lago de recurrentes recuerdos.

Martino Martinelli, el abogado milanés, espaciaba cada vez más las llamadas a la puerta de la alcoba de su mujer. La verdad es que eso, a Vittoria, no le importaba un *cavolo*, nunca mejor dicho. A ella, aquellas entregas gélidas, no le proporcionaban placer alguno, más bien le traían aburrimiento y sacrificio. Estaba deseando que Martino terminara. «¿Ya?», preguntaba impaciente. «Sí, pero, ¿tú...?» Ella sonreía con tristeza. «No te preocupes de mí. Las mujeres somos muy raras. Los hombres sois otra cosa. Te lo has pasado bien, y yo con eso estoy contenta.» Algunas noches incluso se quedaba en Milán, «trabajando», decía, en su bufete de Via Freguglia, y no iba a Villa Luce. «Cada día entran más asuntos en el bufete. No sé cómo voy a poder con todo. He mandado poner una cama turca en la salita del archivo y allí duermo a ratos. A lo mejor, tendré que tomar un pasante que me ayude. ¿Es formidable, verdad?» «Claro», se limitaba a decir ella.

A finales de octubre y entrado noviembre, el tiempo en el lago empezaba a ser algo desagradable. Las nieves descendían sobre las cercanas estribaciones de los Alpes y cubrían de gorros blancos los picachos. Cuando soplaba el viento del norte, bajaba un soplo helado que cortaba la cara y dificultaba la respiración. Antes de que llegara la Navidad, todo el monte en derredor del lago se vestía de blanco. Don Salvatore decidió que ya era el momento de trasladarse a la casa de Milán. Se hizo el traslado con gran disgusto de Vittoria, que quería permanecer en Villa Luce a toda costa, a pesar de los fríos y la nieve. «El lago mitiga el frío, papá. En el lago, el invierno, aunque sea crudo, es pasable, se soporta mejor.» Don Salvatore, que había renunciado a la autoridad, se mantuvo firme en esta ocasión. «¿Qué mosca te ha picado? En estas fechas siempre hemos estado ya en Milán. Este año se ha prolongado algo el verano, pero aquí no hay quien aguante el invierno, Vittoria. Además, la villa no está preparada para el frío. La casa se cierra y aquí se quedan sólo Enrico y los perros.» Los perros eran dos pastores alemanes, hermosísimos y fieles. Andaban siempre alrededor de Enrico, que era quien les ponía la comida, quien los bañaba y les cepillaba el pelo rubio oscuro, negro por el lomo, y quien jugaba con ellos enseñándoles a traer y dejarle en la mano los objetos que él tiraba lo más lejos posible, un rebuño de trapo o cosa parecida. Los dos competían en tratar de alcanzar antes que el otro aquella caza inerte. Eran macho y hembra, y fue Giacomo quien los había bautizado. El macho se llamaba *Marconi* y la hembra *Madame Curie*. Naturalmente, Enrico no los llamaba así, sino *Coni* y *Madam*.

La casa de Milán estaba en un primer piso amplio que ocupaba toda la planta de un *palazzo* de Corso Venezia, y allí había habitaciones de sobra para todos los habitantes de Villa Luce, incluida Faustina, que era considerada de la familia. La cocinera, Simona, elemento doméstico imprescindible para don Salvatore, era sobrina de una sirvienta que había sido también cocinera en casa del banquero, padre de la señora Maria Luce. Con los señores venían dos doncellas estables y de confianza. Durante el verano, el servicio aumentaba con dos o tres mozas del pueblo, «volanderas» como las llamaba Faustina. En Milán, disponían del matrimonio de mediana edad, que guardaba y limpiaba la casa en ausencia de los señores. Habían entrado jóvenes al servicio de don Salvatore y doña Maria Luce, y se llamaban cómodamente Tino y Tina, Celestino y Celestina.

Vittoria consintió por fin, ¿qué remedio?, en trasladarse a la casa de Corso Venezia, pero ordenó a Faustina que le preparara para que ella pudiera ocuparla la alcoba de Giacomo, igual que había hecho en Villa Luce. El dormitorio de ella debía quedar dispuesto «para que duerma el señorito Martino aquellas noches en que el señorito Martino se digne venir a dormir a casa». Y Faustina, sin hacer comentario alguno a las palabras de Vittoria, dispuso las cosas como se le había ordenado. En la casa de Milán, el matrimonio guardaba las mismas reglas que en Villa Luce. Martino llamaba a la puerta, y Vittoria le acompañaba al dormitorio de él, que en realidad era el de ella, al fondo de un pasillo, de modo que la pareja, para encontrarse juntos en la cama, tenía que emprender una pequeña peregrinación. Una de las pocas noches que él la llevó a su alcoba, terminada ya la fría ceremonia del débito conyugal, Vittoria se sentó en la cama.

–Martino, voy a tener un hijo.

Para dar esta noticia al marido, las mujeres suelen utilizar una fórmula algo diferente. Dicen «Vamos a tener un hijo» o, si quieren recalcar la paternidad, le dan más protagonismo al padre: «Vas a tener un hijo.» La frase «Voy a tener un hijo» es la manera en que una chica soltera confiesa a sus padres que se encuentra embarazada. Cuando una mujer dice «Voy a tener un hijo», la pregunta inmediata es «¿De quién?». Bueno, sea como sea, lo que Vittoria le dijo a Martino fue esto: «Voy a tener un hijo», y él, por supuesto, no preguntó que de quién.

Acogió la noticia con sorpresa y con alegría también, por supuesto, y hasta fue capaz de mostrar un asomo de entusiasmo y de júbilo. No se puso a dar saltos de alegría. Se acercó a su mujer, la rodeó con los brazos y la besó ligeramente en una mejilla. «Gracias», musitó. «De nada, Martino. Adiós.» Se levantó de la cama y se fue a su alcoba acariciándose el vientre por debajo del camisón mojado, mancillado por aquella efusión viscosa y asquerosa de Martino.

4. Lella

Vittoria estaba contenta, Martino estaba contento, don Salvatore estaba contento y Faustina estaba loca de alegría. Vittoria se acariciaba continuamente el vientre. El movimiento de acariciarse el vientre se había convertido en una costumbre y lo hacía incluso cuando caminaba por la calle. Martino no sólo estaba contento. Demostraba un júbilo presuntuoso, y mostraba que aquel acontecimiento de ser padre le tenía sorprendido y admirado. A don Salvatore, la noticia le daba por echar alguna lágrima de emoción, por dar gracias a Dios a todas horas y por hacer obras de caridad y mandar limosnas al convento de las benedictinas en Ghiffa, donde su hermana había sido monja de clausura con el nombre de sor Lucía. La que demostraba más alegría era Faustina. Parecía la abuela del niño, y desde que conoció el buen anuncio salía muchas tardes y volvía con algo para el bebé, ropita, pañales, minúsculas botas de lana, chupetes, frascos para los biberones, sonajeros, una medalla de oro con la imagen de san Ambrosio, la canastilla con bálsamo, polvos de talco, agua de colonia, esponjas, un vaso de plata o un osito de peluche.

–¿Cuándo llegará el niño, Vittoria? –Martino había hecho la pregunta con toda naturalidad, pero ella no pudo evitar un leve e imperceptible sobresalto. A veces, cuando algo inquietante le pillaba de sorpresa, la ceja izquierda le temblaba con un movimiento imparable.

–No sé. En el verano, claro. Lo tendrá que decir el ginecólogo. Dicen que las mujeres nos equivocamos siempre en estas cuentas.

–Yo sé hacer esas cuentas exactamente porque he visto muchas veces cómo las hace el tío Cósimo. Es sencillísimo. Ahora verás. ¿Cuándo has tenido la primera falta?

–Qué cosas preguntas, Martino. Deja que esas cosas me las pregunte el médico.

–¡Pero si yo soy tu marido, *amore*…! ¿Acaso un marido no puede preguntar a su mujer una cosa tan natural?

–Claro que sí, lo que sucede es que yo nunca he sido puntual, y lo mismo me retraso que me adelanto. No me gusta hablar contigo de estas cosas.

–Pero vamos a ver, *cara*. Tú ¿para qué día esperabas? Dos días arriba o dos días abajo, da lo mismo. Dice mi tío Cósimo que los niños muy pocas veces nacen en el día exacto en que deberían nacer.

–Si lo dice tu tío...

–Anda, dime el día en que tú creas que tuviste la primera falta, yo te hago una cuenta rápida y así nos hacemos una idea de la fecha en que vaya a venir el bebé.

Vittoria repasó en ese instante mentalmente el cálculo que ya había hecho tantas veces, y dio una fecha. La dio con desgana y sin convicción, como si la diera a voleo y para que Martino la dejase tranquila.

–Creo que fue el 28 de octubre. ¿Estás ya satisfecho?

Martino se aplicó a hacer cuentas con cierta excitación.

–Vamos a ver. El 28 de octubre, la primera falta. El día óptimo para el embarazo es catorce días antes, o sea el 14. –Se armó de papel y lápiz.– Diecisiete días de octubre, más treinta de noviembre, cuarenta y siete, más treinta y uno de diciembre, setenta y ocho, más treinta y uno de enero, ciento nueve...

—Martino, no seas terco. Es ridículo. Todo eso lo hace el médico mucho mejor que tú, que para eso está.

—No me interrumpas, que me equivocas. No es nada ridículo que un padre quiera saber cuándo va a nacer su hijo, y yo sé hacer esas cuentas con la misma exactitud que un médico, porque las he aprendido de un médico. ¿Por qué tienes tanto interés en que no haga estas cuentas?

—¿Yo? Por mí, como si quieres calcular el embarazo por logaritmos. Sigue, sigue, si eso te divierte.

—Ciento nueve más veintiocho días de febrero..., ¿sabes tú si el año que viene es normal o bisiesto?

—Yo qué sé, qué tonterías preguntas, hijo, ¿qué más dará un día de más o de menos?

—Bueno, déjame que siga. Ciento nueve más veintiocho, ciento treinta y siete, más treinta y uno de marzo, ciento sesenta y ocho, más treinta de abril, ciento noventa y ocho, más treinta y uno de mayo, ya son doscientos veintinueve, más treinta de junio, doscientos cincuenta y nueve, y con veintiún días de julio se completan los doscientos ochenta días, o sea, diez meses lunares. 21 de julio. Anda, mira qué casualidad, por poco que te retrases, y las primerizas dice el tío que siempre se retrasan, el niño nace en la fiesta de san Giacomo, 25 de julio. Ese día celebrábamos la onomástica de tu hermano, ¿te acuerdas?

—Claro que me acuerdo. Otras virtudes no tendrás, Martino. Pero desde luego el Espíritu Santo te ha adornado generosamente con el don de entendimiento. Y además, la Divina Providencia te ha regalado el don de la oportunidad.

«Ese imbécil.»

Martino Martinelli daba por sentado que a Vittoria la trataría durante el embarazo y luego en el parto el ginecólogo y cirujano don Cósimo Martinelli, *lo zio Cosimo*, de quien se murmuraba en los salones de la buena sociedad milanesa que se dedicaba a practicar abortos clandestinos por un buen puñado de liras. Algunas niñas de buena familia habían pasado por sus manos para quitarse «un desliz». La guerra y la posguerra habían relajado alarmantemente las costumbres, y las niñas bien, las no tan bien y por supuesto también las niñas mal, se habían dedicado con cierta despreocupación y liberalidad a facilitar a los muchachos que marchaban al frente o que disfrutaban unos días de permiso, las delicias del *reposo del guerrero*. La admiración por el héroe y la entrega fácil de las muchachas es el premio más ambicionado de los soldados.

Lo dejó caer en la sobremesa como si ya estuviese decidido.

–Cuanto antes deberías hacerte visitar por el tío Cósimo, que él confirme el embarazo y te dé los consejos adecuados para estos casos. Tendrán que hacerte análisis y vigilarte la salud, comer determinados alimentos, tal vez tomar alguna vitamina, dar paseos, o no, reposar estos primeros meses. El tío Cósimo es un sabio.

–Mira, Martino, la última persona que yo dejaría que me viera y tratara en esta situación es tu tío Cósimo. Olvídate de ello y no vuelvas a proponerlo si no quieres que me dé un ataque de nervios. Hay que buscar un ginecólogo bueno y de confianza, pero que no sea de la familia. Nunca se debe recurrir a los médicos de la familia, como tampoco a los abogados o a los confesores cuando son parientes. Ésa es una regla de oro, ¿verdad, papá? Di tú algo.

–Estoy absolutamente de acuerdo contigo, Vittoria –habló don Salvatore y miró significativamente a su hija–. Don Cósimo es un médico excelente, pero quizá más adecuado para casos complicados, de esos que necesitan alguna intervención quirúrgica. Tiene mucha fama de buen cirujano. Pero mientras vaya todo normal, lo que necesitamos es un médico práctico y luego, en el parto, una matrona experimentada. Dios querrá que todo salga como yo se lo pido. He pensado que lo mejor es ponernos en manos del doctor Pistolesi, jefe de Ginecología en la clínica del Gesú Bambino, que además de ser una eminencia tiene la ventaja de que pasa todo el verano en Solcio, a dos pasos de Villa Luce. Porque tú querrás que el niño nazca en Villa Luce, ¿verdad, Vittoria? Y tú también, supongo, Martino. No vas a dar a luz en Milán y en pleno verano, con más de treinta grados de temperatura y la ciudad desierta.

–No es que quiera dar a luz en Villa Luce, papá. Es que «voy» a dar a luz en Villa Luce. Mañana pide hora para mí en la consulta de ese doctor Pistolesi.

–Ya lo he hecho, hija –sonrió el prohombre–. Te recibe el miércoles a las nueve y treinta. Ha recomendado que acudas en ayunas.

–Te acompañaré yo.

–Nada de eso. En esas visitas, los hombres no hacéis más que estorbar. Vendrá conmigo Faustina. Tú te quedas en Via Freguglia dándole trabajo a la secretaria nueva que te cuesta un riñón, y a la cual habrá que sacarle rendimiento, claro.

Claro estaba que la frase de Vittoria llevaba intención perversa. Martino había despedido a una antigua secretaria, ya mayor, con el pretexto de que se tomaba demasiadas confianzas, faltaba al trabajo algunas tardes y salía y entraba cuando le parecía, y había contratado a una chica joven y pizpireta, que vestía con exageración y se movía con desenvoltura. Claretta, se llamaba la criatura. «Vaya, hombre, como la Petacci», había comentado Vittoria. Cierta amiga del colegio, hija de un famoso mercantilista de Milán, le había informado enseguida. «La Claretta esa que ahora trabaja con tu marido ha pasado por todos los divanes de los bufetes de Via Freguglia. No hay *chaisse-longue* jurídica en Milán que no le conozca el trasero. Se sienta en un sofá y los muelles rechinan el nombre de "Claretta, Claretta". Espabílate, porque ésa, en vez de piernas, tiene un compás y lo abre en cuanto le tocan el resorte.» Se encogió de hombros. Lo que hiciera Martino le traía al fresco. Desde un cierto punto de vista, se alegraba. Así la dejaría más tranquila, cosa que siempre había deseado, y ahora aún más, con el embarazo. Ahora, la indiferencia se había trocado en repugnancia. Pero su orgullo le escocía por algo que no llegaba a ser herida, quizá un rasguño molesto. Jamás le perdonaría a Martino que la compartiera a ella con una putita vulgar y corrida. Ella tenía derecho... Bueno, eso de los derechos, mejor dejarlo.

Marzo trajo aquel año un calor adelantado. No parecía sino que en vez de entrar en el cielo la primavera, hubiese llegado por sorpresa el verano. Las señoras sacaron anticipadamente los trajes livianos, y las muchachas, sus faldas cortas y sus blusas de seda transparente. El embarazo de Vittoria avanzaba con normalidad y ya se le veía el vientre bastante abultado. «Parece que voy en la banda y llevo el bombo», bromeaba Vittoria. «A ver si son gemelos», anunciaba Martino. «Lo que venga será bienvenido, pero si es niño, mejor. No quiero morirme sin que Dios me haga conocer a un nieto varón», opinaba don Salvatore. «Pues será una niña», decretaba Faustina. «Y si fueran gemelos, tendré que comprar todo doble, la cuna, el cochecito para pasearlos, otra medalla de san Ambrosio...» «¿Y si fueran gemelos? ¿Y si fueran un niño moreno, de pelo azul de tan negro, y una niña de ojos azules, verdes a ratos, y rubia como ella?» Vittoria se estremecía. Muchos de los pensamientos de Vittoria terminaban en un estremecimiento.

Antes de finales de marzo, con el pretexto del calor, Vittoria ya quería irse a Villa Luce. La verdad es que la primavera en el lago Maggiore es muy hermosa. Florecen las azaleas, los camelios se nievan de flor intangible y casta que se mustia y ennegrece cuando la tocan, o de camelias rosadas, sanguinolentas, y marea el perfume intenso de las magnolias, estallan los pomposos racimos de las hortensias multicolores y se abren los capullos de las rosas. «El parque de Villa Luce en este tiempo es un jardín, y el paseo de los castaños es un camino del paraíso. El doctor Pistolesi ha recomendado que me conviene caminar. Caminar sin fatigarme un buen rato todos los días es bueno para el niño y para el parto. En Milán no hay quien dé un paso. Entre el calor y la gente, la ciudad se pone intransitable.» A Vittoria, el embarazo, le había dado por hablar con más gravedad y conocimiento. «Hija, por Dios, te ha dado por hablar como un catedrático», le decía su padre.

Como el calor no remitía, don Salvatore accedió gustoso a trasladarse a Villa Luce a últimos de marzo. Se fueron todos menos Martino, que recomenzó su vida de ir y venir algunos días de Lesa a Milán y de Milán a Lesa. Vittoria daba largos paseos por el camino de los castaños, leía en la terraza algún libro de la nutrida biblioteca del prohombre, escuchaba discos en el viejo gramófono, se ocupaba sólo un poco de la casa, porque en realidad era Faustina quien llevaba el gobierno, ordenaba la ropa del niño y hacía que Enrico le explicara el ciclo de las flores y le enseñara el nombre de los árboles más raros. De repente, le entraban curiosidades que antes no había tenido, y preguntaba el nombre de los montes lejanos y de los pueblos de los alrededores, incluidos los de la orilla lombarda, y quería conocer noticias de los lagos de la zona, Mergozzo, Varese, Orta, con la pequeña isla donde vivió san Giulio...

Abril fue también caluroso y sereno, aunque al atardecer refrescaba y Vittoria se arrebujaba entonces en la toquilla de conchas verdes de ganchillo que había sido de su madre, o entraba a la casa para no enfriarse. «Si vas al lago, ten cuidado con los resfriados, *figliola*[1]. Sobre todo huye de las corrientes de aire. Es preferible pasar un poco de frío que ponerse al filo de una corriente.» El doctor Pistolesi se llamaba don Plácido, y la verdad es que no se hubiese podido encontrar otro nombre que le viniera mejor a su carácter. Siempre la llamaba *figliola*. Realmente era una *ragazza* de veinte años, y con el embarazo le había desaparecido la sombra de vejez prematura que se le pintó en el rostro después de la noche de la tragedia en el lago. Ahora parecía aún más joven de lo que era y producía ternura verla embarazada tan joven. En su última visita a la consulta, antes de marcharse al lago, don Plácido, después de mirar en el libro donde anotaba las circunstancias de sus clientes, le hizo una pregunta con tono rutinario, privada adrede de cualquier interés especial.

—¿Estás segura de que tu primera falta de regla fue el 28 de octubre, *figliola*?

Vittoria enrojeció levemente, dudó un instante, notó un ligero temblor en el labio inferior y en la ceja izquierda que

1. Hijita.

87

quizá no pasó inadvertido para el viejo ginecólogo, y acertó a responder:

–No. Segura, segura, no estoy, doctor. Creo que fue el 28 de octubre. Mucho antes no pudo ser porque me casé el 18 de septiembre y creo recordar aunque no con exactitud, a lo mejor, no, que a los pocos días tuve el período. Siempre he sido una calamidad para acordarme de esas fechas.

–Claro, claro. No tiene importancia, *figliola*. No serías tú la única mujer que se equivocara en eso. Por lo demás, todo va estupendamente. Estáte tranquila y relajada. No te tomes disgustos y olvida las prisas. Debes pasear despacio, leer un rato, mirar el lago y admirar las flores. Todo eso es muy bueno para el *bambino*[1]. Saldrá todo muy bien. De todas formas, yo pasaré en Solcio los fines de semana, y me acercaré a Villa Luce para darte un repaso. Esto lo veo muy adelantado.

Vittoria volvió a enrojecer, pero ya estaba vuelta hacia la puerta del despacho del doctor Pistolesi, que sonreía más plácido que nunca.

Si en la primera mitad de abril el tiempo había sido bueno, casi veraniego, en cambio durante las dos últimas semanas el mes había venido airoso y lluvioso, desapacible y con algún temporal nocturno, que en el lago producen sobresalto en los espíritus pusilánimes, y a veces en otros más templados. Mayo se presentía también ventoso y con lluvia. Ya lo había anunciado Enrico, que era un pozo de refranes. «Cuando marzo mayea, mayo marcea.» Azotados por la tormenta, quedaron arruinados algunos macizos de flores, se quebraron algunas ramas débiles de los árboles, al Ticino se le encabritaba a veces el lomo y llegaba con sus aguas hasta anegar el embarcadero y a ratos incluso amenazaba con lamer el paseo *lungolago*[2] y el borde de la carretera. Vittoria, recluida en la casa, pasaba largas tardes dando puntadas de *petitpoint* o bordando realces y charlando con Faustina de cosas banales. Nadie hubiera podido

1. Niño.
2. A orillas del lago.

reconocer en aquella muchacha tranquila y primorosa a la chiquilla agitada e inestable de un año atrás. Una tarde, la conversación se tornó grave y confió a Faustina las noticias que le dieron acerca de la nueva secretaria de Martino, aquella putita llamada Claretta, que había yacido en todas las meridianas y pasado bajo las togas de todos los abogados de los alrededores del Palacio de Justicia. En los ambientes judiciales la llamaban *La Legge*[1] porque era igual para todos.

–Es un guarro y un imbécil –concluyó Vittoria sin alterar la voz.

–No digas eso, niña. Es tu marido. Ten un poco de respeto.

–¿Respeto? Es un *cornuto*.

–Ave María Purísima, qué cosas dices. Eso no lo dice una señora. Además, eso es insultarte a ti misma. Anda, vamos a rezarle un rosario a san Ramón Nonato para que ayude a que venga bien el *bimbo*. Domine labia mea aperies...

Durante los largos ratos que pasaba sola, el pensamiento se le escapaba una y otra vez hacia el recuerdo del hermano con viciosa terquedad. No hacía nada por espantarlo de su cabeza, sino todo lo contrario, buscaba y acariciaba esos recuerdos, y se recreaba dolorosamente, morbosamente, en ellos. En Villa Luce, esas evocaciones se animaban hasta tomar vida casi real porque Villa Luce había sido el escenario de los acontecimientos que paradójicamente la afligían y consolaban al mismo tiempo. Durante el invierno, Giacomo y ella no se veían. El chico estudiaba en el colegio San Carlo de Milán, la famosa institución católica con reputación de impartir una enseñanza abierta y liberal, y a ella la mandaba don Salvatore a Suiza, a un internado de monjas en Lausana. Se reunían también en las vacaciones de Navidad, pero la vida en la casa de Corso Venezia no tenía nada que ver con la de Villa Luce. En Milán, los hermanos tenían pocas ocasiones de estar unidos largas horas,

1. La ley.

de buscar aventuras juntos lejos de las miradas de los demás habitantes de la casa.

Cuando estalló la guerra, se fueron todos a Villa Luce. En aquella zona del lago, don Salvatore era respetado por todo el mundo y la vida era más fácil y grata que en Milán, lejos del peligro de los bombardeos y de la escasez de alimentos estrictamente racionados. Los niños dejaron de ir a los colegios y todos los días venía desde Stresa en bicicleta un viejo profesor, don Candido Falcione, que les explicaba las materias elementales durante tres horas todas las mañanas, matemáticas, física, historia y gramática. Pero luego nadie se encargaba de obligarles a estudiar y llevaban una vida libre y casi salvaje. Sin embargo, a Giacomo le gustaba leer. Leía desde muy joven, casi niño, cualquier cosa que caía en sus manos, novelas, poemas, biografías o literatura clásica, y cogía continuamente libros de la biblioteca de don Salvatore. La biblioteca era una gran sala forrada de madera, con el techo muy alto porque abarcaba la altura del segundo piso, y disponía de una escalera por la que se subía a una galería doble, una encima de la otra, también de madera, que permitían alcanzar fácilmente las estanterías más elevadas. Así fue como un día, curioseando los libros de la biblioteca alta, encontró dos perlas prohibidas, una edición del *Decamerón* de Boccaccio con dibujos en color que ilustraban las historias eróticas, hombres y mujeres, frailes y monjas arremangados o desnudos y haciendo el amor en diversas posturas, y otra edición del *Kamasutra* con ilustraciones indias, igualmente expresivas y desvergonzadas. Del *Decamerón* le divertía especialmente la figura de un fraile gordísimo que orinaba en un jardín con una mangarriega exagerada, descomunal, «imposible» decía Giacomo.

Vittoria bajó las manos con el libro que leía, *Jane Eyre*, de Charlotte Brontë, y todavía abierto lo dejó descansar sobre la falda. Otras veces, era la labor la que quedaba reposando olvidada encima del vientre alto, henchido. Al fondo de la explanada, colgado de la rama horizontal de un árbol grande, estaba todavía el columpio que les había fabricado Enrico el jardinero seis o siete años atrás, todavía en los tiempos de la guerra. Era un columpio rústico hecho con una tabla doblemente agujereada por los extremos. Una cuerda gruesa y resistente pasaba por los agujeros de la tabla y se anudaba en la rama alta y fuerte del árbol, bastante separada del tronco para evitar el peligro del choque. Enrico había clavado sobre la tabla una almohadilla de lona rellena de plumas y forrada con una tela impermeable para preservarla del agua de las lluvias. Con un pequeño salto, se podía subir uno al rústico asiento almohadillado y los pies se quedaban colgando a dos palmos del suelo. El recuerdo se le aparecía muy preciso y minucioso, y Vittoria se detenía en él para repasar en la memoria todos los detalles.

Se había empeñado en columpiarse primero, antes que el hermano, y estrenar ella el juguete. A pesar de haber cumplido ya los quince años tenía caprichos de niña pequeña. Giacomo andaba por los trece y, como siempre, obedecía a su hermana mayor, voluntariosa y mandona. «Anda, ayúdame a subir y empújame para que me columpie.» Llevaba un vestido blanco de falda amplia y plisada con los pliegues sueltos haciendo vuelo, calcetines también blancos que le llegaban a media pierna y unos zapatos de piel igualmente blanca. El cuerpo del vestido, abotonado por delante, aunque holgado, se ajustaba un poco más al pecho, y permitía la insinuación de los senos breves y puntiagudos. Aquel verano, por primera vez, Faustina le había comprado unos sujetadores y ella iba mirándose en todos los espejos de la casa orgullosa de sus tetitas. Giacomo la ayudó a subirse al columpio, y se puso frente a ella para darle impulso empujándola por las rodillas. Subía hacia atrás con las piernas encogidas bajo la tabla del columpio, y al bajar las estiraba para cortar mejor el aire, según la técnica que les había explicado Enrico. Al descender de frente, el vuelo de la falda se le subía hasta la cintura, y ella, con las dos manos agarradas a la cuerda del columpio, nada podía hacer para bajarla.

—Quítate de ahí y empújame por detrás.

–¿Por qué?

–Porque me estás viendo las bragas.

–Bueno, ¿y qué?

–Que los niños no pueden ver las bragas de las señoritas, ni saber del color que las llevan. Es una falta de educación y además es pecado.

–Pues cuando viene Lella me enseña las bragas. Cuando monta en bicicleta se le ven las bragas, y cuando juega al tenis se le ven las bragas. Siempre está enseñando las bragas. Y además, se sube la falda y me enseña un lunar que tiene en un muslo, muy arriba, anda, para que lo sepas. Y yo no pienso confesarme de eso con el padre Prini.

–Lella es una fresca y además de enseñar las bragas se besa con los niños. Y tú estás en pecado mortal y tienes que confesarte con el padre Prini y que te ponga una buena penitencia. –Vittoria seguía meciéndose y hablaba a ráfagas porque el viento la ahogaba al descender de cara–. Vete detrás de mí ahora mismo y me empujas por la espalda.

–No me da la gana.

Bajó de un salto y corrió hacia él. También Giacomo corría para escapar de ella. Al fin, Vittoria le alcanzó, echándosele encima y rodaron los dos por el suelo. «Me has hecho daño, bruta», y se llevó la mano a la boca como si allí tuviese el dolor. «No te he hecho nada. Mentiroso.» Pero le llenó de besos la cara, los párpados, las mejillas, la nariz, la barbilla, los labios.

–¿Tú sabes cómo besan de amor los hombres?

–Será igual que todo el mundo.

–No, tonto. Lella me lo ha contado. Cuando seas más grande, te lo enseñaré, pero no dejes que Lella te lo haga, porque entonces ya no te besaré yo nunca. Además, he dejado de ser una niña porque ya llevo sujetador.

–Déjame verlo.

–Bueno, pero nada más que un poco.

Se abrió los primeros botones del vestido y mostró un pecho encarcelado en la copa de un breve sostén, blanco como todo lo demás. Giacomo tendió la mano hacia el pequeño seno encarcelado con un movimiento instintivo. Vittoria se retiró velozmente, se abotonó y le dio un manotón a su hermano, tan fuerte que el dorso de la mano atrevida se le puso encendido y con los dedos de ella señalados en tiras rojas.

—Mira lo que me has hecho —se quejó Giacomo, ya con los ojos húmedos.

—No seas llorica. Eres un llorica manteles. —Lo abrazó con mimo—. Dame. —Le tomó la mano, se la besó varias veces, se la refrescó con la punta de la lengua y después se la llevó al pecho por debajo del vestido y la tuvo allí apretada bajo la suya durante unos minutos.

Giacomo podía sentir perfectamente en la mano los latidos del corazón de Vittoria, y ella escuchaba los del corazón de Giacomo, acelerado por la emoción. Faustina los llamaba a gritos desde la puerta de la casa. Sin duda era la hora de la comida. Vaya por Dios.

Giacomo llevaba siempre en la muñeca el Longines de oro que le había regalado don Salvatore el día de su Primera Comunión. Estaba orgulloso de llevar reloj como los hombres y consultaba la hora cada pocos minutos.

—Enrico, a ver si adivinas la hora que es.

Enrico miraba al cielo para comprobar por dónde iba el sol, y luego medía con un vistazo lo que había avanzado la sombra del primer abeto del camino trasero de la finca.

—Falta poco para las once.

Consultó el Longines. En efecto, eran las once menos tres minutos.

—¿Y tú cómo lo sabes sin mirar el reloj?

—Yo no necesito reloj. El sol es mi reloj. La sombra es como una aguja de reloj que va marcando las horas.

—¿Y por la noche?

—Por la noche, me arreglo con las estrellas. Según lo alto que va Júpiter, así es una hora o es otra. Y luego, con la aurora, el lucero de la mañana.

–¿Y nunca has tenido reloj?

–No, galán. Eso del reloj es para los señores. Yo soy un pobre, y además, ya ves que no lo necesito.

En aquel momento, sonaron las once campanadas en el reloj de la torre de la iglesia.

–¿Lo ves? Cuando no hay sol o no se ven las estrellas, está el reloj de la torre.

Giacomo se quedó pensativo. De repente, tuvo la idea. Se quitó el Longines y lo tendió a Enrico.

–Toma. Te doy mi reloj.

–¿Y eso a qué viene?

–Porque no quiero que te mueras sin tener un reloj.

–Muchacho, muchas gracias, Dios te lo pague, pero yo no puedo llevar un reloj de oro. Todo el mundo iba a reírse de mí. Pensarían que te lo he robado o que me he vuelto loco. Además, ya ves que no me hace falta.

–Pues te lo guardas. Quiero que lo tengas tú.

–Pero, ¿por qué te ha dado esa idea?

–Porque eres muy bueno y nos has hecho el columpio, y no has tenido nunca reloj, y así no tienes que mirar al sol y a las estrellas. Y además, que yo te quiero mucho.

Le dejó el reloj en las manos y echó a correr hacia la casa. Enrico fue a ver a don Salvatore para devolverle el Longines.

–Demontre de muchacho, ¿pues no quiere darme su reloj de oro? De oro tiene el corazón ese chico, don Salvatore.

–Quédate con el reloj, Enrico. Te lo ha dado Giacomo y bien dado está. Ya le compraré yo otro al muchacho.

Enrico se volvió con los ojos empañados. Por primera vez en su vida, estuvo a punto de soltar unas lágrimas. «Coño con el muchacho, que me va a hacer llorar el puñetero.»

Aquel fin de semana trajeron sus padres a Lella, que iba a quedarse en Villa Luce un par de días. El *cornuto* tenía que ir a Roma a terminar un importante negocio, y la madre de Lella aprovechaba el viaje de su marido para pasar unos días en

Turín, en casa de unos parientes y sabe Dios para qué más. También a Lella le habían puesto un sujetador, y las dos niñas se miraban el pecho la una a la otra haciendo comparaciones silenciosas. Lella vestía un traje rosa sujeto a la cintura con una cinta que formaba un gran lazo a la espalda, y ella se había apretado mucho el cinturón, seguramente para hacer resaltar más el relieve del pecho y para acortar la falda hasta por encima de la rodilla. Los tres niños pasaron el día juntos, montando en bicicleta, jugando al tenis y al críquet, meciéndose en el columpio, cazando mariposas que luego liberaban de nuevo, buscando nidos de pato y saltando a la comba. Las niñas jugaban también al diábolo y competían entre ellas en lanzarlo más alto que la otra y recogerlo con la cuerda sin que se cayera. Había llegado de América la moda del yoyó, y Giacomo lo manejaba como un malabarista, lo lanzaba hacia un lado y otro, o hacia arriba, lo pasaba por debajo de una pierna o de otra, o lo jugaba por la espalda, extendiendo el brazo por encima de un hombro, y lo recogía siempre perfectamente enrollado. Lo dejaba caer hasta el suelo, con el cordón tenso, y entonces lo subía hasta la mano con un único tirón seco que hacía rodar y ascender por el hilo las dos rodajas gemelas de pasta. Las niñas asistían maravilladas a ese espectáculo casi circense y él se esponjaba de presunción.

A la noche, jugaron a la oca, y se incorporó a ellos Faustina, pero lo dejaron enseguida, cansados como estaban del ajetreo del día. Lella se empeñó en dormir con Vittoria en la misma cama, que era suficientemente ancha para las dos, porque decía que le daba miedo dormir sola y que en su casa dormía siempre con su hermana mayor.

–No olvidéis cepillaros los dientes y el pelo. Hala, lavaos las manos y rezad –les recomendó Faustina, y entró dos o tres veces en la alcoba a comprobar que todos los encargos habían sido cumplidos–. Si queréis algo, llamad al timbre. Buenas noches. Que seáis buenas y os durmáis enseguida. No os pongáis a charlar hasta las tantas–. Y besó a las dos en la frente. Apagó la luz del techo, una lámpara de cristal de Murano, y dejó encendida solamente una pequeña bombilla que daba un resplandor tenue y rojo, por si tenían que levantarse a media noche.

Desde que Lella había avisado que quería dormir en la misma cama que Vittoria, ésta adivinaba que algo especial o extraordinario iba a ocurrir entre las dos, y lo esperaba con picante curiosidad. Lella le despertaba sentimientos encontrados. Le inquietaban su seguridad en sí misma y su audacia, la admiraba y la aborrecía al mismo tiempo. Pero sentía por ella una rara fascinación y estaba deseando que viniese a Villa Luce. Por otro lado, se irritaba al verla acercarse a Giacomo.

Se habían acostado con el camisón encima del sujetador y las bragas. «Para dormir, el sostén me aprieta demasiado. ¿Quieres soltármelo, por favor?» Era Lella, naturalmente. Se sentó en la cama, se levantó el camisón hasta más arriba de la cintura y ofreció la espalda para que la amiga desabrochara el sujetador. «Espera. Te lo quitaré yo también a ti.» Vittoria se dejó hacer.

—¿Cuál de las dos tiene más pecho, tú o yo?

—No sé —respondió Vittoria.

—Vamos a medirlo —y Lella se quitó el camisón del todo, ayudó a Vittoria a hacer lo mismo y juntaron los pechos, sujetándolos con las dos manos y frotándolos como si los midieran y compararan su tamaño, todavía breve, pero algo más que incipiente.

—Me parece que tenemos las dos igual.

La voz se había hecho confidencial y temblorosa, voz para conjurar y llamar al pecado, para convocar clandestinamente al pecado.

—Sí. Oye, ¿tú te tocas por la noche?

—¿Y tú?

—Yo, sí. Me toco todas las noches.

—Yo también.

—Yo tengo un álbum con fotografías de artistas guapos, y me toco mirando a alguno, a Robert Taylor o a Clark Gable. Algunas veces miro a Amadeo Nazzari. A ti, ¿qué actor te gusta más?

–Yo, eso de mirar fotografías, no lo hago. Me gustaría mirar a Robert Taylor. ¿No dices que te acuestas todas las noches con tu hermana mayor? ¿Es que miráis las fotografías las dos juntas? ¿Se toca también tu hermana?

–No, tonta. Eso lo he dicho para que Faustina nos dejara dormir juntas. Quería dormir contigo. Es mucho más divertido, ¿verdad? ¿Te gusta a ti que durmamos juntas? A mí también me gusta mucho Robert Taylor. Algunas noches sueño con él. Se acerca, me da un beso en la boca, me desgarra el camisón y me viola. A mí me gusta soñar que me violan. Es formidable que te violen. ¿Quieres que te toque yo?

–No. Me da vergüenza.

–Mujer, para eso somos amigas. No se enterará nadie.

Y Lella ya había puesto la mano en el vientre de Vittoria y la introducía por debajo de las braguitas hasta acariciarle el vello ya un poco crecido y rizado, y abrirle los labios con dedos ágiles, sin duda expertos. Notó cómo Vittoria estiraba las piernas en la cama en espera del placer.

–Anda, tócame tú a mí si quieres, que me da envidia. Pero espera, que me quitaré las bragas del todo. Y tú quítatelas también. ¿Quieres que te dé un beso de hombre?

–Bueno.

Un rato después estaban dormidas como dos ángeles inocentes.

A la mañana siguiente, Faustina las despertó para ir a misa a la iglesia de Lesa. Lella se sobresaltó cuando vio a Vittoria arrodillarse delante del confesonario del padre Prini.

–Padre, he pecado contra la pureza.

–¿Cuántos años tienes, hija?

–Quince, padre. Voy para dieciséis.

–Dime cómo ha sido y cuántas veces.

–Me he tocado con una amiga. Sólo una vez.

–¿Hasta sentir placer?

–Sí, padre.

Cuando se levantó del confesonario y se arrodilló para rezar la penitencia, Lella le preguntó:

–¿Qué le has dicho al cura?

–Que me he tocado con una amiga.

–¿Conmigo?

–No. No le he contado con quién. No me lo ha preguntado.

–¿Y qué te ha dicho?

–Que la *Madonna* estará avergonzada de nosotras, que le rece un rosario de rodillas y que le prometa no volver a hacerlo y permanecer pura.

–Yo no me confieso porque así esta noche lo hacemos otra vez.

En la iglesia hacía calor. La respiración de la gente que llenaba por completo la nave, las nubecillas de incienso que ascendían desde dos turíbulos situados a ambos lados del altar mayor, el olor caliente a cera derretida y el perfume espeso de las flores terminaron por marear a Giacomo, que estuvo a punto de caerse de bruces. Lo sujetó Faustina y lo sacó fuera de la iglesia, al atrio, y lo sentó en un poyete bajo, de piedra, con la cabeza entre las rodillas. El mareo se le pasó enseguida, pero ya no volvió a entrar en la iglesia. A medida que avanzaba la mañana y ascendía el sol por un cielo limpísimo, el calor se hacía más fuerte.

–Vamos a bañarnos en el lago –propuso Lella.

–Bueno, pero aquí, en la playa del embarcadero, no. Vamos a los sauces –propuso el chico.

A Vittoria, la propuesta de Giacomo le sentó como una pedrada. Ella consideraba el lugar de los sauces como un santuario exclusivo, una propiedad secreta de los dos que nadie debía compartir con ellos y mucho menos esa fresca de Lella. Desde muy pequeños se habían acostumbrado a verse en los sauces sin que nadie sospechara el escondite, y siempre que se citaban allí lo hacían al través de los mensajes que se dejaban en el sol de porcelana del comedor grande, en el *rubicundo Apolo*, y ya sabían que el encuentro en los sauces era para hacer alguna picardía. Giacomo había confeccionado un código secreto que consistía en sustituir las letras con números. Adquirieron tal pericia para descifrar el código, que ya leían los mensajes de corrido sin consultar la clave. Más tarde, las letras quedaban sustituidas por otras letras, y finalmente por signos caprichosos o cabalísticos. Allí, bajo los sauces, habían transcurrido las horas más felices de su vida.

Sin embargo, Vittoria no opuso ninguna objeción a la propuesta de Giacomo. Le dejó a Lella un traje de baño suyo y la bicicleta, y Giacomo la llevó a ella en el cuadro de la de él. Así los retrató Faustina en esa fotografía que todavía guardaba Giacomo en su cuarto. Notaba su aliento en la nuca, su respiración fatigada por el esfuerzo de pedalear para los dos, y sentía sus brazos de niño fuerte apretándole el cuerpo, y si se alzaba por encima del sillín para dar mayor impulso a los pedales, advertía el roce del sexo de él en el comienzo de su cadera. Aquel día y en aquella bicicleta se percató ella claramente de lo mucho que amaba a aquel muchacho moreno, de ojos grandes y profundos, conocedor de aventuras sorprendentes, de extrañas historias de los personajes de la mitología y de poemas maravillosos, que aguantaba toda clase de pequeñas crueldades con que ella lo mortificaba, que se emocionaba hasta galoparle el corazón como un potro desbocado al ponerle su mano en el pecho y que todavía no le había enseñado nadie a besar como los hombres. Lo amaba más que a ninguna otra persona en el mundo.

Llegaron al claro redondo y sombreado que formaban los sauces. Las niñas ordenaron a Giacomo que se alejara y que se volviera de espaldas y empezaron a desnudarse para ponerse el traje de baño. Vittoria hizo la operación muy rápidamente y, corriendo descalza, se fue hacia la orilla. «Voy a ver cómo está el agua.» Lella, en cambio, se recreaba en el *spogliarello*, y cuando ya estaba completamente desnuda se frotaba el cuerpo con mucha lentitud y recreo. Estaba segura de que Giacomo estaría escondido por ahí, espiando desde detrás de los sauces, y disfrutaba con el pensamiento de saberlo contemplándola, admirándola, absorto. Muy probablemente ella sería la primera mujer que Giacomo veía completamente desnuda, y ahora estaría tocándose, y esa idea la excitaba agradablemente. Por fin, terminó de ajustarse el traje de baño y fue hacia la orilla a unirse con Vittoria y jugaban chapoteando, echándose manotadas de agua a la cara y dándose aguadillas una a otra. Al poco, llegó también Giacomo, acalorado el rostro, casi ardiendo. Se metió con ellas en el lago y se incorporó a los juegos. Se sumergía por completo y metiendo la cabeza entre las piernas de cualquiera de las dos chicas, las empujaba hacia arriba, elevándolas por encima de la superficie. Después, lo hacía con las dos manos juntas. «Cochino. Con las manos, no, que lo que buscas es tocarnos por ahí. Si quieres con el cuello, bueno», decía Vittoria. «Déjalo, Vittoria. Que lo haga con lo que quiera. Es todavía un niño pequeño. Seguramente no sabe todavía besar de amor como los hombres», reía Lella.

El agua, según el sabio de Mileto, es el principio de toda vida. Pero también es el fin de todos los incendios.

5. Elettra

El libro de *Jane Eyre* resbaló por la falda y cayó al suelo. Llamó a Enrico, que andaba por allí cerca jugueteando con los pastores alemanes, *Marconi* y *Madame Curie*, para que se lo alcanzara, porque a ella le producía ya una cierta incomodidad agacharse. La caída del libro cortó en su mente el hilo de los recuerdos. Pero de repente le asaltó una idea. Se puso en pie y corrió hacia el comedor grande, abrió la vitrina de cristal biselado y tomó el sol de porcelana de Capo di Monte. Los últimos mensajes que le había dejado allí Giacomo fueron para citarla en los llorones la tarde de su boda y para decirle que no se casara con «ese imbécil». Pero ¿le habría dejado algún otro antes de morir? Le temblaban las manos. Casi se le cae la tapadera con los cabellos del *rubicundo Apolo*. Allí había un papelito plegado en dos dobleces. Lo abrió con una emoción que casi le impedía respirar. Sin códigos ni niñerías, había escritas sólo seis palabras. «Te espero en la muerte, amor.»

La guerra había acabado y los alemanes regresaban a su patria por el norte de Italia. El grueso de la retirada germana no se realizaba por el lago Maggiore, sino por el de Garda, así que esta zona del norte italiano permanecía en una relativa tranquilidad, sin represalias ni tiroteos. Los americanos subían desde el sur entre aclamaciones entusiastas del pueblo. Mussolini, muerto, colgaba de los pies con la gran cabeza romañola cerca de la tierra. Claretta Petacci, también. Partisanos y fascistas prolongaban el odio de la guerra, pero allí, en los pueblecitos del lago, los enfrentamientos eran menos enconados y sangrientos que en las grandes ciudades.

Lella había vuelto alguna vez a Villa Luce, pero no fue invitada a quedarse a dormir. Además, ahora no proponía acostarse con Vittoria y sólo quería estar junto a Giacomo, a ser posible a solas, y trataba de llevarlo hacia la parte del parque que estaba a la espalda de la casa, o a la pista de tenis, donde había una caseta en la que se guardaban las redes, las raquetas, las cajas de pelotas y una maquinita para espolvorear de yeso las líneas que marcaban los límites y que Enrico pasaba por encima de una cuerda tensa, tendida de esquina a esquina. La caseta era un lugar excelente para esconderse a hacer cochinadas o darse achuchones. Lella paseaba con Giacomo cogida de su brazo, o con la mano metida en el bolsillo de su pantalón, y Vittoria se encolerizaba y se lo decía claramente.

–Lella, deja a Giacomo. Eres una fresca.

–Yo no le hago nada malo. A mí me gusta pasear así, y a él también, ¿verdad, Giacomo? Díselo tú.

Giacomo callaba, y ella sepultaba más ostensiblemente la mano en el bolsillo del muchacho mientras lanzaba a Vittoria una mirada de maliciosa complicidad y de desafío.

–No estarás celosa, ¿verdad?

–Eres una guarra. Si vienes a eso a Villa Luce, no quiero que vengas más. Y tú, Giacomo, no se lo permitas.

–Anda, Lella, déjalo ya. Saca la mano de ahí.

Vittoria iba para diecinueve años y Giacomo había cumplido ya los diecisiete. Los encuentros en los sauces habían continuado, y la relación entre los dos hermanos se había hecho más intensa y más explícita. La pasión de Vittoria por Giacomo se había convertido en una obsesión irrefrenable, y él veía crecer, junto a su amor enfermizo por la hermana, un deseo cada vez más imperioso e impaciente.

Una tarde, al cambiarse de ropa para bañarse, ella escapaba hipócritamente de la persecución de él, que la amenazaba con desnudarla. Y ella le correspondía con la misma amenaza.

–Bueno, si me vas a desnudar por la fuerza, quítame el traje de baño, pero dentro del agua –concedió ella.

Se desnudaron los dos dentro del lago, y asomaban sólo la cabeza y los hombros fuera del agua. Arrojaron los bañadores hasta la playa, y jugaron largamente a tocarse así, sumergidos, viéndose, o mejor, adivinándose los cuerpos al través del agua, ondulantes y huidizos. Cuando salieron, lo hizo primero ella y se fue corriendo a los sauces, de modo que él sólo la vio de espaldas. Y luego salió él. Vittoria se había envuelto en una toalla, y él se cubría a medias el vientre manteniendo el pantalón de baño, de lana azul, pendiente de la cintura como un faldellín. Ella tendió un trozo de lona («¿de dónde lo habría sacado?») sobre la hierba rala que crecía bajo los sauces. Se tendió en ella, de costado, envuelta todavía en la toalla y lo llamó a su lado. Hacía tiempo que había enseñado al hermano a dar «besos de hombre», pero jamás le había tenido desnudo junto a ella. Algunas veces había observado su sexo excitado, que se le marcaba brutalmente bajo el pantalón de baño, y lo había sentido así apretado contra su cadera cuando la llevaba en el cuadro de la bicicleta, o entre las nalgas cuando se subía a sus rodillas a leer juntos, o contra su vientre cuando él se tendía sobre ella para besarla, y la abrazaba y refugiaba la cabeza entre sus pechos palpitantes, que ella dejaba desnudos.

Aquella tarde, Vittoria permitía adrede que resbalase poco a poco la toalla que cubría su cuerpo, y mientras iba quedando totalmente desnuda, acariciaba a Giacomo entreteniéndose en el incipiente vello del pecho y hurgando con el dedo meñique en su ombligo. A él se le había entrecortado la respiración en una emocionada espera que casi le ahogaba. Por fin ella apoyó la mano en el sexo de él y lo exploró con curiosidad, sin mirarlo.

–Qué grande es –dijo en su oído, y él se sintió poderoso, lleno de orgullo.

Se amaron dos veces sin separarse, lenta y tiernamente, y una tercera, agitada y casi furiosa. Se miraron los dos a los ojos, y ella le sonrió, ruborizada. Quedaron así, uno encima del otro todavía, desnudos, rendidos, destrozados, despojos dichosos del amor, avergonzados quizá como nuestros primeros padres cuando fueron sorprendidos en el paraíso después del suceso de la manzana. Ella lloraba en silencio, pero seguramente de felicidad mucho más que de arrepentimiento, y él la besaba en los ojos, en las mejillas, en la punta delgada de la nariz fina y griega. Vittoria fue a la orilla del lago y mojó el pañuelo en agua. Repitió la operación tres o cuatro veces, todas las que fueron necesarias para borrar en la lona la señal de un par de pequeños círculos rojos que pronto tomaron un color pardo oscuro.

–Esto que hemos hecho es un pecado muy grande, ¿verdad?

–Sí –respondió él–. Se llama incesto y es un pecado nefario y perverso. Pero es también un pecado divino. Es el sagrado pecado de los dioses.

–¿Por qué yo no tengo papá?

Al llegar de la escuela aquella tarde, Elettra había hecho esa pregunta de difícil respuesta. Era su primer día de párvula. La niña había cumplido los seis años y Vittoria la había matriculado en la *scuola elementare*[1] de Lesa. Todos los días, Enrico la llevaba y la traía en el Fiat pequeño. Elettra no conocía a su padre y ni siquiera sabía que se llamara Martino. Los niños de la escuela hablaban normalmente del padre y de la madre, y ella sólo podía hablar de la madre. Había llegado a la conclusión de que no tenía «papá».

En Villa Luce, donde vivían todo el año desde que Vittoria dio a luz, nadie hablaba de Martino. Los habitantes de la

1. Escuela primaria.

villa iban siendo cada vez menos, y la vida social de Vittoria era muy reducida. Ella no salía de la finca como no fuese a la iglesia los domingos y las fiestas de guardar, y no venían a visitarla las familias más o menos conocidas de los pueblos cercanos ni los habitantes de otras villas de alrededor. Elettra no tenía amigas ni trataba a niño alguno de su edad. Jugaba sola y sola se entretenía en Villa Luce, y sólo disfrutaba de la diversión de los cinco cachorros que había parido *Madame Curie*. La madre, cuando terminaba de parir uno, borraba todos los rastros del parto, se comía la placenta, limpiaba todo el suelo con largos lametones y después lavaba con esmero al «rorro» utilizando también la lengua. Terminada la «operación limpieza», asía cuidadosamente con la boca por la piel del cuello al nuevo huésped de Villa Luce y lo llevaba a Enrico para presentárselo. Es muy probable que para *Madame Curie*, Enrico no fuese monsieur Curie, sino el jefe de la manada Curie. El jardinero acariciaba y premiaba a la parturienta con palabras cariñosas y con un buen trozo de carne, que ella agradecía ostensiblemente, y *Madam* se iba enseguida a parir con nuevo esfuerzo al siguiente *cagnolino*.

Desde el parto, *Madame Curie* se hizo más vigilante y recelosa, y ladraba desde lejos, sin abandonar la lechigada, a cualquiera que se aproximara a los límites del parque o cruzara cerca de la puerta. Si veía correr a *Marconi* hacia el lugar al que se avecinaba la visita inquietante, la perra se tranquilizaba, a sabiendas de que la cría estaba bien protegida. Durante los primeros días después del parto, *Madame Curie* gruñía y enseñaba los dientes a cualquier persona que se acercase a la camada, excepto a Enrico y a Elettra, que tenían bula y privilegio para tomar en sus manos a los cachorros y acariciarlos. Enrico los cogía, los alzaba, los cambiaba de sitio o aplicaba a un pezón de la madre al más desmedrado y débil cuando los demás, egoístas, lo apartaban a empujones para chupar ellos. En cambio, Elettra los acariciaba suavemente y los tomaba en sus manos como si fuesen de porcelana preciosa y se le pudieran romper sólo de apretarlos con sus débiles dedos.

El aislamiento de Elettra terminó cuando empezó a ir a la escuela, y una de las cosas que primeramente aprendió allí es que los niños, generalmente tienen padre. A la escuela iban tres niños que no tenían padre, pero todos sabían que sus papás habían muerto en la guerra.

–Ese que viene a recogerte, ¿es tu papá?

–No. Ése es Enrico.

–¿Quién es Enrico?

–El jardinero.

–¿Es que tienes jardinero?

–Sí, tenemos a Enrico.

–¿Y por qué nunca viene tu papá?

–No sé. Es que no está –respondía ella encogiendo los hombros.

–¿Es que tú no tienes papá?

–No sé.

–A lo mejor murió en la guerra.

–No. No sé.

Elettra habría querido agarrar de los cabellos a la niña preguntona y arrojarla al lago, pero en vez de eso se puso a llorar, y así la encontró Enrico en la puerta de la escuela cuando fue a recogerla. Una maestra intentaba consolarla inútilmente. Llegó a casa todavía llorosa, y en cuanto vio a su madre, hizo la perentoria pregunta. «¿Por qué yo no tengo papá?» Vittoria había meditado muchas veces acerca de la respuesta que debería dar a esa pregunta, e incluso lo había hablado en alguna ocasión pasada con don Salvatore. «Dile que ha muerto», le aconsejó el prohombre, acostumbrado a resolver las cosas tajantemente y a coger el rábano por las hojas. «Eso no puedo hacerlo, papá. ¿Y si de pronto se presenta aquí? Y además, ¿cómo lo mato, en la guerra, de tuberculosis o de idiotez incurable?» No era probable, pero había que prever esa posibilidad de un regreso inesperado. «Explícale a la niña que está trabajando lejos, muy lejos, en un lugar del que es difícil retornar.» Intervino Faustina, tomándose una confianza rara en ella, tan respetuosa y discreta en todos los momentos. «¿Trabajando? ¡Sí, hombre, baldado de tanto trabajar estará el pobrecillo! Como no tendrá suficiente para comer con el dinero que le ha sacado a la familia, estará haciendo jornadas intensivas y horas extraordinarias.»

A pesar de las ironías de Faustina, don Salvatore había arreglado aquel desastre creciente de la boda de Vittoria y Martino de la mejor manera posible. Las cosas habían llegado a un punto de tensión difícilmente soportable. La situación estalló cuando Vittoria dio a luz a principios de mayo una niña hermosísima que pesó más de cuatro kilos. A medida que avanzaba el embarazo de Vittoria, Martino se mostraba más celoso y receloso. Padecía celos de todo y de todos, celos retrospectivos y otros celos estúpidos y absurdos, como los que le tenía a don Plácido Pistolesi, el médico, un hombre grueso, bondadoso y cincuentón, que llevaría tratadas a miles de parturientas en su dilatada carrera de ginecólogo y que jamás había despertado una queja en ese sentido.

—Pero vamos a ver, ¿don Plácido, cómo te reconoce, Vittoria?

—Me reconoce reconociéndome, Martino. ¿Cómo quieres tú que me reconozca? ¿Qué quieres que te explique de los reconocimientos clínicos del doctor Pistolesi?

—Quiero que me expliques si te toca por todo, y si hace que te quites la ropa interior, hasta la más íntima.

—Eres ridículo. Me quito la ropa que me tengo que quitar, según para qué. ¿Qué quieres, que don Plácido me reconozca con la faja puesta, el vestido y el abrigo de visón, y me mire el vientre con las gafas del doctor Cagliostro?

—¿Te mete los dedos?

—¡Martino, por favor! No voy a continuar contigo esta conversación. Piensa lo que quieras y déjame en paz.

—Dice mi tío Cósimo que los ginecólogos que meten los dedos, no son buenos clínicos sino buenas piezas.

—No pienso darte detalles de los reconocimientos que me hace mi médico, y dile a tu tío Cósimo que él haga las cosas como le parezca, porque a lo mejor, en vez de meter los dedos, mete una lanceta.

–¿Qué estás insinuando de mi tío Cósimo?

–Aquí, el primero que ha hecho insinuaciones molestas eres tú.

Otras veces eran los celos retrospectivos los que le atormentaban a él y con los que él atormentaba a Vittoria. Esperaba a que estuvieran los dos solos en alguna estancia de la casa para comenzar el agobiante interrogatorio.

–Vittoria, perdóname, pero tengo que hacerte algunas preguntas que quizá te molesten, que sé que te van a molestar...

–Pues si me van a molestar, no me las hagas.

–Sé que te van a molestar, pero no tengo más remedio que hacértelas. No puedo vivir con la incertidumbre. Dime la verdad, porque la verdad no me dolerá. Lo que no me deja vivir es la duda. No puedo desechar el temor de que no hayas sido sincera conmigo.

–No tengo nada que decirte ni que confesarte. Tú has sido mi primer y único novio, Martino, si es eso lo que quieres saber. Cuando te conocí tenía veinte años. Estuve hasta los catorce en un internado, y después nos vinimos a vivir a Villa Luce y jamás me separé del lado de mi padre. Aquí te conocí y aquí me casé contigo. ¿Qué secreto mío pretendes descubrir? ¿Que me acostaba con el jardinero? ¿Que iba todos los domingos a la iglesia para conquistar al padre Prini? ¿Que tenía un amante escondido en el armario de mi cuarto?

–Entonces, yo he sido el primero que...

–Tú has sido mi único novio y mi único marido, Martino. ¿Estás satisfecho? Recuerda el daño que me hiciste la primera noche.

–Pero antes que a mí habrás besado a algún hombre, ¿no?

–Sí, claro, a mi padre y a mi hermano, y cuando era pequeña me hacían besar a los amigos de mi padre, que me daban repeluzno si llevaban barba, y además le besaba la mano a los curas.

–No quieres entenderme, Vittoria.

–Te entiendo perfectamente, Martino.

–Pues eso que me dices es mentira. Tú me dijiste una vez

que yo no sé lo que son besos de verdadero amor, que los besos de amor son mordiscos. No sé cuántas cosas dijiste aquella noche.

–Todo eso que te dije lo había leído en alguna novela, tonto.

–Cuando bailabas con algún muchacho, te rozarías con él, ¿verdad? Todos los chicos cuando bailan intentan rozar a las chicas.

–A mí, no. Yo no me he dejado rozar. Eso, los chicos lo entienden enseguida. Saben qué chicas se dejan rozar y qué chicas no.

Vittoria estaba a punto de perder la paciencia, de liarse la manta a la cabeza y de gritarle la verdad en el rostro, llamarle *cornuto* y echarle de su casa. Persistía él.

–Alguna vez sentirías placer, digo yo. Es lógico. Una chica de quince a veinte años, sana, normal, tiene que tener algún desahogo. Yo los he tenido y te lo he contado. Te he contado que cuando me apremiaba el deseo sexual, buscaba alguna profesional. Eso ha sido muy pocas veces. Cuéntame tú lo que hacías, con quién lo hacías, aunque sólo fuese besaros y tocaros. A mí no me importa que me lo digas. En cuanto me confieses la verdad, me quedo tranquilo y ya no te molestaré con más preguntas. Pero quiero la verdad, la verdad, la verdad.

Vittoria adoptó una decisión inesperada.

–Mira, Martino. Después de lo que voy a contarte ya no responderé a ninguna de tus estúpidas y morbosas preguntas. Eres un pobre enfermo de celos y un burlado de vocación. Cuando tenía quince años me acosté con una amiga. Nos desnudamos y nos tocamos, y nos lo pasamos bien. De todas formas, a mí no me satisfizo demasiado. Lo repetí a la noche siguiente y no he vuelto a hacerlo en toda mi vida. Luego, gozaba sola mirando estampas, dibujos o pinturas de hombres desnudos o medio desnudos. Algunas veces sentía placer sin necesidad de tocarme, sólo con mirar un cuadro, imaginarme escenas y balancear una pierna sobre la otra. No necesitaba más. Y varias veces lo hice mirando la reproducción del cuadro de un san Sebastián de Antonello de Messina. Lo recuerdo muy bien. Es un san Sebastián con la cara un poco bobalicona y femenina. San Sebastián llevaba un pequeño calzoncillo muy estrecho, atado con un cordón, que apenas le cubría las ingles, y yo intentaba adivinar lo que el paño escondía y que se insinuaba mucho en un bulto que a mí me parecía voluminoso, un bulto como el que se les nota a algunos bailarines de ballet. Lo que más me excitaba además del bulto eran las heridas que le hacían las flechas clavadas en el pecho, en el vientre, en el costado y en una pierna, y que parecían minúsculos labios sangrantes. Recuerdo el gesto de sufrimiento y de dolor ofrecido que tenía en el rostro, y eso me causaba placer. Ya te he dicho la verdad. Ya te he confesado mis secretos sexuales. Ahora, llámame lo que quieras, lesbiana, lasciva o sádica. Pero déjame. Tú eres sólo un pobre imbécil.

Antes de casarse con él, Vittoria había tratado muy poco a Martino. Apareció por Villa Luce al acabarse la guerra con una carta de recomendación para don Salvatore escrita por un viejo catedrático de derecho de la Universidad de Milán, antiguo amigo del prohombre. En ella le decía que se trataba de un joven abogado, alumno suyo, y que era serio, leal y laborioso. Eso de «leal y laborioso» lo repetía algunas veces don Salvatore y añadía invariablemente que son «dos excelentes virtudes». El viejo profesor aseguraba que Martino Martinelli podría aliviar notablemente a don Salvatore en el trabajo de sus muchas empresas y mecenazgos. Y así fue. En cuanto a honradez y laboriosidad, nada había que reprochar a Martinelli.

La primera vez que vio a Vittoria en Villa Luce recibió una impresión jamás sentida hasta entonces. Ya no pudo apartar la mirada de la muchacha. Ella no se estaba quieta ni un segundo, iba de un lado para otro, hablaba, reía, coqueteaba instintivamente con todos, con su padre, con Giacomo, con Faustina, con cualquier ser humano que se cruzara en su camino. Don Salvatore solía decir que «esa niña coquetea hasta con los árboles». Pero la suya era una coquetería inconsciente, absolutamente natural e impremeditada. Martino la seguía con la mirada aun a costa de comportarse ineducadamente con don Salvatore que estaba hablándole en ese momento. «¡Qué viveza, qué alegría, qué movilidad! Y además, qué culo. Ese trasero empinado, prieto, saliente y rítmico, es sencillamente genial, lo nunca visto.» A pesar de ese entusiasmo por Vittoria, no era precisamente un donjuán. Pecaba más bien de pusilánime y tímido. Don Cósimo, que veía su falta de entusiasmo, le gastaba la broma de que era un *semifreddo*[1].

Martino había pasado los años de la guerra en el gran sanatorio antituberculoso encaramado en el monte, exactamente encima de la ciudad de Intra, a riberas del lago. Don Cósimo se las había arreglado para inventar o magnificar una supuesta lesión de pulmón de su sobrino Martino cuyas únicas consecuencias fueron las de privar al ejército italiano de un joven abogado *semifreddo* y cobarde. Permaneció todavía unos meses en el sanatorio después de terminada la guerra para no levantar sospechas entre los grupos de combatientes fascistas y partisanos que todavía se movían por los montes y por las aldeas aplicando castigos y ejecutando venganzas. Pasado ese tiempo, abrió el bufete en Milán, en la Via Freguglia, cerca del Palacio de Justicia. El noviazgo con Vittoria duró poco. Una tarde del verano, por sorpresa, la muchacha se empeñó caprichosamente en casarse cuanto antes.

Se casaron el 18 de septiembre de 1947, sólo ocho meses después de empezar unas relaciones que, con cierta buena voluntad, podían ser consideradas de noviazgo. El 2 de mayo del año siguiente, Vittoria dio a luz una niña muy robusta a la cual se le impuso el nombre de Elettra por capricho invencible de la madre. El párroco de Lesa advirtió que Elettra es un nombre pagano, y que en todo caso tendrían que bautizar a la niña llamándola Maria Elettra.

–Mira, Vittoria, hija, yo no le doy el nombre de Elettra a esta cristiana. Ni que hubieses parido una bombilla de la luz.

1. Medio frío, blando.

Elettra es nombre pagano y no es digno de ser pronunciado sobre la pila del bautismo y mientras vertemos sobre la crisma del nuevo cristiano el agua que nos redime del pecado original.

–Pues la niña se llamará Elettra, padre Prini. Si ésa es su última decisión, bautícela como Maria Elettra, pero yo la llamaré Elettra.

–Eres empecinada y tozuda como una mula, perdona que te lo diga, hija, al fin y al cabo te conozco también a ti desde el baptisterio. Pero tengo que decirte otra cosa. Además de pagano, Elettra es un nombre terrible. ¿Tú sabes que con la ayuda de su hermano Orestes mató a su madre, Clitemnestra?

Sonrió Vittoria.

–Estupendo, padre. Si alguna vez llego a tener un hijo varón, le pondré el nombre de Orestes.

6. Faustina

Aquellas cuentas que había hecho Martino Martinelli para predecir el día del nacimiento de su hijo según las tablas de don Cósimo y el cómputo de los diez meses lunares, habían fallado estrepitosa y sospechosamente. De acuerdo con ese cómputo de los doscientos ochenta días a contar desde dos semanas antes de la primera falta, aquella *bambolona*[1] de más de cuatro kilos, mofletes carnosos y color encendido había nacido sietemesina. Contemplando aquel rollo de carne rosada, pensar que la niña fuese sietemesina levantaría en cualquiera carcajadas malévolas. Lo normal es que las gentes pensaran que Vittoria y Martino se habían casado con tantas prisas obligados por las circunstancias. Impaciencias de novios. Tal vez eso mismo pensó don Plácido aquel día en que preguntó a Vittoria, quitándole importancia a la pregunta, si estaba segura de la fecha de su primera falta de regla. Cuando salió don Plácido de la alcoba encontró a Martino sentado en un sofá con la cabeza entre las manos.

—A pesar de adelantarse un poco —dijo con cierta zumba el médico—, la niña ha nacido muy hermosa. El estado de las

1. Muñecona, pepona.

dos es excelente. Mi enhorabuena más cálida al padre feliz.

Enrico celebró con una botella de vino rojo del Piamonte la llegada a Villa Luce de un nuevo habitante. Era su manera de conmemorar los acontecimientos trascendentales: echarse al coleto una botella de vino tinto, fuerte y pastoso, y si Dios era servido de poner otra segunda a su alcance, media más. Enrico dormía en un pequeño pabellón vecino a la casa principal, y cuando no apretaba el calor, allí iban también los perros a dormir con el jardinero, echados a los pies del lecho. Terminó la botella y fue hacia la cama. Antes, abrazó por el cuello poderoso y peludo a *Marconi* y le confió una sabiduría. «Cuando en el Juicio Final cada lira se vaya con su dueño y cada hijo con su padre, en el Cielo se va a armar la de Dios es Cristo.»

Le trajeron a la *bambolona* y se la dejaron en la cama, junto al costado. La madre miraba con ansiedad todas las facciones de la niña, espiando alguna posible imperfección, la forma de la cabeza y de la frente, los ojos todavía cerrados. Comprobaba en el movimiento de los labios el instinto de mamar, y contaba secretamente con los suyos los deditos de las manos y de los pies de la niña. Eso lo hacen todas las madres apenas tienen junto a sí al hijo recién parido, pero Vittoria ponía más ansia y recelo de los normales en aquella operación. Había leído en alguna parte que los hijos de hermanos suelen padecer defectos físicos o malformaciones. La recién nacida estaba completa, era hermosa, parecía normal y no había motivo alguno para pensar en alguna tara genética. «Gracias, Dios mío.» Aquellos días los dedicó enteramente a cuidar y contemplar a la niña y en recordar con ternura a Giacomo. Con frecuencia, apretaba al bebé contra su pecho manantial y alzaba los ojos hacia lo alto. Su primera visita, después de pasar por la iglesia a oír la misa de parida, fue para subir al cementerio. Llevaba un pequeño pomo de rosas rojas. Dentro del cáliz de una de las rosas había introducido el papel donde él escribió el último recado en la noche de su fuga trágica por el lago: «Te espero en la muerte, amor». Ella había escrito debajo con letra temblorosa: «Amor, allí te buscaré.»

«¿Por qué yo no tengo papá?» Desde que don Plácido Pistolesi le diera su «enhorabuena más cálida», Martino no había vuelto a pisar Villa Luce ni había dado señales de vida. Andaba ajeno y desentendido. Como en la guerra. Tal vez estuviese en su bufete de Milán con aquella pelandusca jurídica llamada Claretta, a la que apodaban *La Legge*. Tal vez había huido más lejos. O tal vez estuviese aconsejándose de su tío don Cósimo en tan molesta y ultrajante situación. Don Cósimo y él le habían dado mil vueltas a las fechas y habían repetido y repasado las cuentas del embarazo hasta el aburrimiento, y no encontraban resquicio alguno para escapar de la sonrojante evidencia. Los novios se habían desposado la noche del 18 de septiembre. Vittoria había permanecido encerrada en su alcoba tres días con sus tres noches, y luego había pedido algunos días más de soledad. Exactamente, trece días sin estrenar el matrimonio.

–Con eso llegamos hasta el 1 o el 2 de octubre. Aun suponiendo, que sería demasiada casualidad, que dejaras embarazada a Vittoria la primera noche de la consumación –razonaba don Cósimo–, es imposible, de todo punto imposible, que el 2 de mayo, de una manera natural y sin motivo alguno para que el parto se adelante, tu mujer haya echado al mundo una criatura sana y robusta de cuatro kilos y doscientos gramos. Martino –sentenció, grave, don Cósimo–, no le des más vueltas a la cabeza. Esa niña no es tuya.

Martino sufrió un ataque de ira o más bien de rabia. Un temporal de rayos y truenos que terminó en lluvia de llanto. Entre lágrimas y gestos de desesperación, hizo una pregunta que don Cósimo no podía responder:

–¿De quién es, entonces?

–No sé. De cualquiera. No es necesario buscar una relación larga ni un flirteo más o menos antiguo. Un encuentro casual, un desliz. Eso pasa en las mejores familias. Yo lo sé muy bien. Las mujeres más virtuosas suelen tener un momento malo, imprevisible, en el que se entregan con facilidad. Mucho más si no son tan virtuosas. Y en ese momento se comportan mucho más decididas y audaces que los hombres. Toman la iniciativa y son ellas las que se tienden. Antes de que te des cuenta, las tienes decúbito supino y con las piernas abiertas, y algunas prefieren tenderse decúbito prono. ¡Qué sabrás tú de la vida, caro mío! Hay cosas que no se aprenden en los códigos, aunque en los códigos está todo previsto. Sólo hace falta interpretarlo.

–Pero yo quiero saber de quién es esa jodida niña, que además se llama Elettra. Nadie en nuestra familia ni en ninguna familia decente se ha llamado nunca Elettra.

–Y a ti qué te importa eso. No te empecines en conocer algo que sólo te va a servir para alimentar odios y resentimientos. Lo que tenemos que hacer ahora es sacar el máximo provecho de la situación. No te puedes quedar en Milán donde pronto todos tus colegas del foro y hasta tus amigos más íntimos te llamarían *il cornuto*. No estamos en Sicilia, pero esas cosas... los cuernos, digo, en ningún sitio se llevan con la naturalidad de un sombrero. Tienes que irte de Milán, y cuanto más lejos, mejor. En este país, los cuernos es cosa que se vislumbra a distancia, y sólo tienen dos salidas: o te los llevas lejos, donde no te los vean, o vives de ellos con la mayor dignidad. Lo mejor es lograr una síntesis entre esas dos soluciones. Y yo ya la he encontrado.

Una enfermera llamó por teléfono a Villa Luce de parte de don Cósimo para solicitar una entrevista con don Salvatore. Al teléfono se había puesto Faustina. «Un momento. Voy a consultar con él.» El prohombre estaba solo en su despacho.

–Señor, llaman de parte de don Cósimo, el tío del señorito Martino. Quiere venir a verle y pide una fecha. Dice que a la hora que le sea más cómoda al señor.

Faustina, a pesar de llevar en la casa casi treinta años, siempre trataba con invariable respeto a don Salvatore. Jamás se le había escapado un tuteo. Hasta en los momentos íntimos, cuando él entraba de madrugada en el cuarto de ella, le llamaba «señor» o «don Salvatore». El prohombre reía con aquello y lo tomaba a guasa. «Pero, mujer..., ¿también en la cama me vas a llamar siempre «don Salvatore»? ¿No comprendes que es absurdo?» Pero ella, erre que erre. «Es que no me sale darle el tú, don Salvatore.» Le acercaba los labios al oído para decirle algo que le daba vergüenza. «Además, así me da más gusto, señor.» Don Salvatore sonreía, orgulloso. «Mujer, si es por eso...»

En aquel momento, Faustina era una mujer de cuarenta y ocho años, pequeña, gordezuela y quizá excesivamente pechugona. Tenía unos muslos y unas pantorrillas rollizas y una carne muy blanca, redonda, carne de obrador, recién amasada. Era también redonda de rostro, con mofletes sonrosados, labios carnosos, ojos de tamaño normal, ni claros ni oscuros, que miraban piadosos y vivos, atentos a cualquier quehacer y tiernos a cualquier cariño. Era una mujer arciprestal, hecha para el amor y la obediencia. Muerto Giacomo, a quien adoraba con ciego cariño, su respetuosa devoción por don Salvatore y su pasión maternal por Vittoria llenaban por completo toda su vida. En realidad, era un animalillo diligente y servil, lleno de amor y sumisión.

La relación íntima de don Salvatore con Faustina era una relación tranquila, espaciada y muy natural, sin altibajos, sin celos ni arrebatos. Y muy antigua. En realidad, comenzó el mismo día en que murió Maria Luce. Mejor dicho, por la noche, porque Maria Luce había expirado a las doce del mediodía, exactamente mientras sonaba el toque del ángelus en las campanas de la iglesia del pueblo. «El arcángel ha querido bajar a llevársela, Salvatore. Que él también la transporte en sus alas a presencia del Señor», comentó el anciano sacerdote que le había administrado la extremaunción.

Vinieron los amigos a velar el cadáver y a dar el pésame, y también pasaron por Villa Luce los veraneantes conocidos y las gentes de los pueblos vecinos. Depositaron el ataúd sobre dos bancos bajos, cubiertos con paños negros, entre cuatro grandes cirios, y las mujeres, sentadas en derredor de la muerta rezaban rosarios y letanías, y repetían una y otra vez las circunstancias de la muerte. «Está pálida pero muy hermosa. Parece dormida.» Se señaló el entierro para las cuatro de la tarde siguiente, pasadas las primeras veinticuatro horas «desde el óbito» como señalaban las leyes, y el duelo y el entrar y salir de la gente se prolongaron hasta las doce de la noche.

Faustina tenía en ese momento veintiocho años, exactamente los mismos que la muerta. Servía constantemente a los hombres cafés, y a las mujeres limonadas o tazas de té con leche. Se multiplicaba para atender a todo el mundo. Pretendía hacer ella personalmente todas las obligaciones del duelo, y no consentía encargar ciertas faenas a las criadas más jóvenes, y al mismo tiempo lloraba en silencio y se sorbía las lágrimas. De vez en cuando, se escondía en otra habitación y rompía en sollozos. Don Salvatore permanecía sin moverse sentado en un sofá, frente a la caja, de modo que pudiera verle la cara a la muerta, y allí iban sentándose por turno las visitas que le traían sus condolencias. Al padre de Maria Luce, al banquero, le sorprendió en Nueva York la muerte de su hija, y no pudo llegar al duelo ni al entierro. Era su única hija, y los hijos de ella, sus únicos nietos, y el día en que pudo llegar al lago permaneció tres horas llorando junto a la tumba, y mandó esculpir un mausoleo de mármol rosa con dos ángeles afligidos, uno a cada lado del sepulcro.

A las doce de la noche, empezaron a despedirse las últimas gentes del duelo. Faustina rogó dulcemente a los que allí todavía quedaban que se fueran a descansar. «Mañana nos veremos otra vez en el entierro», y les empujaba con firme suavidad hacia la puerta. A la niña Vittoria, que contaba menos de dos años, la habían enviado a una villa vecina cuando su madre entró en la agonía, y al niño, casi recién nacido, lo tenía una nodriza en un cuarto del piso superior. La vieja gobernanta, ya muy anciana, había dejado la casa para ir con su familia, y nadie la había avisado de la muerte de Maria Luce para no obligarla a venir al lago desde Calogna, un pueblo encaramado en la montaña. A la señorita Leticia, la hermana de don Salvatore, le había dado un ataque de histeria, con gritos desgarradores y una pataleta imparable, y se la había llevado Enrico, casi atada, a la casa del viejo médico de la familia. Allí, le habían administrado una inyección sedante y se había quedado dormida. Faustina ordenó a las doncellas que se acostasen inmediatamente porque al día siguiente habría que madrugar y esperaba una jornada de mucho trajín. Las criadas dormían en las alcobas del último piso.

Se quedaron solos, ella y don Salvatore. Se sentó en el sofá, junto a él, sin atreverse a acercársele demasiado. Eso hubiese sido una excesiva falta de respeto. Ni siquiera quiso sentarse en el sofá hasta que él se lo pidiera tres veces. «No seas terca, Faustina. Éste no es el momento de andarte con esos remilgos.» Al sentarse junto a él, arreció en el llanto. «Era muy buena conmigo. Era muy buena conmigo», repetía como en un ritornelo. «Era muy buena conmigo, y muy buena con todos.» Don Salvatore alargó su brazo para abarcarla por los hombros. Intentó atraerla hacia sí para darle consuelo, pero sólo consiguió que ella reclinara la frente sobre su pecho. La apretó contra su cuerpo y descansó la cabeza sobre la de ella. Sus labios le rozaban el cabello, increíblemente suave y sedoso. Olía a limpio, no a perfume, sino a jabón.

—¿Qué va a ser de estos hijos, Faustina? ¿Qué va a ser de estos niños, tan tiernos, sin su madre?

—Por eso no se apure mucho, señor. No se aflija pensando en eso. Ya sé que no es lo mismo, pero yo haré de madre de los niños. Yo los quiero como si fueran míos. Vittoria es un *amore* y al pequeño lo recibí en mis manos cuando su madre lo puso en el mundo. No tendrá el señor necesidad alguna de darles otra madre. Eso de darles a los niños otra madre y traer a Villa Luce otra señora no saldría bien, creo yo. Eso no saldría bien. Perdone, señor, que yo diga eso. Seguramente le estoy faltando al respeto al señor. El señor sabe mejor que nadie lo que tiene que hacer, y mucho menos que nadie se lo puedo decir yo, pobre de mí. Pero voluntad y cariño para ser la segunda madre de los niños, sí que los tengo, señor. Si usted trae otra madre para los niños, yo la serviré con respeto, pero no podré quererla como a mi señora. Eso no saldría bien, señor.

–Bueno, bueno, no te preocupes, Faustina. No les traeré otra madre a los niños. Después de Maria Luce, ¿quién podría quererlos más que tú?

El nombre de Maria Luce, pronunciado así por don Salvatore, sin decir «la señora», dicho por los labios de él, trajo un estremecimiento a Faustina, un escalofrío que le recorrió el espinazo y le incitó a arrimarse más a su costado, buscando calor.

–Nadie, nadie, nadie. Nadie podría quererlos más que yo –y Faustina lloraba con más ahínco.

Don Salvatore la abrazó más fuerte, y ella se acercó todavía un poco más hacia su señor, hasta tocar con la suya la cadera de él. El prohombre llevó su mano grande y velluda hasta la cara de ella, y le secaba las lágrimas. Acercó los labios a sus cabellos y los besó largamente, para que ella se percatara. Luego la besó en la frente. Buscó las mejillas. Faustina escondía los labios, pero don Salvatore los encontró alzando firmemente la barbilla de ella con su mano de hombre. Jamás nadie había besado a Faustina de ese modo. Estaba aturdida. No había imaginado que se pudiera besar así. Sentía una dicha especial, pero sobre todo sentía una impaciencia especial, una desazón especial, un bochorno, una calentura, una fiebre, una sed. O sea, Faustina había conocido lo que es, de verdad, el deseo.

En aquel momento, don Salvatore era un hombre sano y robusto, tenía treinta y seis años y amaba moderadamente los placeres de la vida. Era buen comedor, reconocido por sus amigos como una *buona forchetta*[1], y un bebedor discreto, dos o tres vasos de buen vino en la comida y una o dos copas de aguardiente de endrinas con el café, un aguardiente casero que le traían de un pueblo de la montaña. Amador regular y siste-

1. «Buen tenedor», comilón.

mático, de polvo diario, generalmente nocturno, y a veces, mañanero también, o repetía por la tarde si se acostaba en la siesta con Maria Luce. Eso sucedía en escasas ocasiones porque a don Salvatore le gustaba dar una cabezada en el sillón de su despacho, un enorme sillón frailuno de cuero, con orejas, donde se hundía con delectación y se quedaba dormido en un decir Jesús. Entre la abstinencia de las últimas semanas de gestación, el parto y las fiebres puerperales, don Salvatore, amador regular y diario, no probaba la lujuria desde hacía meses. Además, a partir del tercer o cuarto mes del embarazo de Giacomo, a Maria Luce le había pillado una extraña aversión hacia su marido, aversión exclusivamente sexual, y no permitía que se le aproximara en la cama, ni de noche ni de día. Se estremecía al primer contacto de él y hurtaba y encogía el cuerpo. «¿Qué te sucede, Maria Luce? ¿Te he hecho algo que no me perdonas? ¿Es que ya no me amas como antes?» Ella hacía un gesto de impaciencia. «No es eso, Salvatore. No me has hecho nada y eres muy bueno conmigo. Te amo como siempre, más que nunca. Pero me repugna hacer... eso. No sé, me parece que le vas a hacer daño al niño.» «Eso es una tontería.» «Ya lo sé, es una tontería, pero tú ten paciencia conmigo.» Y Maria Luce le daba la espalda.

La mano del prohombre había rodeado ahora la cintura de Faustina. La subía hasta tocar la base del pecho. La otra mano se deslizaba bajo el vestido, acariciándole los muslos. «Dios mío, ¿qué me está sucediendo? Ayúdame, *Madonnina*. No sé qué debo hacer. Ahí está mi señora, mi adorada señora, muerta, entre cuatro cirios. Y el señor, tan bueno, tan solo, tan triste, tan respetuoso siempre conmigo y con todas las sirvientas, me besa, me abraza, me quema la carne, me rinde, me rinde. ¿Qué me pasa? Lo hago por los niños. No quiero que nadie me separe de los niños.» Pero ella sabía que no eran solamente los niños, sino un viejo y dormido deseo suyo, nunca confesado, escondido vergonzosamente en lo más hondo de su corazón de esclava. Aquello que le sucedía era terrible. Aquella inesperada felicidad en ese día, en esas circunstancias, de aquella manera, tenía que ser una felicidad mala, una felicidad perversa, una felicidad imperdonable, eso, imperdonable. Todo aquello pensaba, pero ella no tenía fuerzas para resistirse. Y además, no quería resistirse. «Dios Santo, *Madonnina*, Madre *Addolorata*, perdonadme porque no quiero resistirme.»

–Aquí, no. Por favor, señor, aquí no. Delante de la señora, no. Haga conmigo lo que quiera, don Salvatore, haga conmigo su voluntad, pero vamos a respetar a la muerta.

Fueron a la habitación de ella, que había sido dispuesta en la planta primera para que pudiera asistir a Maria Luce en su enfermedad. El servicio dormía en el segundo piso. La primera intención de don Salvatore fue llevarla a la alcoba de matrimonio, pero Faustina también se negó. «Aquí, tampoco.» Lo cogió de la manga y tiró de él hacia su cuarto. Don Salvatore comenzó la tarea muy delicadamente, pero luego fue dejándose llevar por el entusiasmo hasta terminar en un violento incendio. Los dos incendios sucesivos fueron perdiendo violencia progresivamente hasta convertirse en rescoldos.

Don Salvatore sabía que algunos pueblos de viejas culturas, los celtas, por ejemplo, y algunos pobladores de ciertas regiones orientales de la China y del Tibet saben que la muerte es el más poderoso estímulo para despertar las pasiones elementales, el deseo de comer y el deseo de fornicar, la gula y la lujuria, y despiden a los seres queridos en su viaje a la otra vida con grandes banquetes y con rabiosos acoplamientos.

–Qué vergüenza, señor. Y precisamente en esta noche –y Faustina se tapaba la cara con las manos.

–Mira, Faustina, tú quizá no lo sepas, pero el amor y la muerte son hermanos inseparables. Siempre va uno detrás del otro.

7. Don Salvatore

Don Cósimo llegó a Villa Luce para entrevistarse con don Salvatore, puntualísimo, solo, con el grave porte que corresponde a alguien que va a comenzar una conversación trascendental. Penetró en la villa en un automóvil grande y negro, a las cinco en punto de la tarde. Traía, colgada de la mano, una cartera de cuero rojo oscuro con el cierre dorado, de las que se usan para llevar documentos. Don Salvatore le ofreció un asiento frente a él, y quedaron separados por un velador donde Faustina había dejado una bandeja con una cafetera humeante, dos tazas, el azucarero de plata y dos botellas mediadas, una con aguardiente de endrinas, que era lo que bebía don Salvatore y otra con un viejo coñac francés, preferido por don Cósimo. Faustina había traído, no dos copas, sino cuatro. Se extrañó el médico.

–¿Esperamos a alguien más?

–No, no. –Sonrió el prohombre–. Será por si gustamos probar ambas bebidas.

–Ah.

Se sirvieron el café y el azúcar. Llenaron de licor las copas. Don Salvatore se llevó la taza a los labios e hizo un leve gesto afirmativo de aprobación. Faustina hacía un café excelente.

Levantó los ojos hacia don Cósimo y abrió un poco las manos como para dar entrada al discurso del médico.

–Supongo que imagina usted, señor Duchessi, cuál es el delicado asunto que me trae aquí esta tarde. Como ya se habrá figurado, no vengo en nombre propio, sino en representación y por mandato de Martino Martinelli, yerno suyo y sobrino mío. Antes de ir al grano y exponerle con toda claridad y con la necesaria crudeza el encargo que debo transmitirle, he de rogarle con el mayor encarecimiento que no tome a ofensa ni a propósito de molestarle nada de lo que debo decir esta tarde. No se trata de ofender, sino de remediar. Y a ofrecer remedios vengo. Al fin y al cabo, como médico, ésa es mi profesión: ofrecer remedios.

Don Cósimo hablaba con el énfasis y la grandilocuencia con que hablaría en una asamblea o en un parlamento. Construía las frases con corrección, no dudaba al escoger las palabras ni las rozaba al pronunciarlas. Pudiera decirse que había aprendido el discurso de memoria y lo estuviese soltando ante un auditorio. En «remedios» hizo una pausa, tal vez estudiada. Dio un leve suspiro y continuó.

–No habrá dejado de extrañarle la ausencia de su yerno en Villa Luce precisamente en estos días del posparto de Vittoria. Ningún marido abandona a su mujer en ese trance sin un motivo gravísimo. Y ese motivo existe. Ese motivo existe, don Salvatore. El caso es, para no alargar mi discurso con inútiles circunloquios, que Martino está convencido de que la niña que acaba de alumbrar su mujer e hija de usted no la ha podido engendrar él. Vamos, en una palabra, que no es suya. Y si no es suya, es de otro, porque no es cosa de atribuir al Espíritu Santo otro milagro como el que hizo con la *Madonna*.

Don Salvatore alzó los brazos como si quisiera detener en el aire aquellas tópicas y grotescas palabras de don Cósimo, que le parecieron incluso irreverentes contra el Espíritu Santo, y medio se levantó del asiento, tal vez dispuesto a dar por terminada la conversación.

–Perdone, perdone, señor Duchessi. Le pido disculpas,

porque no es ocasión de ironías ni yo he venido aquí para hacerlas, y reconozco que la alusión al Espíritu Santo y a la *Madonna* no ha sido precisamente de buen gusto. Perdón de nuevo. Le ruego que me escuche hasta el final, porque al fin y al cabo quienes tenemos graves razones de ofensa somos nosotros, la familia Martinelli, sobre todo Martino, que es el más agraviado. Cerrar los ojos a la verdad no conducirá a nada positivo, ni para Vittoria ni para Martino, ni para usted mismo, y yo estoy obligado a hablar con todo realismo y, como dije antes, con toda la crudeza necesaria. Usted no posee elementos de juicio suficientes para deducir la certeza de mi afirmación. Tampoco yo. Ni nadie, excepto los cónyuges. Martino «sabe» perfectamente que antes de su matrimonio no mantuvo relaciones sexuales con Vittoria, ni siquiera... ¿cómo decirlo?, ni siquiera incompletas o aproximadas, usted ya me entiende. Y Vittoria lo «sabe» también. Si usted necesita que ella se lo confirme, yo esperaré aquí el tiempo preciso para que usted tenga una conversación con ella acerca de ese delicado extremo, o volveré mañana a esta misma hora para dejarle tiempo a encontrar el momento propicio para abordar el enojoso asunto. Más tarde, no, porque la situación apremia.

–No será necesario –dijo don Salvatore con frialdad, tras un minuto de vacilación–. En principio, acepto la versión de Martino, aunque sólo como posibilidad antes de escuchar a Vittoria. Prosiga.

–Los novios se casaron el 18 de septiembre. La primera relación la tuvieron doce o trece días más tarde por deseo de su hija. La niña ha nacido el 2 de mayo, a los siete meses casi exactos. Su peso y su desarrollo completo no permiten a nadie que posea unos conocimientos elementales en obstetricia o en pediatría, por someros que fueran, certificar que la criatura es sietemesina. Así de claras y así de aborrecibles son las cosas, don Salvatore. Mi sobrino ha sido burlado con premeditación y alevosía. Cuando Vittoria se casó con él, ella «sabía» que estaba embarazada de otro hombre.

Don Salvatore estaba hundido en su asiento como si le

hubiese caído sobre las espaldas el monte Rosa. Todo cuanto se había empeñado aquellos días en mantener alejado de su pensamiento y de su sospecha, negándose tercamente a considerarlo posible, se le presentaba ahora, evidente e innegable, como un mazazo brutal y terrible. Se veía y veía su apellido y lo que quedaba de su familia cubiertos de vergüenza, de oprobio, llevados de boca en boca en las habladurías de todos sus amigos y conocidos. Se imaginaba el resto de su vida sumido en el desdén y la soledad. Don Cósimo hizo otra pausa, esta vez mucho más larga.

—No nos importa saber el nombre del verdadero padre de la criatura. Quizá tuviéramos derecho a exigirlo para conocer quién engendró a la niña cuya paternidad pretendió Vittoria Duchessi –y recalcó el «Duchessi»– endosarle a mi sobrino. Tampoco queremos ni pretendemos pregonar el engaño. Al fin y al cabo, Martino guarda, en el fondo de su rabia y de su dolor, un vestigio de cariño hacia Vittoria y una enorme gratitud hacia usted. En el portaequipajes del coche viene una maleta con todos los documentos que él guardaba en su bufete concernientes a sus negocios de usted. Vienen también las cuentas, cerradas al día de hoy, y los talonarios bancarios de que él disponía. Nada falta. Ya sabe usted que Martino es un muchacho honrado y serio. Comprende muy bien que después de esta conversación resultaría imposible prolongar por más tiempo, por breve que sea, la relación profesional que ha mantenido con usted. Y aquí traigo unos documentos, firmados ya por Martino, que yo le entregaría ahora mismo si usted me firma otros, que también vienen extendidos y preparados. Se trata naturalmente de documentos privados.

—Veamos esos documentos –al prohombre le quedaba sólo un delgado hilo de voz.

—En este primer documento, Martino renuncia a la patria potestad de la niña, a todos los derechos hereditarios que pudieran corresponderle en la herencia de su mujer en caso de premuerte y a la administración de los bienes de Elettra, durante su minoría de edad, provenientes de cualquier herencia que la niña pudiera recibir. Mi sobrino se compromete igualmente a allanarse a la posible demanda de anulación del matrimonio canónico ante la Sagrada Rota y a conceder el divorcio en el caso de que fuera legalizado en el ordenamiento jurídico italiano. La iniciativa de esos dos procedimientos, el de la anulación del matrimonio canónico o el divorcio civil, si se legaliza en Italia, lo dejamos a la familia Duchessi, concretamente a Vittoria, porque resultaría inevitable la apelación en el juicio contradictorio al motivo de infidelidad y engaño alevoso. En el segundo documento, usted le hace entrega a mi sobrino de una cantidad no inferior a cien millones de liras, no sólo como compensación por el ultraje sino más bien como ayuda para emprender una nueva vida lejos de Milán, abandonando su bufete, su clientela, mi cercanía y protección y sus excelentes relaciones sociales.

Don Salvatore entornó los ojos para escrutar el rostro de su interlocutor con un guiño de astucia.

–Pero usted sabe perfectamente que la renuncia a la patria potestad no es legal. La patria potestad no es sólo un derecho; es también un deber y no es renunciable. Sólo los tribunales de justicia, ni siquiera el interesado mismo, pueden despojarnos de ella. Martino podría reclamar el ejercicio de ese derecho en cualquier momento una vez que se haya embolsado esa friolera de cien millones de liras de la que usted habla con tanta desenvoltura. Ese documento es papel mojado.

El médico sonrió con suficiencia. Esperaba sin duda esa objeción.

–Cierto. Lo que usted dice es justo. Pero en el documento donde se señala la indemnización, se establece el derecho del dador o sus herederos a reclamar la devolución de la misma en cualquier momento, y se ofrecen en garantía todos los bienes presentes o futuros del receptor, además del cincuenta por ciento de todos sus ingresos profesionales y de trabajo si los bienes muebles e inmuebles que posea no alcanzan la cifra garantizada. Así, las dos partes quedan aseguradas. Si usted reclama, mi sobrino ejercerá el derecho de patria potestad. Si él incumple, deberá devolver la indemnización. De cualquier forma, esto, más que un documento jurídico, es un pacto entre caballeros. O se resuelve así esta molesta, aún más que molesta, esta... infamante situación, o será inevitable que sobrevenga el escándalo.

El prohombre ni siquiera consultó con su hija. Por mucho que se hubiese resistido a saberlo, él también «sabía» que la situación era tal y como la había descrito el cabrón de don Cósimo. Y el mejor remedio para reconstituir las flaquezas del honor es siempre el dinero. Firmó su compromiso, extendió tres talones que sumaban la cantidad pactada, y guardó el documento firmado por su yerno. Enrico trajo del coche la maleta con las cuentas, y el prohombre, antes de que don Cósimo se marchara, repasó torpemente los papeles. La verdad es que los miraba sin verlos. «Está bien. Todo es correcto.»

Cuando se fue don Cósimo, entró Vittoria. Faustina, quebrando el hábito de su discreción proverbial, escuchaba cerca de la puerta.

–¿Qué ha pasado?

–Tu marido no ejercerá la patria potestad de Elettra y vivirá lejos de Milán y de Villa Luce.

–¿Cómo has resuelto el problema?

–Los problemas que se solucionan con dinero no son problemas.

–¿Cuánto?

–No te importa. Es asunto mío.

–No. Es asunto mío. Quiero saber cuánto.

–Cien millones.

La frase le salió del alma a Vittoria, pero la pronunció sólo hacia adentro de sí misma. «Cobarde, cornudo, imbécil, blando, celoso y encima, rufián.»

«¿Por qué yo no tengo papá?» Por mucho que quisiera zafarse de aquella interrogación embarazosa, la pregunta estaba allí, flotando en el aire entre Vittoria y su hija, y la niña miraba a la madre con sus ojos negros y profundos, tan parecidos a los del padre, en espera de una respuesta. Elettra se parecía a Giacomo no sólo en los ojos sino también en el cabello negrísimo, casi azul, y tenía como él un vago aire de melancolía y de sufrimiento continuo. Lo que la niña no sabía, y será mejor que no lo sepa nunca, es que no sólo tenía un padre sino dos.

Distribuidos por diversas habitaciones de la casa había varios retratos de Giacomo. Con frecuencia, Vittoria sentaba a su hija junto a ella, a sus pies, en un silloncito de niño, y le contaba historias de su tío Giacomo, guapo, inteligente, bueno, cariñoso. Le contaba cómo les ponía a los perros nombres extraños, y el Longines de oro que le regaló a Enrico, y que a ella le traía por las tardes ramos de diamelas, y que le leía poemas de Leopardi y de Pascoli, y que conocía las historias de los dioses paganos, de las ninfas, de los cíclopes, de los sátiros y de las furias, y que sabía mover los muñecos detrás de una silla y hacerles hablar como si fueran de un guiñol. La niña escuchaba atentamente, con los grandes ojos abiertos, aquellas hazañas infantiles de su tío, las diabluras, las bromas que se le ocurrían, su habilidad para tirar el yoyó, para montar en bicicleta, para mecerse en el columpio, para jugar al críquet y al tenis y para... para remar en la barca. Para la pequeña Elettra, su tío Giacomo era algo así como un héroe fabuloso, y su muerte en el lago añadía a su figura un halo de aventura novelesca.

–¿Por qué el tío Giacomo se ahogó en el lago, mamá? ¿Es que no sabía nadar?

–Sabía nadar muy bien. Una vez atravesó el lago nadando y llegó hasta la otra orilla.

–Entonces, ¿qué pasó? ¿Había piratas?

–No había piratas. Una vez hubo piratas en el lago, pero de eso hace ya mucho tiempo. No se sabe qué pasó aquella noche, y ya nunca lo sabremos.

–Sería un temporal...

–Sí, eso sería, un temporal. Fue sin duda una grandiosa tormenta, hija mía.

Por el contrario, Vittoria jamás le había hablado a su hija

del padre oficial, mucho menos le había enseñado un retrato, un recuerdo cualquiera. Elettra se había enterado de que se llamaba Elettra Martinelli el primer día que asistió a la escuela. Pero, ¿quién era aquel Martinelli misterioso de cuya existencia sólo tenía noticia por el apellido?

–Claro que tienes papá, hija mía. Pero siendo tú muy pequeña, muy pequeña, todavía de pañales...

–¿Tan pequeña como eran los cachorros de *Madame Curie*?

–Tan pequeña como un cachorro de *Madame Curie*. Siendo así de pequeña, papá se fue muy lejos, a un país de América, porque allí le dijeron que podía ganar mucho dinero. Tu papá se llama Martino Martinelli, y por eso tú llevas ese apellido. A mí me gustaría más que te llamaras Duchessi, como se llamaba el abuelo Salvatore y como me llamo yo, pero no puede ser, y tienes que llamarte Martinelli. A lo mejor papá no nos quería mucho, ni a ti ni a mí, y quizá en América haya encontrado una casa más bonita que ésta para vivir, y quién sabe si tiene allí otra niña con otra mamá. No lo sé, porque papá no escribe, no ha escrito nunca. América está muy lejos y es muy difícil y muy costoso venir desde allí. Ya no ha vuelto a vernos, y quizá no vuelva nunca. Ni siquiera sé si vive o si ha muerto. Pero tú me tienes a mí, tienes a tu madre, que te quiere tanto, y no necesitas a nadie más. Tu madre te quiere por mamá y por papá. Ven, dame un beso y di a Faustina que te prepare la merienda.

La verdad era que Martino había cogido los cien millones de don Salvatore, empleó una buena parte de ellos en Bolsa, en valores seguros, industriales y bancarios, compró una casa de tres plantas en Perugia, se instaló en el piso primero y alquiló los otros dos, y se llevó con él a aquella putita llamada Claretta y apodada *La Legge*, y la presentaba a todo el mundo como su esposa. En Perugia vivía un abogado, primo lejano de la madre de Martino, don Bartolomeo Malatesta, que tenía un bufete de cierta fama, especializado en asuntos mercantiles, «son los que dejan más dinero, sobrino», y que vio los cielos abiertos cuando llegó Martino, porque vivía solo con una hija medio boba y con un nieto que no llegaba a los diez años, y enseguida pensó que Martino podría ayudarle primero y hacerse cargo del bufete después. Su ilusión es que su nieto estudiase leyes y heredase la clientela. Martino sería un «puente» excelente entre el abuelo y el nieto. El sobrino llegaba enviado por la Providencia, como caído del cielo. El abogado milanés llegó a Perugia sin más compañía que la de Claretta. A nadie contó la peripecia de su boda. Sus padres y sus hermanas vivían en Roma, y tampoco a ellos había dado demasiadas explicaciones. Se había separado, y punto. Don Cósimo había quedado en Milán, practicando abortos y mandando angelitos a poblar el limbo.

Claretta, *La Legge*, había moderado su manera de vestir y de presentarse. Ya no se maquillaba de forma tan exagerada como cuando se tendía al primer envite en los divanes de los bufetes de Milán, y hasta caminaba y se movía con un asomo de recato. De todas formas, era una hembra atractiva que por donde pasaba llamaba la atención. Conservaba un aire de desafío para mirar a los hombres y aun a las mujeres, y se veía claramente que iba pidiendo guerra comprimiendo un poco a duras penas su natural descaro. A Martino le gustaba que a su mujer la miraran y la admiraran los hombres, aunque le recomendaba no abandonar una mínima compostura pues la clientela del bufete de don Bartolomeo pertenecía a un sector de la sociedad más bien puritano y gazmoño, y no deseaba escandalizarlo.

Sus relaciones «conyugales» no iban demasiado bien. Martino continuaba siendo el *semifreddo* que decía don Cósimo, y Claretta estaba habituada a más parranda, más andanada y más quebradillo. Con frecuencia, el abogado se quedaba blando y en la estacada, a pesar de que Claretta no podía ser considerada una inexperta. Todo lo contrario. Conocía todas las artes exigibles. Una noche empezó él a preguntarle por sus aventuras pasadas, y cómo y de qué manera se había tendido en la meridiana del abogado Fulano o en el canapé del abogado Mengano, y ella lo contaba con todo desparpajo y aun con toda desvergüenza, sin omitir detalle. Claretta comprobó con regocijo que aquellos relatos excitaban a Martino, y advirtió al mismo tiempo que el instrumento o la herramienta sexual de que ella disponía y que resultaba más eficaz con el *semifreddo* era la mano. Así empezó una relación nueva, satisfactoria para él, aunque escasamente placentera para ella.

Cuando se agotó el repertorio de las historias pasadas, Claretta recurrió a inventar otras con personajes de la ciudad, conocidos de ambos, abogados compañeros de Martino, jueces, comerciantes, jóvenes estudiantes hijos de amigos, empleados del Palacio de Justicia, deportistas, políticos o cantantes. Una noche le confesó que la historia que iba a contarle no era inventada, que había ocurrido de verdad, que había gozado plenamente con tal aventura como hacía tiempo que no gozaba y que le pedía perdón por ello. Lejos de irritarle, aquello le excitó a Martino más intensamente.

—Entonces, ¿me perdonas?

—Claro que te perdono, mujer. Yo te lo perdonaré todo menos la mentira. Lo único que no soporto es la mentira o que me ocultes la verdad. Haz lo que quieras siempre que luego me cuentes la verdad.

—Pues esta tarde la he pasado en el piso tercero.

—¿Con quién?

—Con ellos, con los vecinos.

—Bueno, ¿y qué?

—Que me han invitado a tomar el té.

—¿Te ha invitado él?

—No, ella.

—¿Ella?

—Me encontró en la escalera y me citó a las cinco. No había criados. Ella ha preparado el té y lo ha llevado al salón. Me ha dicho que soy muy bella y que tiene muchos celos de mí porque le gusto a su marido. «Cuando me habla de ti se excita», me ha dicho. «Bueno, que se pone cachondo, y yo me aprovecho, claro, así que en cierto modo tengo que darte las gracias. Pero te tengo celos porque me dice que te haría esto y lo otro, y se me pone como un caballo, y además me dice que mientras lo está haciendo conmigo está pensando en ti, y me llama Claretta, y yo me pongo celosa, claro, pero reconozco que en el fondo me gusta. Además, que también yo puedo pensar en ti.»

–Continúa.

–Me dijo: «Realmente, eres preciosa. Tienes un tipo estupendo.» Me hablaba mirándome con descaro a los ojos, al pecho, a las piernas, al vientre. «Y eso que llevas un vestido muy amplio. Mira, a mí me gusta ir muy ceñida. Casi siempre llevo vestidos ajustados.» Se levantó y se puso a andar cerca de mí como si estuviera en un desfile de modelos, más aún, se ondulaba como una serpiente.

–La muy puta. Sigue, sigue.

–Me dijo: «Pruébatelo tú. Seguramente te quedará igual de bien que a mí.» Se desnudó allí mismo. Está buenísima, la tía. Tiró de mis manos, me alzó del asiento y comenzó a desnudarme, y al mismo tiempo me pasaba la mano por el pelo, por los hombros...

–Sigue, por favor.

–Por el pecho también. No llegó a ayudarme a meterme su vestido. Se quedó mirándome con admiración. Estábamos las dos en bragas y sostén. «No me extraña que mi marido se excite siempre que te ve. Si quieres que te lo confiese, a mí también me has excitado ahora, sólo con verte así, casi desnuda. Me estoy notando húmeda. Anda, no estés así, tan fría.» Se acercó para abrazarme...

–¿Y tú?

–Hijo, yo me había puesto cachondísima, te lo confieso. ¿No quieres la verdad? Pues ésa es la verdad. Jamás me había pasado una cosa así. Con hombres, he hecho todo lo que se puede hacer. Todo, todo. Ya lo sabes tú, porque te lo he contado siempre hasta en los pequeños detalles, pero nunca había estado con una mujer. Ella me besaba en el cuello y en el co-

133

gote, fíjate qué raro, nunca me habían besado en el cogote, tú no me besas en el cogote, y de repente escuchamos una voz de hombre que llegaba desde otra habitación y que llamaba: «¡Mabel!» Respondió ella sin moverse del saloncito. «¿Qué quieres? Estoy aquí con Claretta, la vecina del primero. Estamos probándonos trajes. No puedo ir ahora. Estamos casi desnudas. (Es mi marido, que está en la alcoba.)» Volvió a escucharse la voz de él, contentísimo. «¿Claretta? ¿Has dicho Claretta? Estupendo. Venid las dos.»

–¿Y fuisteis?

–Pues, claro. ¿Qué íbamos a hacer? Yo me resistía, pero ella me llevaba abrazada, empujándome, y me decía que entre amigos eso es normal, que ellos a veces se reunían con matrimonios conocidos y que terminaban todos en la cama y cambiándose las parejas. «Es formidable», me decía, «te excitas mucho más y te lo pasas mucho mejor. Si quieres, un día se lo decimos también a tu marido. ¿Es muy celoso o es normal?»

–Continúa. Así, así, despacio, más despacio, por favor, muy bien, muy bien.

–Él estaba tendido en la cama, boca arriba. Estaba desnudo, el cabrón, mostrando una hermosura de virilidad, todavía tranquila. Se conoce que le cuesta bastante ponerse en forma. Ella está buenísima, pero él está todavía mejor, moreno, musculoso, guapo. Tenía los brazos abiertos como para acogernos a las dos, una a cada lado. Nos quitamos la ropa interior la una a la otra, mientras él nos miraba complacido. «Estáis buenísimas las dos, estáis cojonudas», dijo. «Hombre, ésa no es la palabra», le dijo su mujer, y los tres reímos. Nos acostamos junto a él, pero Mabel, antes de dedicarle atención a su marido, se vino a mi lado y se enceló por entero conmigo, y empezó a acariciarme con una sabiduría que yo no había conocido hasta ahora, mucho mejor que tú y que ningún hombre de los que he conocido. Y él, al vernos, iba excitándose por momentos. Ella es un cielo. Tiene unas manos suaves y unos labios cálidos y carnosos que exploran lentamente todos los rincones del cuerpo, todos, y te explora con la lengua, primero las orejas, y las ventanas de la nariz, y la boca hasta dentro, y el ombligo...

–Continúa, Claretta, continúa. No te detengas ahí.

–Ya no es necesario, Martino.

Seguramente lo retomaría a la noche siguiente, pero ahí dejó el relato aquella Scherezade manual.

Ni siquiera era posible decirle a la niña que su abuelo Salvatore le haría de padre. El prohombre había muerto un par de años antes, exactamente en septiembre de 1952, casi a los cinco años exactos de la boda de Vittoria y de la muerte de Giacomo. Se metía en el despacho y desplegaba sobre la mesa libros y reproducciones de pinturas y esculturas de autores modernos. Escribía aquellas *Memorias del arte de dos guerras* con mucha lentitud y morosidad, porque a cada paso se alzaba para buscar más libros y más catálogos y más reproducciones en la gran biblioteca de madera con la galería y la escalera. Escribía aquello con tanta parsimonia y escrúpulo que parecía no tener interés alguno en que se acabara algún día. Sólo abandonaba el despacho para dar un paseo perezoso por el camino de los castaños, entre sol y sombra, y para estar un rato con la nieta durante la atardecida. Con Vittoria apenas cruzaba palabra, y con Faustina cruzaba solamente las imprescindibles para pedir té o café, agua fresca o una copa de aquel aguardiente casero de endrinas que le traían de Magognino, en la montaña. Le había abandonado el apetito en todos los sentidos casi por completo, y era rara la noche que entraba en el cuarto de Faustina, y más a conversar un rato con ella que a otra cosa. En esas ocasiones, no se entablaba el diálogo. El prohombre pronunciaba un monólogo que Faustina escuchaba con atención y respeto, sin hacer comentario alguno. Le hablaba del arte y de sus descubrimientos o conclusiones, de cosas que Faustina no entendía, pero encomiaba con gestos de aprobación.

Cuando la nieta cumplió los tres años, don Salvatore gustaba de pasar con ella largos ratos. La tomaba de la mano para dar despaciosos paseos por el parque, le enseñaba el nombre de las flores, le contaba las costumbres de los animales. El prohombre narraba con especial detención el ajetreo de las hormigas y describía el gran palacio subterráneo que se construían, con sus galerías, sus salones y sus grandes despensas donde almacenaban los alimentos para el largo invierno. Otro día explicaba a la niña cómo era la vida de las abejas, cómo libaban el néctar en las corolas de las flores, cómo fabricaban la miel en los panales de celdillas iguales, perfectamente geométricas, y cómo alimentaban a la reina, a la cual mantenían sin trabajar para que engordara y pusiera muchos huevos, y de esos huevos saldrían las nuevas abejas. Siempre hay alguien, gracias a Dios, que debe explicar a los niños la vida de las hormigas y la vida de las abejas, y en el caso de Elettra era don Salvatore, y también, a veces, Enrico el jardinero.

El abuelo llevaba a Elettra a ver cómo salían los polluelos de los huevos de la clueca, a ver los patitos recién nacidos, y la maravillaba explicándole el viejo y refinado arte de los pájaros para construirse el nido, y le explicaba a la niña que a los pájaros nadie les enseña cómo se hace un nido, y nacen ya sabiéndolo. La madre sólo les enseña a volar, y cuando ya han llegado a la edad de valerse por sí mismos, les da ejemplo moviendo las alas ante ellos e invitándolos a hacer lo mismo. Y si alguno, más miedoso o pusilánime, se resiste a saltar del nido y dar su primer vuelo, la madre le empuja con el pico y lo echa fuera, hala, al aire, de modo que no tenga más remedio que aprender a mover las alas para no estrellarse en el suelo. Y ninguno se estrella, claro.

—Porque los pájaros están hechos para volar, igual que los peces están hechos para nadar, y tú estás hecha para correr. Pero no corras mucho, ¿eh?, que te puedes caer.

—No, abuelo.

Marconi y *Madame Curie* les acompañaban muchas veces en aquellos paseos, y daban vueltas alrededor de los paseantes, se adelantaban o retrasaban, y pedían juego. Entonces, el prohombre cogía una piedra o el trozo de una rama quebrada o una raíz, y la tiraba lejos para que los dos perros se disputaran el honor de traerla. Por la noche del sábado se aplazaba algo la hora de mandar a Elettra a la cama, y si el tiempo era bueno se sentaban todos un rato en la terraza, don Salvatore, Vittoria, Elettra, y un poco apartada, pero unida al grupo, también Faustina. Y entonces don Salvatore iba ilustrando a la niña de dónde eran las luces que desde allí se distinguían, Intra, Pallanza, Arona. En agosto del 52, don Salvatore se empeñó en que Enrico, que servía para todo, los llevara en la barca a las tres islas Borromeas, cada día a una, la Isola Madre, poblada de árboles raros, traídos de países lejanos y exóticos, con la enorme conífera del Asia, el famoso ciprés de Cachemira, único en Europa, que da sombra para un ejército, y hay flores de cientos de especies y pájaros extraños de muchas formas y colores; la Isola Bella con las escalinatas de piedra blanca del jardín italiano que caen en cascada hasta el borde del agua, y el unicornio de mármol arriba, presidiéndolo todo, y las plantas carnívoras que las tienen que tener encerradas como a las fieras, y el palacio, lleno de tapices donde también aparece la figura del unicornio, el emblema de la familia de los Borromeo, y muebles antiguos, y los personajes del teatro de marionetas que daban vida a historias de bellas princesas cautivas y de valientes caballeros, hadas y brujas, caballos y dragones, y la Isola dei Pescatori, con las callejas estrechas y empinadas, las casitas blancas de tejados rojos y los tambalillos alineados en la orilla del embarcadero, donde venden recuerdos, postales, sombrerillos, juguetes y chucherías.

En la Isola Bella, Elettra se entretenía y fascinaba en la contemplación de los pavones blancos, con sus crías, que parecían pequeñas palomas o tortolillas a las que les hubiera salido un moño erecto, casi una corona, en la cabeza.

—Abuelo, ¿qué son?

—Son pavos reales.

—Pero los pavos reales de Villa Luce no son así. Tienen las plumas azules, y algunas amarillas, y rojas.

–Éstos son pavos reales blancos –explicaba el abuelo.

–A lo mejor es que querían ser palomas.

–Seguro, Elettra. Eso será. Querrían ser palomas para poder volar altas, altas.

–¿Palomas mensajeras?

–Huy, ésas sí que vuelan altas. Y además llegan muy lejos. Siempre saben ir a su palomar por muy lejano que esté. Vuelan por encima de los montes, de los lagos y del mar.

–¿Me vas a comprar una paloma mensajera?

–Si la venden, sí. Pero ¿para qué quieres tú una paloma mensajera, tesoro?

–Para mandarle recados al tío Giacomo, que está en el cielo.

Poco después de aquellas excursiones del abuelo y la nieta, don Salvatore dejó este valle de lágrimas. Escribía con pereza sobre las cuartillas apiladas y las iba pasando a otro montoncito en una carpeta de cartón, que engordaba muy poco a poco. Sintió un pinchazo en el pecho, un enorme alfiler, un florete que le atravesaba el corazón. Se llevó las dos manos a la garganta, le faltaba el aire, y exhaló un ronquido sordo. La frente cayó sobre las cuartillas pesadamente. Cuando lo encontraron estaba muerto. La primera en darse cuenta fue Faustina, que lanzó un grito desesperado y le alzaba la cabeza al muerto queriendo volverlo a la vida. Vittoria, al escuchar el grito de la sirvienta y sus sollozos, comprendió enseguida lo que sucedía. Enrico cogió a Elettra y la llevó en el Fiat a la finca de unos vecinos. Vittoria y Faustina se abrazaron sollozando. Don Salvatore había muerto sin haber gozado la ocasión de dar la gran fiesta que tenía proyectada para el día en que cumpliera los sesenta años. Para eso le faltaron sólo treinta y tres días de vida. La Providencia, el Destino o lo que sea no tiene en cuenta estos caprichosos propósitos de los hombres. Faustina se vistió de luto de pies a cabeza, y ya no se lo quitó en toda su vida. Jamás se acostó una noche sin rezar un rosario entero por el alma de su «señor». «Era muy bueno, *Madonnina*, lo que pasa es que las cosas vinieron así. Castígame a mí, pero sálvale a él.» Lo enterraron en el panteón de la familia, bajo el mausoleo de los dos ángeles de mármol afligido, regalo del banquero, junto a Maria Luce y junto a Giacomo. Vittoria mandó esculpir en la lápida una breve leyenda. «Salvatore Duchessi. 1892-1952. Hizo el bien y amó las artes.»

Don Salvatore, el prohombre, el mecenas, abandonó un mundo en el que ya no tenía más alegría que la de acariciar a Elettra, acariciar aquella cabecita de cabellos negros, tan negros como los de su hijo, y narrar historias infantiles y las vidas de los animalillos del Señor a aquella criatura de ojos grandes y asombrados, que no tenía papá y que sin embargo era, dos veces, su nieta. Era su nieta repetida.

8. Don Pelayo

Don Pelayo, como buen español, dormía la siesta. Se levantaba a las doce del mediodía, se afeitaba, duchaba y aseaba sin prisas y a la una exactamente se sentaba en el comedor con idéntica puntualidad que había tenido siempre don Salvatore. Al principio de disponer del telescopio gigante, pasaba tantas horas en la torre que perturbaba el orden de la casa. A doña Vittoria no le importaba demasiado, y había puesto una criada exclusivamente a su servicio, para que hiciese la cama, limpiase y ordenase su habitación y le sirviese la comida a cualquier hora que la pidiera. Después, la fiebre del telescopio fue descendiendo, y ahora hace una vida relativamente normal. Se acuesta con el alba, se levanta a las doce, come en familia y duerme las dos horas de siesta, pero a partir de ahí respeta el horario de la casa. Por la tarde, lee un rato, en la terraza durante el verano o en la biblioteca que fue de don Salvatore cuando llegan los meses fríos del otoño o entra plenamente el invierno. A veces, pasa largos ratos resolviendo problemas de ajedrez. Se sienta ante una mesa-tablero de madera negra, con los cuadros blancos formados por incrustaciones de madera clara, y dos cajones con trebejos grandes, tallados a mano. Así pasa largos ratos, y cuando logra resolver algún problema difícil, alza los brazos en señal de victoria, da voces de triunfo y habla solo comentando en voz alta las jugadas. Como dice su mujer, «no hace daño a nadie», y como dice doña Vittoria, «¿a quién podría hacer daño, a las estrellas y a los caballos o alfiles del ajedrez?».

Se llama Pelayo Grande Gil, y doña Vittoria dice que es un español decepcionante porque todos los españoles que se precien tienen que llamarse con nombres largos, de varios apellidos. Desde que lo conoció de muchacho empezó a darle el don y a llamarle «don Pelayo» porque recordaba ese nombre de haberlo estudiado en la historia de España. Don Pelayo, don Rodrigo el Cid Campeador, don Fernando y doña Isabel, don Gonzalo el Gran Capitán, don Quijote, don Juan Tenorio y don Alfonso XIII, todo esto era España para doña Vittoria. Don Pelayo vino a Lesa cuando abrieron allí el Club de Tenis. Lo invitaron a la inauguración porque había sido campeón *amateur* en España, y en Lesa querían organizar un Torneo Internacional de Tenis Juvenil que se llamó y se llama todavía «Copa Valerio». Allí conoció a Elettra, buena jugadora también, y con ella formó una pareja mixta casi invencible. Se enamoró de ella, y venía todos los veranos al lago a verla, a jugar al tenis, a navegar a vela, a aprender italiano y a escuchar ópera en el viejo gramófono de Villa Luce. Y a merendar, que en la casa de Elettra se merendaba a pedir de boca. Por eso del tenis solía decir doña Vittoria a su hija Elettra que qué habilidades había encontrado en don Pelayo además de la técnica de la volea.

Don Pelayo era hijo de un indiano que trajo mucho dinero de América y aunque vino pronto a menos porque perdió mucho oro en malos negocios, algo conservaba para ayudar a que el hijo llevase una vida mejor que pasable, aunque murió enseguida y pobre como las ratas. Cuando le entraron las prisas para casarse con Elettra, don Pelayo ganó en muy poco tiempo una cátedra de física y química en un instituto de segunda enseñanza, y tras un primer destino en Toledo pudo obtener una vacante en Madrid. Cuando vino a hablar con doña Vittoria y a plantearle su proyecto de matrimonio con Elettra, la conversación no fue apacible ni convencional.

—Don Pelayo, es usted un español pretencioso, indeseable y, además, de apellidos cortos. Cuando le recibí en mi casa y consentí que jugara al tenis con mi hija, no imaginé que venía usted a robármela, y a dejarme sola en el mundo, desterrada en este casalicio vacío, lleno de recuerdos muy tristes para mí.

—Doña Vittoria, yo no vengo a robarle nada. No quiero robarle una hija, sino ofrecerme como hijo. Yo no tengo madre, murió siendo yo niño, y puede usted contar con mi afecto de hijo respetuoso y cariñoso. Si quiere, puede usted vivir con nosotros en España.

—A mí no se me ha perdido nada en España. ¡Vaya una proposición! Ni al demonio se le ocurre. Si Elettra tiene tan mal corazón que me abandona y me deja sola y casi anciana, sin ilusión alguna y sin compañía de nadie querido, allá ella con su maldad. Espero que le remuerda la conciencia todos los días de su vida y no la deje dormir en paz. Cuando la bautizaron, ya me advirtió el sacerdote que le echó el agua que Elettra era un nombre maldito. La Elettra griega mató a su madre Clitemnestra ayudada por su hermano Orestes. Aquí no ha sido Orestes el de la ayuda. Aquí ha sido don Pelayo. Ha sido usted.

—Elettra es un ángel de Dios y la adora a usted como la hija más amorosa y solícita. Pero es ley de vida que los jóvenes abandonen a sus padres y formen su propia familia. Y eso queremos hacer nosotros.

—Don Pelayo, usted quiere engañarse o engañarme. No sé si está usted realmente enamorado de Elettra, pero lo que sé es que con ese puesto de profesorcillo de nada que le han dado no tienen ustedes ni para los zapatos que se compra mi hija. En cuanto empiecen a venir niños, si es que Dios los manda, que sí que los mandará, porque Dios es siempre muy generoso de hijos con los pobres, no sé lo que van a comer los pobrecillos. ¿Cómo dicen ustedes en España, «contigo pan y cebolla»? Pues, hala, hombre, al pan y cebolla. Si mi hija y usted se han hecho la ilusión de que van a vivir de lo que yo les pase, están frescos.

Elettra no ha heredado nada de nadie, y en esta casa todo lo que hay es mío. Prefiero mandarlo de limosna al convento de mi pobre tía sor Lucía, la de los estigmas, que en paz descanse.

Don Pelayo se puso de pie. Los lentes le daban un aspecto de hombre pacífico y casi insignificante, aunque se advertía bajo el traje oscuro y la corbata desaliñada de profesor la musculatura de un deportista. Parecía que hubiese crecido unos centímetros y mantenía la cabeza erguida y los hombros rectos.

–No siempre el dinero se encuentra acompañado de la hidalguía. Todo lo contrario. Con frecuencia produce villanía y ruindad. Los que usan el dinero para ofender merecen enfermar y morir de avaricia. Si esas palabras que acaba de pronunciar una señora las hubiese dicho el padre de Elettra o cualquier hombre de la familia, puede usted tener la seguridad, doña Vittoria, de que ese hombre no habría podido terminar la parrafada. Con su permiso me retiro. Si Elettra quiere venir conmigo a España, la llevaré por encima de usted y del lucero del alba. Si ella no quiere, no volveré por esta casa ni por estas tierras.

Don Pelayo no se quitó el chambergo con larga pluma para barrer el suelo a los pies de doña Vittoria por la sencilla razón de que no llevaba chambergo con larga pluma ni siquiera una gorra de visera de las de jugar al tenis. Pero se inclinó en una profunda reverencia, dio media vuelta y salió caminando tieso y digno. Doña Vittoria le gritó desde su sillón de la salita:

–Don Pelayo, venga usted acá, caramba. No se lo tome así, hombre.

Don Pelayo ni siquiera volvió la cabeza. Doña Vittoria rezongaba con un humor de perros. Estaba avergonzada de sí misma. Pero ese don Pelayo, heredero del descalabrador de moros y rey de cuatro macizos asturianos, no tenía ningún sentido del humor.

–Demontre de hombre. Estos españoles tienen más orgullo que don Rodrigo en la horca. No sé quién será ese don Rodrigo, pero, por mí, *vaffan'culo*[1].

1. Que le den por culo.

A la mañana siguiente, entró Elettra a su cuarto.

–Mamá, vengo a despedirme. Me voy a España con Pelayo.

–¿Cuándo te vas?

–Ahora mismo.

–¿Así, sin casarte?

–Ya me casaré en España. Te comunicaré el día de la boda por si quieres ir. Me darías una gran alegría.

–Sabes perfectamente que no iré.

–Soy tu única hija, mamá.

–Por eso mismo no debes irte.

–Mira, mamá, por una tontería tuya no voy a dejar de casarme con el hombre que quiero. Pelayo es un poco raro, pero es más caballero que todos los hombres que he conocido. Estoy enamorada y me voy a casar con él, quieras tú o no quieras. Mi deseo es que estés en la boda.

–No iré.

–Me darás un gran disgusto, pero me casaré de todas formas.

No fue. Cuando iba a nacer el bebé, le avisó su hija. Doña Vittoria escribió una larga carta a don Pelayo. Le pedía perdón, le aseguraba que en ningún momento había tenido intención de ofenderle y le rogaba con todo encarecimiento que le impusiesen a lo que viniera el nombre de Vittoria si era niña y el de Giacomo si era niño, y que le trajese cuanto antes a su nieto para conocerlo. La larga estancia en Villa Luce acompañada solamente de la soledad y de Faustina, enlutada y envejecida, le habían reblandecido un poco el carácter y doblegado el espíritu indomable y autoritario, aunque con frecuencia le salía su habitual genio despótico. Hacía algún tiempo que doña Vittoria mandaba cantidades mensuales a su hija, gracias a las cuales podía el matrimonio permitirse algún desahogo y disponer para su servicio de Marcela y de Sebas, que todavía no había ascendido a la categoría de *bell'uomo*. Al principio, don Pelayo hacía como que no se enteraba de aquellas ayudas, pero cuando llegó la carta de doña Vittoria respondió con otra, lacónica pero suficientemente expresiva. Llegó el verano y el parto de Elettra se aproximaba. Doña Vittoria tomó la pluma y escribió la carta que tanto trabajo le había costado. Antes, sólo había consentido en tener una breve conversación telefónica con su hija. Don Pelayo era un caballero y respondió a vuelta de correo. «Respetada y querida doña Vittoria: Yo también necesito su perdón. La niña se llamará Vittoria o el niño se llamará Giacomo. Este verano iré con Elettra y el bebé nacerá en Villa Luce. Consérvese bien. La saluda con todo cariño, Pelayo.»

Desde aquel momento, las ínfulas y el orgullo de don Pelayo se esfumaron como por ensalmo. Se aficionó a la contemplación de los astros y enloqueció un poco con la búsqueda de ovnis y de vida extraterrestre. Era hasta entonces un marido fidelísimo aunque un poco desentendido, y con eso y con la atención indudable que le prestaba a su mujer como amante, Elettra tenía suficiente para considerarse razonablemente feliz. Se había acostumbrado a tratarlo como a un niño grande y a seguirle la corriente o a contrariarle con dulzura hasta que lo convencía.

Doña Vittoria, no. Doña Vittoria estaba amasada de pedernal y mala uva. Cuanto más humilde y sumiso se mostraba él, más tiránica se comportaba ella. Pero le arregló la torre de Villa Luce, le compró el telescopio gigante y otros dos más pequeños, le pagaba la suscripción a todas las revistas que pedía, le daba a Elettra entregas extraordinarias para que él llevase siempre dinero en el bolsillo y al final le rogó que se dejara su cátedra de instituto y se quedara a vivir de bóbilis en Villa Luce. Lo de «bóbilis», obviamente, no lo dijo, por temor a otro ataque de orgullo español. De vez en cuando, a doña Vittoria le daban accesos de ironía. «Al fin y al cabo», le confió una tarde a Marcela, «lo mejor que puede hacer este hombre en esta casa llena de historias que tú no conoces, gracias a Dios y mejor para ti, es contemplar las estrellas, jugar al ajedrez, y no preguntar nada ni enterarse de nada».

Quien estaba enterado de todo era Enrico. Había doblado ya los tres cuartos de siglo, y desde que nació vivía en aquella casa.

Era hijo natural de una sirvienta de los anteriores dueños de Villa Luce, y allí se quedó cuando el banquero compró la finca. Enrico tenía entonces catorce años, y ya era trabajador y conocía los rincones y toda la flora del parque. Era un muchacho muy útil a pesar de su juventud. No tenía veleidades amorosas, ni por un lado ni por el otro. «Es como si tuviéramos tres perros», comentaba doña Vittoria.

Salía poco de Villa Luce. Algunas mañanas, a buscar hongos en el bosque y algún día de fiesta se daba una vuelta por el bar y se metía entre pecho y espalda un par de botellas de tinto.

–¿De quién es hija la señorita Elettra, Enrico? –le preguntaban los otros jardineros o las gentes curiosas del pueblo.

–De su padre.

–Pero ¿quién es su padre? Tú lo sabes muy bien.

–Claro que lo sé. Yo, de aquella casa, sé hasta las pulgas que cada uno tiene escondidas en su culo.

–Pues dímelo.

–Ya te lo he dicho. De su padre. Con decir que es hija de su padre estás diciendo la verdad. Así no te equivocas.

–¿Es cierto que a la señora Faustina se la tiraba don Salvatore? Me lo ha dicho la Antonina, que estuvo sirviendo un verano en Villa Luce, y cuenta que por la noche el señor se levantaba y entraba a la habitación de la gobernanta, y enseguida se escuchaba el vaivén del somier.

–Seguramente es que la Antonina soñaba que se la estaba tirando a ella don Salvatore. Andaba poniéndole siempre ojos de cordera cuando le servía.

–Enrico, ¿es verdad que la Celina es tortillera?

–Métete con ella en la cama y así te enteras.

De ahí no lo sacaban.

A menudo, don Pelayo se paraba a hablar con él.

–¿Y qué ve usted en el cielo, don Pelayo? Se verán muchas cosas para estar tanto tiempo mirando por el telescopio.

–En el firmamento pasan cosas extraordinarias que ni siquiera las imaginamos. En los cuerpos celestes también se desatan pasiones, amores y odios. Las estrellas nacen, se encienden de amor, ruedan o viajan, y mueren; tardan en morir mucho más que los hombres, pero terminan por morir. Las estrellas bailan, se buscan y también se engañan y se acuestan con los rayos de otras. A veces, se arma un trajín de estrellas, de luceros, de cometas y de aerolitos que el cielo parece una casa de putas, Enrico.

–Pues igualito que en la tierra, don Pelayo.

Enrico había elegido una pareja de cachorros de los que había parido *Madame Curie*, un macho nervioso y guapísimo, y una hembra más tranquila y cariñosa, y se los llevó a Vittoria.

–Si usted no manda otra cosa, regalaremos los otros tres. Pero nos quedamos con estos dos, que son los más hermosos y sanos. Tiene usted que ponerles nombre.

Vittoria se quedó un rato pensando. Enrico esperaba, lleno de paciencia. Enrico, de paciencia, tenía toda la que hiciese falta. Nunca tenía prisa, y sin embargo todo lo hacía a tiempo y todas sus obligaciones estaban terminadas a la hora prevista.

–El macho se llamará *Leopardi,* que tú le llamarás enseguida *Leo*, con esa manía que tienes de abreviar los nombres, y la hembra se llamará *Grazzia*. Por Grazia Deledda.

–¿Por quién, doña Vittoria?

–No, por nadie.

Casi una década más tarde de esta escena, *Marconi* tenía ya doce años. Le había salido un tumor en la panza, hacia el nacimiento de la cola, y cada vez se movía con mayor dificultad, hasta que se tumbó en el suelo y ya no podía andar. No iba a buscar la comida ni el agua, y Enrico tenía que limpiarle la cama porque ya no alcanzaba, aunque lo intentaba, el lugar que Enrico llamaba la *tualetta. Madame Curie* andaba desconcertada con aquella inmovilidad de *Marconi*, y le acercaba, apretados entre los dientes, el plato de la comida, y el cuenco del agua, y le lamía el morro reseco por la enfermedad para humedecérselo con sus babas. Algunas veces se ponía junto a él y le ladraba como si le regañara.

–¿Qué le dice, Enrico? ¿Tú lo sabes? –preguntaba Elettra, que ya había cumplido los trece años, pero que lloraba como una niña pequeña de ver enfermo a *Marconi*.

–Estos perros tienen alma, Elettra. Dicen que los perros no se aman, pero estos dos perros, sí. Claro que se aman. Tienen alma. Se dicen cosas muy bonitas y yo las entiendo muy bien. Esta tarde ha venido a arrimarle la comida y el agua, y le decía: «Come, *Marconi,* come y bebe agua, que sin comer ni beber no vas a vivir y me vas a dejar sola, toda la vida contigo y ahora me vas a dejar sola. No te me mueras, viejo cabrón, no te me mueras.»

–¿Es que *Madame Curie* sabe decir esa *parolaccia*[1] aunque es una señora?

–Bueno, sólo la dice en algunas circunstancias. Como ahora, por ejemplo, porque además la dice de una manera cariñosa.

–Pero ¿*Marconi* se muere? –preguntaba ella.

–Sí se muere, Elettra, sí se muere. Natural.

Marconi se murió. Enrico lo echó en la carretilla y se lo llevó dentro del parque, al pie de un plátano centenario, muy frondoso, con mucha sombra, y cavó un hoyo profundo. Puso en él al perro y le echó encima una espuerta de cal viva. Volvió a llenar de tierra el hoyo, y se llevó la carretilla. A lo mejor, los ojos se le pusieron como el día del reloj de Giacomo, aquel reloj que él jamás se había puesto y que lo tenía guardado en la mesilla junto a su cama.

–¿No te pones el reloj, Enrico? –le había preguntado un día don Salvatore.

–Me da reparo, don Salvatore. Yo no sé llevar reloj y temo que se me rompa. Además, que se iban a reír de mí las cabronas de las criadas.

Madame Curie se adentraba todas las noches en el parque, buscaba la tumba de *Marconi* y daba largos aullidos lastimeros. Lloraba como una plañidera y aullaba a la luna como si la luna tuviese la culpa de la muerte del perro. Un día se tendió en el

1. Palabrota.

mismo lugar donde había muerto el macho y se negó a comer y a beber. Enrico le acercaba los cuencos, y ella los tiraba o los alejaba con un golpe del morro. Una mañana, muy temprano, Enrico salió de la casa con la escopeta. *Madame Curie* lo vio llegar y lo recibió con una mirada apagada de triste gratitud. Cerró después los ojos, encogió un poco la cabeza hasta meter el morro entre las piernas, y esperó la detonación del disparo.

«Tienen alma, tienen alma. Estos jodidos perros nacieron con alma. A lo mejor, el alma se la dio el señorito Giacomo cuando les puso el nombre», decía Enrico casi en voz alta mientras llevaba en la carretilla a *Madame Curie* al mismo plátano donde había enterrado a *Marconi*. La puso junto a él, la cubrió también de cal, y esta vez no se le saltaron las lágrimas. Volvió a la casa silbando una vieja canción de amor. «Amapola, lindísima amapola, será tuya mi alma, tuya sola.» Por allí correteaban y vigilaban *Leopardi* y *Grazia*, los hijos de *Marconi* y *Madame Curie*, ya adultos, ajenos y desentendidos de la muerte de los padres. Enrico los miró correr y jugar, les acarició el cuello cuando se le acercaron y murmuró: «Natural.»

Antes, cuando Elettra la llamó por teléfono para avisarla de su embarazo, doña Vittoria había escrito una difícil y dolorosa carta a don Pelayo. Ahora, recibía esta otra de su hija, especialmente emocionante.

Madrid, 16 de febrero de 1972. *Cara mamma*[1], hacia finales del próximo septiembre, si Dios quiere que todo vaya bien, nacerá mi primer hijo, que es también tu primer nieto, y que en este momento tendrá el tamaño de un huevecillo de perdiz. No sé si vas a recibir con desagrado estas noticias mías, pero no puedo dejar de comunicártelas porque el silencio me quemaría el corazón y me amargaría la mayor alegría de mi vida. Quiero que sepas que nunca he

1. Querida mamá.

150

dejado ni dejaré de quererte, suceda lo que suceda entre nosotras. Pelayo no te guarda rencor, y está deseando encontrar una ocasión para demostrártelo y pedirte perdón por lo que él haya podido molestarte.

Vivimos bien aquí y no tienes que preocuparte por nosotros. El sueldo de Pelayo no es alto, pero resulta suficiente para los dos. Madrid es una ciudad bella y hospitalaria, y cuando conoces las tiendas y los mercados no es demasiado cara. Desde luego, es más barata que Milán. La gente es sencilla y acogedora, y ya tenemos muchos amigos, aunque no hacemos vida de relaciones sociales. Somos los dos muy caseros. Hemos alquilado un piso en la calle de Ríos Rosas, cerca del paseo de la Castellana y del Liceo italiano, y lo vamos amueblando para que resulte cómodo. Salimos poco, sólo algunas noches, al cine y a cenar. Perfecciono mi español, que no era tan malo, a marchas forzadas y ya me entiendo bastante bien con la gente.

Pelayo trabaja en sus clases. Las prepara con esmero, y tiene prestigio entre los alumnos, pero los deberes de la cátedra no le dan mucho trabajo ni le llevan demasiado tiempo, así que pasa muchas horas conmigo y hace que le acompañe siempre a todos lados. Me dedica toda su vida, aunque es distraído y está un poco fuera de las cosas de este mundo. Mejor, porque en el mundo siempre se encuentran tentaciones. Se ha aficionado mucho a la astronomía y estudia el mundo de los ovnis y de la posible vida extraterrestre, que son cosas apasionantes, al menos para él, y yo creo que para mucha gente también. Con ello se entretiene. Yo le tengo a mi lado y soy feliz.

Sé de ti porque me ocupo en tener noticias tuyas sin que tú te enteres, y me entristece que vivas tan sola, rodeada solamente de recuerdos. Te imagino en aquella casa tan grande, acompañada únicamente de fantasmas y de la buena Faustina, y quisiera proporcionarte alguna alegría, pero no sé cómo hacerlo.

Pelayo te envía sus saludos y el huevecillo de perdiz y yo, un beso muy, muy fuerte, Elettra.

En el balcón ancho de la habitación que fue de don Salvatore, la vieja señora mira cómo los dos nietos, Totoya y Mino, balanceando las manos entrelazadas, corren por el paseo de los castaños con alegres brincos. Ella ha cumplido ya los dieciocho años y él anda por los dieciséis. «Qué sería de mi vida sin ellos. Recuerdos, sólo recuerdos.» En las largas tardes del invierno, cuando los niños están en sus estudios, don Pelayo resuelve problemas de ajedrez o lee revistas de extraterrestres, y Elettra se afana por la casa en alguna tarea innecesaria, doña Vittoria saca sus recuerdos, sus fetiches, y los toca, y los acaricia, y los besa, y a veces, muy pocas, porque ya se sabe que tiene los ojos secos, poco hechos a la lágrima, también llora. «Bendito llanto. Si pudiera llorar más... Recuerdos. Toda mi vida ha consistido en acumular recuerdos, en amontonar tristezas, en contemplar cómo pasaban las desgracias por delante de mí y en conservar sus despojos.» Es una vieja prematura. La verdad es que tiene ahora sólo sesenta y cuatro años, pero parece una anciana de ochenta. Cuando salió de aquel encierro en su alcoba de tres días y tres noches, después de la muerte de su hermano, parecía que a Vittoria le hubiesen echado treinta años encima. Al hacerse mayor, Elettra veía a una madre, siempre enlutada, encanecida y sin maquillar, y sobre todo siempre triste y con el espíritu alimentado sólo de recuerdos, y que empezó a ser la «vieja señora».

Recuerdos. Sobre la mesilla de noche tenía aún aquella fotografía de Giacomo en la bicicleta, con ella subida al cuadro. Él reía feliz y ella se le abrazaba al cuello. Aquel día se dio cuenta de cuánto lo amaba, de cuánto amor guardaba para aquel muchacho, casi niño, que la besaba con devoción y le llevaba diamelas en el verano y violetas en la primavera y en el otoño. Cómo lo amaba. Algunas tardes le daba por pensar que sólo a él había amado en esta vida. Todos los demás eran muñecos que se movían alrededor de ese cariño, comparsas de aquel amor glorioso y perverso, el abuelo banquero, lejano y munificente, su padre, Faustina, su propia hija Elettra, y Martino, bueno, Martino era sólo una marioneta estúpida y fugaz que había cruzado un breve momento por la escena de su vida. Martino era su gran error y su gran cobardía. Había querido darle un padre al fruto de su vientre, que era un fruto de amor, y le había dado un pobre imbécil, «ese imbécil».

Guardaba, envueltas en un papel de dibujos florentinos, dentro de la misma carpeta donde él iba dejándolas, las cuartillas que estaba escribiendo don Salvatore cuando le sorprendió la muerte. En aquellas cuartillas iba catalogando y describiendo el arte de las dos guerras. Don Salvatore empezaba su disertación afirmando que la guerra es el principal revulsivo para la renovación del arte, una teoría original y estremecedora. El primer capítulo de aquellas *Memorias* se titulaba *Valores estéticos de la guerra*, y ella lo repasaba con los ojos, sin leerlo. Contemplaba, adorándola, la letra grande y firme de su padre. Había metido en un sobre lacrado los documentos firmados por Martino y la copia de los que había signado también don Salvatore con el acuerdo de ruptura de su matrimonio, y había escrito en el dorso: «Elettra. Para abrir después de mi muerte.» Probablemente era una precaución inútil porque nada había sabido de Martino desde su marcha y ya no tenían sentido ni vigencia aquellos documentos. Sólo conservaban el valor de la historia, pero servirán para que Elettra sepa al menos que su verdadero padre no es el misterioso y desaparecido Martino Martinelli que figura en su partida de nacimiento. Probablemente, una revelación también perfectamente inútil.

Mantenía cerca de ella, en su alcoba, dentro de una gran caja de plata cerrada con llave, el libro de Leopardi que leía Giacomo el día en que «se hizo hombre», la carta de Elettra anunciándole el embarazo de Totoya y los dos papelitos que encontró en el *rubicundo Apolo* el día de su boda. «A las tres, en los sauces. No faltes, por favor. Hoy no faltes.» Y el otro: «No te cases con ese imbécil. Te arrepentirás durante toda tu vida.» El otro, el papel del mensaje terrible, quizá estuviera todavía dentro de una rosa seca sobre la tumba de Giacomo, con aquella respuesta de ella: «Amor, allí te buscaré.» El «allí» de la muerte.

Sin rezar, murmurando para sí misma, repasaba lentamente todas las noches las cuentas del rosario de oro que le había regalado don Salvatore el día de su Primera Comunión. Por aquellas cuentas había pasado sus dedos blancos y largos Maria Luce, la madre muerta, tan joven, tan pálida. En el último cajón del armario, dormían aquellas braguitas caladas de perlé que le había hecho Faustina, y a veces las sacaba y aspiraba su olor, y sonreía largamente. Aquellas braguitas eran su ajuar de novia niña. El echarpe verde de cachemir que había sido de su madre lo llevaba puesto. En invierno salía del dormitorio ya con él sobre los hombros, y en verano, Marcela siempre lo traía para echárselo por encima al atardecer. Y entre las hojas de su primer libro de oraciones con pastas de nácar, ¡bendito sea Dios, qué cosas!, dormía aquel san Sebastián de Antonello de Messina, de cara bobalicona y casi femenina, con el bulto en la ingle, atravesado de flechas y con heridas como labios, que ella no se atrevía a romper, ni tampoco a quemar, como en una purificación, que es lo que el padre Prini decía que había que hacer con las estampas de los santos para que no anduvieran hechas pedazos por entre la basura.

Contempló cómo se alejaban los nietos por el paseo hasta que se perdieron de vista. Amaba a los dos con un cariño posesivo e intenso, pero a Mino lo amaba más, a Mino lo amaba con un amor enfermizo que aniquilaba cualquier otra cosa que penetrara en su ánimo. A Mino hubiera deseado absorberlo, asumirlo, meterlo dentro de sí, comérselo de amor. Pasaba horas de su vida, en aquellas tardes de terraza y recuerdos esperando solamente que Mino llegara con un ramito de diamelas, igual que hacia Giacomo, o de glicinos, o que llegara corriendo junto a ella sólo para darle un beso apresurado y marcharse de nuevo, tan veloz como había venido, o que se sentara con ella a charlar un rato o a jugar una partida de cartas. Brincaban los dos muchachos, balanceaban las manos enlazadas, reían, eran felices. «Quizá van a los sauces», pensó. Y absurdamente, en una acción inesperada, sorprendente, sin sentido, se puso a reír tan fuerte que acudió Marcela y se quedó mirándola con la boca abierta. Se percató la señora.

—Anda, estúpida, no creas que me he vuelto loca de repente. Cierra la boca, que pareces un tragabolas.

Vittoria no le había dicho nada ni tampoco le había leído o dejado cerca de su alcance la carta de Elettra, pero Faustina se había enterado enseguida de la novedad. No se sabía cómo ni por qué conducto, pero Faustina se enteraba de todo lo que ocurría en aquella familia. A veces, parecía conocer las cosas antes de que ocurrieran. Con quien únicamente comentaba algo de tarde en tarde, era con Enrico.

—Enrico, ¿conoces ya la novedad?

—¿Qué novedad, que va a aumentar la familia?

—¿Cómo lo sabes? —se extrañó Faustina con un aspaviento.

—No lo sé. Lo adivino. Es lo natural, ¿no? Ya era hora, por otra parte.

—Lo esperan para finales de verano. Para septiembre.

—Claro.

—¿Por qué claro?

—Porque en esta casa todo ocurre en septiembre.

—Menos mal que vamos a tener, si Dios quiere, alguna alegría. No parece sino que a esta familia le hubiese entrado la *jettatura*[1]. Alguien nos ha echado el *malocchio*[2], Enrico.

—A veces, hay brujas, o gafes, o gatos blancos, o pajarracos negros que traen la desgracia o portan la fortuna, pero por lo regular nadie echa el *malocchio* ni te regala la felicidad, Faustina. La felicidad y la desgracia las llevamos dentro los hombres y las fabricamos nosotros solos, sin ayuda de nadie. Si alguien nos ayuda, es que esa ayuda la hemos buscado.

—Vaya, hombre, hoy estás sentencioso.

—Es la vejez. Los viejos somos sabios. Más sabe el diablo por viejo que por diablo.

—¿Y sabes también si la señorita Elettra hará las paces con doña Vittoria y vendrá este verano?

1. Gafancia.
2. Mal de ojo.

–Claro que sí, mujer.

–¿Por qué?

–Porque es lo natural.

Subió a la casa. Era mayo, un mayo hermoso y muy florido, caluroso también, y a primera hora de la tarde se estaba bien en la terraza grande, que daba a levante. Faustina llegó con una silla baja, trajo un cesto de ropa recién lavada y seca, y se sentó junto a su ama a repasarla. Así permaneció un buen rato, callada, aplicada a su trabajo. De vez en cuando, alzaba los ojos de la faena, contemplaba el lago y daba un suspiro.

–Venga, Faustina, desembucha. Lo que tengas que decir, dilo de una vez.

–Lo que tengo que decir, niña mía, es que no estás haciendo las cosas bien. Y las cosas de esta casa ya son bastante tristes para que tú las hagas más tristes todavía.

Faustina, cuando estaban solas, siempre le hablaba de tú a Vittoria. «La he visto nacer», repetía. Desde que murió la *buon'anima*[1] de don Salvatore, «Dios le tenga en su gloria», Faustina se dirigía a Vittoria llamándola «niña mía». Resulta paradójico ese «niña mía» en labios de Faustina. Tiene veintiséis años más que Vittoria, exactamente la misma edad que tendría Maria Luce, así que podría ser la madre de su ama. Pero Vittoria parece casi tan vieja como Faustina, y no se comprende cómo alguien pueda llamarla «niña mía».

–Vamos a ver. ¿Cuáles son esas cosas que yo estoy haciendo mal?

–Has sido dura y... mala con Elettra. Es tu única hija, y su sitio es éste, lo natural y lo que debe ser es estar aquí contigo y ponerte nietos en los brazos, esos brazos que los tienes vacíos desde hace tantos años, y que necesitan una vida nueva para mecerla y arrullarla y verla crecer y recibir de ella alegría y primavera. Estás muy sola, y la soledad hace egoístas a las personas, y les pone el corazón de piedra y les mete maldad en el alma. ¿Para qué quieres el dinero... –se llenó de valor y de

1. Buena alma.

decisión–, para qué coño quieres tú el dinero, *porca miseria*[1], si no es para tener junto a ti a tu hija y a tus nietos? La vida te ha tratado mal y ha terminado por hacerte de una pasta que no es buena, que no me gusta, niña mía.

–¿Cómo te atreves, Faustina? Nunca me has faltado al respeto así y no te voy a permitir ahora que me vengas con reproches y me hables con palabrotas. Porque yo te haya dado en esta casa cariño y confianza, no debes olvidar que eres una sirvienta. Calla inmediatamente y vete. Aléjate de mi vista y no vuelvas hasta que yo te lo mande.

–No me da la gana –dijo Faustina tranquilamente, sin inquietarse un ápice–. Ya sé que soy una sirvienta. No he hecho en mi vida otra cosa que servir, que serviros a tu familia y sobre todo a ti. Pero ni me callo ni me voy. ¿Qué vas a hacer conmigo? ¿Vas a echarme de esta casa donde yo entré antes de que tú llegaras al mundo? ¿Vas a echarme de Villa Luce, adonde me trajo tu madre, a la que serví como una esclava, y en donde di a tu padre lo que jamás le había dado a nadie y que fueron las únicas alegrías del final de su vida, y se las di sin pedirle nada a cambio? ¿Te vas a librar de mí con una limosna, a fuerza de dinero, como si yo fuera aquel marido tuyo chulo y manso? Mira lo que te digo, niña mía. Te quiero más que a mi alma. Eres lo que más quiero en este mundo. Esta familia es la mía y no tengo otra. Si salgo de aquí, no sabría dónde ir como no fuera al cementerio. Pero escucha lo que voy a decirte, y por una vez en esta casa voy a ser yo la que mande y la que decida: una de dos, o te traes a tu hija y que pueda parir aquí, en esta casa, a tus nietos, o la que se va de ella soy yo, sin necesidad de que tú me eches, y te dejo aquí, sola, sin otro quehacer que esperar la muerte. Mira, ésa es una visita que siempre llega. A ésa no se la puede echar. Nunca falla, la muerte.

Se alzó despacio, con toda naturalidad. Se colocó el cesto de mimbre con la ropa ya repasada bajo un brazo, descansán-

---

1. Puerca miseria, mierda.

dolo en la cintura, asió la silla baja con la otra mano y se metió en la casa sin pronunciar más palabra.

Aquella noche, Vittoria se encerró en el despachito pequeño, el despachito que había sido de su hermano, y escribió una carta para Elettra.

Queridísima Elettra, hija mía: También yo sabía de ti sin que te enteraras, porque ya que he vivido sin tu compañía, no puedo pasar sin tus noticias y tu recuerdo está siempre vivo en mi corazón. ¡Un nieto! Esa noticia es la única que podía traerme la felicidad que no tengo y que no conozco desde hace tantos años...

En algunos renglones, las lágrimas habían emborronado las letras. Aquello era demasiada humillación para su orgullo. Esa carta nunca la echaría al correo. La dobló, la guardó en la caja de plata, y descolgó el teléfono.

—Hija, eres tonta y me has hecho llorar. Venid enseguida, tan pronto como podáis. Te mando dinero. Todo lo que yo tengo es tuyo. De lo tuyo dispones.

—Así lo haremos. Pelayo... «don Pelayo» está de acuerdo. Te quiero mucho, mamá.

En septiembre, el mes en que sucedían todos los acontecimientos fastos y nefastos de aquella familia, y en Villa Luce nació una niña a la que pusieron de nombre Vittoria.

9. Totoya

Totoya es una chica estirada, casi larguirucha, de pierna alta y delgada, pechos adolescentes, pequeños, separados, pero agresivos, en forma de limón, y un culito prieto y duro, que ella mete dentro de unos pantalones muy ajustados, cuya costura se hunde en la separación de las nalgas y le marcan también por delante los minúsculos promontorios del monte de Venus. Otras veces, lo exhibe dentro de una falda estrecha de tejido fino, casi transparente. Le trae un lejano aire a su abuela y ha sacado sus ojos claros, pero desde luego no se parece nada en el culo. El culo de Vittoria, aún ahora se le nota muy bien, es un culo de mulata, culo de rumba, de cumbé y de candombe. La única persona que en la casa tiene algo que decir acerca de los pantalones ajustados y de la falda estrecha de Totoya es Faustina, pero Faustina es una vieja, y los niños la callan con un beso y con una sonrisa. «No seas antigua, Faustina, que eres un fósil. Ahora, van así todas.» Faustina mueve la cabeza sin convencerse. «Pues si vais así todas, todas zorras.» Totoya ríe. «No digas esas cosas, Faustina», le regaña dulcemente doña Vittoria.

Totoya es muy pálida de tez, aunque está morena de sol y de intemperie. Tiene el cabello rubio, largo y liso. Ha sacado los ojos claros, casi verdes, de la abuela y la bisabuela Maria Luce, y una nariz afilada y una barbilla dura le dan un cierto aire varonil, a pesar de la fragilidad de su figura. Encarna el canon de belleza fin de siglo, belleza de pasarela, de desfile de modelos, sin llegar a los esqueletos andantes de la anorexia. Tiene del padre, don Pelayo, un cierto desentendimiento y despiste, pero a veces se muestra terca y voluntariosa como su abuela Vittoria.

Giacomino es un muchacho guapo, quizá excesivamente guapo para ser un proyecto de hombre. Su pelo negro y abundante lo hereda del abuelo inconfesable, del tío Giacomo, y de su madre, y lo lleva partido en crenchas de una sola onda ancha. Tiene los ojos grandes y tristes, la nariz dibujada, la barbilla redonda, las orejas muy pequeñas, la piel morena y muy suave, la barba lampiña, las mejillas encendidas y los labios carnosos, casi frutales, y todo eso le presta una indefinible hermosura de efebo, de amazona adolescente o de ángel asexuado. «Si fueses rubio, serías el niño de *Muerte en Venecia*, un mariconcete para Visconti», se reía de él Totoya. Sin embargo es ancho de hombros, alto de pecho, estrecho de cintura y es fuerte de piernas y de caderas. Según como se le mire, no se sabe si se va a poner a leer a Rimbaud o va a jugar un partido de fútbol. Podría haberse escapado de un dibujo de Jean Cocteau.

Forman una pareja inseparable, aún más inseparable de la que hacían Giacomo y Vittoria hace casi medio siglo. Hasta que Totoya hizo el examen de *maturità*[1], hace ahora un año, y se fue a estudiar arte en la Universidad de Milán, los dos hermanos habían ido juntos al colegio de los rosminianos de Stresa. Los llevaba y traía Enrico en un Volvo pequeño que Vittoria había comprado precisamente para ese cometido, y que ahora ya lo podría conducir Totoya con su reciente carné de conductora habilitada. Pero además no se separaban para nada. Juntos navegaban, juntos montaban en bicicleta, juntos nadaban,

1. Reválida.

juntos iban de excursión a los montes vecinos, formaban pareja para el tenis, en los campeonatos de bridge o en las partidas de *scopa*[1] o de *scopone scientifico*[2] en familia o con los amigos. Y juntos bailaban. Los dos bailaban con soltura y garbo, se habían acoplado y acostumbrado el uno al otro y no querían bailar con nadie más. Bailaban con pericia casi profesional, y aprendían con rapidez los ritmos novedosos que salían todos los años, especialmente en el verano. Eran los primeros que en las reuniones juveniles de las villas privadas del lago o en las discotecas públicas de las ciudades y pueblos cercanos bailaban las danzas de moda. «Ponte unas braguitas monas, que voy a darte volteretas en el rock de esta noche.» «Muy bien. Y tú métete algodón en la braqueta para marcar paquete, minusválido.»

Discutían con frecuencia, se castigaban sin hablar un rato con el otro, aunque enseguida volvían a amigarse, y a veces se peleaban a insultos y a golpes. Totoya era más noble en la pelea. Pegaba en los brazos o en el pecho, o con la mano abierta, y su estatura le daba una cierta ventaja. Giacomino era artero y maligno. En los golpes, buscaba el pecho o el vientre de la hermana, y le aplicaba puntapiés en las piernas.

—Imbécil, no me des en las piernas que se me hacen morados y no puedo ponerme minifalda. Pelea como los hombres y no como un mujereta.

Él le daba otra vez, y ella esquivaba el golpe.

—Si no puedes ponerte la minifalda para enseñar las piernas y los muslos, te pones pantalones. Y no me llames mujereta, que te arranco el pelo a tirones.

—Venga, vamos a dejarlo ya, tío.

—Bueno, pero esta noche te retratas tú en la discoteca.

—Vale. ¿Estás seco? ¿Es que te has comprado hierba?

—No, me he comprado Marlboro y pelotas de tenis.

—Como fumes porros, se lo digo a papá.

—Chivata.

1. Escoba.
2. Escoba científica.

–Ni chivata ni leches. Que se lo digo.

–Y además me he comprado una caja de gomas.

–¿Para qué querrás tú las gomas, sietemachos?

–Por si acaso. Stella se me está poniendo a tiro.

–¿A tiro? Habría que verte a ti la pistolilla. –Totoya siempre le gastaba bromas al hermano con la «pistolilla»–. Además, ¿es que no lo sabes? La Stella esa es sólo una calientapollas, pardillo. En cuanto te pone en forma, se asusta y te deja con la miel en los labios. Le ha tocado el pito a todos los chicos de la panda. Menos a ti, por lo visto.

–A mí ya me lo ha tocado, que lo sepas. ¿Tú te has acostado ya con alguno o eres también como ella?

–Ya te contaré otro día mi vida, muñeco. Y a ti, ¿te han tocado ya el culo?

Algunas veces, Elettra o don Pelayo les oyen hablar así. Se asombran, se desconciertan, se avergüenzan, se aturrullan, les llaman al orden. ¿Qué otra cosa podrían hacer?

–En esta casa no consiento que se hable de esa forma soez y con esa indecencia. Por lo menos aquí, tened un poco de respeto a vuestro padre, a la abuela... Nadie en esta casa se ha atrevido nunca a hablar con esos modales.

–A mandar. Eso está hecho, tía.

–A mí no me llames tía, que soy tu madre.

–Pero si te lo digo con cariño, tía. Te quiero. No lo puedo remediar, pero te quiero, te quiero, te quieeeeero. –Mino se ponía zalamero con su madre.

–¿Qué está pasando aquí? – venía don Pelayo con su clásico despiste.

–Nada, tío, que tu mujer nos está explicando que eres muy macho –mentía, riendo, Totoya.

–¡Totoya!

¿Qué otra cosa podrían hacer?

Aquella madrugada, cuando don Pelayo bajó de la torre, Elettra estaba despierta, leyendo una novela policíaca.

—Bueno, ¿qué, macho, hacemos algo, tío?

—Voy para Covadonga, tía.

Eso. ¿Qué otra cosa podrían hacer?

Los chicos van en grupo. «Estos chicos atacan en pandilla, como los malhechores y los músicos», comentaba doña Vittoria. Todos los veranos se recomponía la panda. Las escasas deserciones que se producían eran cubiertas inmediatamente, porque todos los habitantes del verano joven querían entrar en aquella pandilla selecta y divertida. Uno de los alicientes, y no el menos importante, es que en ella figuran los hermanos Branchi, Paola y Piero, que todos los fines de semana vienen solos a una villa no muy lejos de Lesa, guardada únicamente por un casero viejo que duerme en una casa pequeña, junto a la principal, donde se recogen los aperos, las semillas y los trastos del jardín, y que no se entera de nada. Se llama Villa Paradiso, está en medio del bosque, sobre Belgirate, y en efecto, es un paraíso para los malhechores o los músicos de la pandilla, porque se meten en la casa por la noche, y allí beben, fuman, se pasan el porro, bailan, se quedan medio en cueros, se magrean, Stella calienta unas cuantas pollas, una tras otra, y algunas parejas, después de darse el lote de precalentamiento, se acuestan en la primera cama que encuentran.

Luego, en invierno, la mayor parte de ellos, con la excepción de algún caso irrecuperable, atrapado quizá en la droga o en la abdicación progresiva de la vida, estudian varias horas al día, acuden puntualmente a las clases, sacan calificaciones notables y algunos incluso brillantes, se enamoran, aman, sueñan, se ilusionan, sufren y lloran, hacen en definitiva todo cuanto han hecho los seres humanos, todos los hombres y todas las mujeres de todas las generaciones. De tiempo en tiempo, alguna de las parejas viene casada. Es una deserción jubilosa por razón de matrimonio. Hay algunos que quieren prolongar la vida de pandilla y de juerga, pero los chicos se vuelven celosos, ellas se vuelven estrechas, y poco a poco van faltando a las citas o abandonan pronto la bacanal nocturna de Villa Paradiso. Porque una de las condiciones que impone la vida de pandilla es el horario disparatado. Antes de la una o las dos de la madrugada no empieza la movida. Salir a beber, a bailar y a divertirse antes de esa hora es una señal de senectud y de ordinariez. Salir a las diez para volver a casa a la una es cosa de carrozas y palurdos. Y volver a casa antes de las seis o las siete, es un signo de dependencia y esclavitud. Las cosas son así, y de nada vale ponerse a nadar contra la corriente. ¿Qué otra cosa se podría hacer?

Totoya y Giacomino andan metidos en la panda y hacen esa vida, ante la resignación de Elettra y don Pelayo, la condescendencia de Vittoria y la indignación moralista de Faustina. Pero aun en los ratos de mayor indecencia y desenvoltura de las reuniones, y con los ánimos más envalentonados por el alcohol y más incitados por la lujuria, o sea, aun en los momentos de más cachondeo, los hermanos se mantenían discretamente al margen, y entraban en el juego sexual de la colectividad sin terminar de entrar en él. «Lo que a ti te pasa es que no colaboras, estalactita», se quejaba Piero Branchi con Totoya. «Lo que tú necesitas es una guarra de tu misma especie, cerdo», respondía ella. Y así.

Una noche, uno de los chicos mayores de la pandilla, un *fusto* llamado Giacinto, se puso demasiado pesado con Totoya y quería arrastrarla por la fuerza a una cama de Villa Paradiso.

–No quiero, Giacinto. Déjame. No seas pesado, por favor. Déjame, que me haces daño. Giacinto, ya está bien. No seas gilipollas.

Insistió Giacinto y tiró de ella con más fuerza. Totoya le dio un empujón que pilló de improviso al *fusto* y lo tiró de espaldas al suelo.

Se levantó dolorido y cabreado el aprendiz de violador y cruzó la cara de Totoya con una bofetada solemne y cinematográfica. Los demás chicos no hacían caso. Creían sin duda que todo aquello era parte de un juego, o quizá no deseaban distraerse del entretenimiento que se había buscado cada uno. Mino, menor en edad y más bajo de estatura que el cortejador de Totoya, se lanzó contra Giacinto con una rabia nueva y descono-

164

cida en él, que era un pasota nada pendenciero y hasta un poco pusilánime. Le recibió un puño cerrado y fuerte que le impactó en pleno rostro y le partió el labio inferior, que enseguida empezó a sangrar.

Giacinto se alejó, un poco asustado de las consecuencias del golpe, al ver sangrar al muchacho. Totoya cogió a Mino por los hombros, le aplicó su pañuelo al labio para detener la sangre y lo llevó al coche. Partieron rápidamente, y al entrar en Villa Luce detuvo Totoya el motor. Apartó el pañuelo y comprobó la herida. En realidad, era sólo un corte minúsculo y una pequeña hinchazón que se hacía cada vez más oscura, pero todavía sangraba un poco. Aplicó sus labios a la herida y chupaba con mimo el hilo de sangre que aún manaba. Se recreaba en la operación, y a veces apartaba la boca para decirle en voz muy baja: «Caballero mío, defensor mío, amor mío.» Mino estaba como en una nube, entre el mareo del puñetazo y el éxtasis caluroso del beso inesperado de su hermana.

–Totoya, eres una calientapollas como Stella. No me beses más, que me pones cachondo.

–A ver, no me lo creo –y comprobó con la mano el acontecimiento. Era cierto, completamente cierto. Le descorrió por entero la cremallera de los vaqueros, deslizó la mano por la abertura del calzoncillo. Era muy evidente lo que buscaba y lo encontró enseguida. Cogió la «pistolilla» de Mino con mucha delicadeza, primero solamente con dos dedos, el índice y el pulgar, y después a mano llena y creciente energía, mientras besaba al hermano y le chupaba el labio con más hambre.

–Menos mal que tengo a mano el pañuelo de la sangre, cabrito. ¿Ha quedado contento el caballero?

–Eres formidable, Totoya.

Un día, Simona le echó azúcar al *risotto alla milanesa*[1]. Le echó azúcar y azafrán a partes iguales.

---

1. Arroz a la milanesa.

–Simona, le has echado azúcar al arroz. Esto no hay quien se lo coma.

–Yo le he echado lo de siempre, señora. El azúcar se lo habrán echado otras.

Comieron el *ossobuco* sin el arroz, y reforzaron el almuerzo con fiambre, jamón de Parma y embutidos, queso y tomates. Otro día, mejor dicho, una noche, Simona colocó un cacharro de plástico encima de la lumbre de gas, y estuvo a punto de incendiar la casa. Cuando entró Faustina, alarmada por el resplandor que salía de la cocina, se la encontró contemplando el espectáculo del fuego, muerta de risa. Se levantó una noche en cueros vivos y se hizo pis en la papelera del despacho.

–Seguramente tiene un *alzheimer*. De todas formas, demencia senil –diagnosticó el doctor–. Hay que recluirla en una residencia de ancianos, a ser posible con vigilancia especial y cuidados médicos. Hay varias por aquí cerca, en la montaña, y casi todas son buenas y recomendables. Teniéndola en casa, corremos el riesgo de que haga un disparate el día menos pensado.

–¿Un disparate, qué disparate, por ejemplo? –preguntó Vittoria.

–Sí, tirarse por una ventana o echarse encima una sartén de aceite hirviendo. Quién sabe. Estos enfermos pierden la noción del tiempo y del espacio, desconocen a las personas, incluso a las más queridas, y son capaces de hacer inconscientemente cualquier barbaridad.

Simona, de soltera, había tenido una hija, que se había criado con los abuelos mientras ella se ganaba la vida sirviendo en casa de don Salvatore. Se hizo una cocinera excelente, el prohombre la consideraba como su más valiosa propiedad, hablaba de Simona como de una finca o un cuadro, y era famosa entre sus amigos, que acudían a cenar en aquella casa relamiéndose de gusto con anticipación. La hija de Simona se casó pronto, se fue a vivir a Borgomanero, parió también ella una hija a la que puso de nombre Lorenza, y murió muy joven de tuberculosis. Lorenza venía regularmente a visitar a la abuela. Le daba un beso, estaba media hora con ella hablándole de su marido, de sus hijos y de las estrecheces económicas, incluso el hambre que pasaban, le recogía a Simona los ahorros hasta el último céntimo y se iba por donde había venido. No eran despreciables esos ahorros, porque Vittoria seguía pagándole su sueldo a Simona a pesar de que ella cobraba ya una pensión de la seguridad social.

Doña Vittoria llamó a Lorenza y ella vino enseguida.

—Señora, en cuanto usted me ha llamado, he venido cagando leches. Ya sabe la señora que puede disponer de mí para todo.

Vittoria le explicó la situación. Simona necesitaba cuidados especiales.

—¿Cuánto tiene en la cartilla de ahorros?

—En la cartilla de ahorros no tiene nada, Lorenza. Tú lo sabes mejor que nadie, porque eres la única que disfrutas esos ahorros. Además del sueldo, yo le compro a Simona todo lo que necesita y ella no gasta una lira. Viniste hace poco y le dejaste la cartilla limpia como una patena. Sólo tiene unos cientos de liras.

—Eso no puede ser así como usted lo dice. Mi abuela me dijo que tenía ahorrados varios millones. Si no es así, *me ne frego*[1] de la situación, yo no puedo hacerme cargo de la abuela. En esta casa la han explotado toda la vida, pues que aquí se quede. En la mía no cabe, ya se ha quedado pequeña para nosotros y tengo que acostarme con mi marido en una habitación llena de niños, que se enteran de todo...

Vittoria se puso de pie. La irritación le salía por los ojos despidiendo centellas.

—No me interesa saber nada de lo que pasa entre tu marido y tú para que se enteren los niños. Mutis y ni una palabra más, Lorenza. Vete. Vete de esta casa y no vuelvas a pisarla. De tu abuela me encargo yo, y no le faltará de nada. Pero a ti se te acaba la ganga. Ya no volverás a ver nada de ella.

Pero Lorenza no se iba y echaba por su boca un borbotón de palabras irrespetuosas, injuriosas y amenazantes. Doña Vittoria se asomó por la balaustrada de la terraza y llamó:

1. Me importa un pito.

–Enrico, trae los perros.

Y Lorenza salió cagando leches.

Cuando vinieron a llevársela a la residencia en una furgoneta, Simona no opuso resistencia. Sonreía con una sonrisa boba y dócil, y al momento de subir a la furgoneta se volvió y se despidió de doña Vittoria, de Faustina y de Enrico, que permanecían de pie, en la puerta, con los ojos empañados.

–Bueno, pues adiós. Tengo que irme porque me espera mi abuela.

Y claro que la esperaba su abuela. Los abuelos están siempre allí, esperándonos, llenos de paciencia y con una sonrisa antigua en el viejo retrato.

Vittoria «sabía» que en algún momento Elettra se decidiría a plantear esa conversación y que ella tendría que hacerle frente y salvar el trance de la mejor manera posible. Más de una vez, mirando hacia lo alto, había musitado las palabras de Jesús en el Huerto de los Olivos: «Señor, aparta de mí este cáliz.» Pero el cáliz no se apartaba, estaba allí, en espera de ser apurado algún día. Por ejemplo, aquel día de septiembre de 1991. No se equivocaba Enrico. «En esta casa, todos los acontecimientos importantes suceden en septiembre». Estaban las dos en la salita pequeña, sentadas una frente a otra ante la mesa donde un tiempo comían don Salvatore, Giacomo y ella, y donde un día también tuvieron, ella y el padre, una conversación sobre el mismo previsible argumento, difícil, tensa y, aunque reprimida, terrible.

–Mamá, ¿puedo hablarte de algo delicado?

–¿«Algo delicado», dices? ¡Vaya por Dios! Ya tenemos aquí el problema del *filioque.*

–¿El problema del *filioque*? ¿Qué es eso del *filioque*, mamá? No te me vayas por los cerros de Úbeda, que alguna vez tenía que hablarte de lo que tanto tiempo llevo en la cabeza y he tenido tantas veces en la punta de los labios. Recuerdo muy bien aquella explicación tonta e infantil que me diste el primer día que fui a la escuela y te pregunté que por qué yo no tenía papá, y puedes imaginar que no voy a conformarme con aquello. He esperado cuarenta años, y ahora me sales con eso del *filioque*.

–No me hagas caso, Elettra, ni creas que me voy por los cerros de Úbeda ni que me he vuelto loca de pronto. Eso del *filioque* es una cosa que decía tu abuelo Salvatore, que en gloria esté, cuando se planteaba alguna cuestión difícil o espinosa y de comprometida resolución. Anda, habla.

–Pues que yo creo que algo tendrás que decirme alguna vez, pero de verdad, sin tapujos ni evasiones, antes de que te...

–¿Antes de que me muera? ¿Es eso lo que quieres decir? Sí, eso es lo que querías decir sin decirlo, pero casi se te ha escapado. Es natural. Todos tenemos que morirnos alguna vez y yo, que sólo he cumplido los sesenta y cinco, pero me siento como una vieja de ochenta, no seré probablemente una excepción. ¿Te cuesta trabajo decirme eso? Pues déjame que te ayude, hija mía. Tú quieres saber, de verdad, «sin tapujos ni evasiones», según dices, y anda que te has aprendido bien la frasecita, a lo mejor te la ha enseñado don Pelayo, para eso es profesor, tú quieres saber, digo, quién es tu padre verdadero, qué pito o qué flauta toca en esta orquesta Martino Martinelli, cuyo apellido llevas y a quien jamás has visto ni sabido nada de él. Es eso, ¿verdad?

–Sí, mamá. Eso es. Me ha costado mucho tiempo y mucho esfuerzo decidirme, pero he pensado que tengo derecho...

–Deja eso de los derechos. Mira, Elettra, todos los derechos que cualquier hijo pueda tener ante sus padres, yo, contigo, los he respetado y satisfecho con creces, no sólo los derechos exigibles a la madre, sino también al padre. He hecho de madre y de padre, sin pensar más en mí misma después de tu nacimiento. Desde que tú naciste no he vuelto a tener nada que ver con ningún hombre. Tu abuelo me ayudó a educarte mientras Dios lo mantuvo en esta vida, y él fue el único hombre en esta casa que me ha dado apoyo. Ya no he tenido ilusiones ni esperanzas sino para ti. A ti he dedicado toda mi vida, toda.

Bueno, a ti y a mis recuerdos. Lo que más tienen los hijos frente a los padres son deberes, y tú, a la hora de decidir cosas importantes, tu vida, tu matrimonio, tu residencia, has hecho tu voluntad y aun tu capricho sin preocuparte demasiado de mis derechos. Era tu vida, e hiciste bien. Yo, en el momento de decidir la mía, hice lo mismo. Hice mi voluntad. O mejor dicho, hija, cumplí obedientemente y con alegría y gozo el papel que me asignó el Destino. Un papel que luego se hizo muy triste, por cierto.

Vittoria se fatigaba en la catarata del discurso. Se detuvo para tomar aliento y también para meditar la continuación. Había llegado a un punto donde era imposible seguir dando rodeos y circunloquios.

—Hace exactamente los años que tú tienes ahora mantuve con tu abuelo una conversación muy parecida a la de hoy. Mucho más dramática que ésta, porque a él le afectaba doblemente y sobre todo porque adivinaba lo que se negaba a admitir para no sentirse aplastado por la vergüenza y el horror. También él creía tener derechos sobre mí. Le dije entonces algo semejante a lo que voy a decirte a ti. «Papá, te he dicho lo suficiente para que conozcas lo que quieras conocer a costa de tu dolor, y lo bastante poco para que puedas seguir ignorando lo que deseas ignorar.» Confórmate tú ahora con esas mismas palabras, hija mía, y piensa lo que quieras, imagina lo que te convenga imaginar. No me atormentes tú obligándome a hacer una confesión que al ser para ti será más dolorosa que para cualquier otra persona.

—Pero es que la gente dice...

—Ya sé lo que dice la gente. ¿Qué sabrá la gente de lo que sucede en el corazón de los que se aman por encima de todo, de la vida y de la muerte? La gente es estúpida y mezquina. ¿Qué dicen? ¿Que eres hija de tu tío Giacomo? ¿Que mi hermano se suicidó por dolor y por despecho el día de mi boda? Pues ante eso tienes dos soluciones. O no creas lo que dicen las bocas abominables, y cubres de desprecio a las víboras murmuradoras, o levantas la frente y te enorgulleces de ser el fruto de un pecado que es un pecado de dioses. Yo amé a tu tío Giacomo porque era una criatura inteligente y sensible. Lo amé más que a ningún otro ser de este mundo. Nos quisimos como dos hermanos que se comprenden y se compenetran, y descubren el mundo juntos. Como puedan amarse tus hijos.

Elettra, al escuchar la referencia a sus hijos, no logró evitar un estremecimiento.

—Mamá, por Dios, qué cosas dices.

—Qué cosas has querido tú que diga. Si no puedes resistir la verdad no la busques ni la pidas, ni mucho menos la exijas como un derecho. De todas formas, quédate con la duda porque cualquier conclusión que saques de mis palabras puede ser inexacta. Cuando yo muera, abre un sobre que hay para ti entre mis recuerdos mejor guardados, y allí se explica todo cuanto necesitas saber. Anda, dame un beso, y ve a tomar las previsiones necesarias para la boda de tu hija. Jamás vuelvas a mí con esta conversación y con esa embajada de los derechos. Que Dios te bendiga, Elettra, y también me bendiga a mí, que quizá sea quien más lo necesite.

Llegó al club de tenis solo, en bicicleta. Totoya no había querido salir de casa y se quedó en su habitación leyendo. «Esta tarde no quiero salir. Me quedo en casa. Ve tú, si quieres, Mino, y si te vas, tráeme de Lesa algunas revistas para entretenerme.» Estaba claro. El período. «Bueno, adiós. Te traeré las revistas y que te sea leve. Pégate un lingotazo de ginebra y ya sabes, evax fina y segura con alas.» «Eres un guarro.» «En este caso, señorita, la guarra es usted.» Ella le tiró el libro a la cabeza. Menos mal que no le alcanzó. Era *Il nome della rosa* de Umberto Eco.

Se sentó en una mesa al aire libre, solo y aburrido, y pidió un campari. Bonito color. A veces pedía un campari sólo por contemplar al trasluz el vaso lleno y gozar del color. Al poco, entró Stella, y se sentó en la mesa con él.

—Anda, págate un cubata que estoy seca en todos los sentidos.

—Joder, Stella, estás siempre lo mismo.

–Siempre, no. –Y añadió con picardía–: Algunas veces no estoy seca; algunas veces estoy mojada. Si te miro mucho, me mojo.

–No me hagas confidencias, que me ruborizo. Voy a pedir el cubata a ver si te refrescas.

Pidieron el cubata, y a ella, de repente, se le vino algo a la cabeza.

–Oye, ahora que me acuerdo, cerdo, sé que vas diciendo por ahí que yo soy una calientapollas. Me lo ha dicho Olga, y también me lo ha dicho Giacinto.

–Olga es otra calientapollas como tú y Giacinto es un hijoputa. La otra noche me sacudió una galleta que todavía se me nota en el labio la cicatriz y tengo que beber con pajilla. Me estoy tomando un campari con pajilla. Que le den por el culo a Giacinto.

Llegaron Paola y Piero. El cielo iba encapotándose por momentos y la tarde se oscurecía. Olía a humedad.

–Me parece que va a caer agua a cántaros dentro de un minuto. Esto tiene aspecto de temporal. Podemos ir a Villa Paradiso y dejar que pase la tormenta. Estaremos solos y podemos hacer lo que nos salga de los huevos –propuso Piero.

–Mira, mira, ya vienen por ahí los relámpagos. Vámonos pronto, que nos pilla aquí el temporal. ¿Tenéis coche? Nosotros, sí. Venga, corred. El coche lo hemos dejado en la misma puerta –informó Paola.

En cuanto llegaron a Villa Paradiso, encendieron el tocadiscos y se pusieron a bailar los cuatro, Piero con Stella, y Paola con Giacomino.

–Pon la lambada –pidió la calientapollas, y se pegó a Piero como un *francobollo*[1].

–Vamos a buscar algo de comer, Mino. Tengo hambre –y Paola se llevó a Mino a la cocina. Encontraron bizcochos, chocolate y *margheritine del lago*[2]. Había también leche fría en la nevera–. Les llevaremos de todo a esos para que se entretengan. Stella es muy golosa, se hincha a chocolatinas y encima no en-

1. Sellos de correos.
2. Margaritas del lago (pastelitos de mantequilla).

172

gorda la hijaputa. Tiene un metabolismo bárbaro, como la pi-cha de un burro.

Después de llevarle la merienda a Stella y Piero, Paola me-tió a Giacomino en un dormitorio y cerró la puerta con pesti-llo. Empezó a desnudarse haciendo movimientos de estriptís.

—Lo haces de puta madre —le dijo Mino, que la miraba casi boquiabierto.

—Desnúdate tú también, bobo. No te quedes ahí quieto como un gilipollas.

Se tendieron los dos boca arriba sobre la cama. Paola le cogió el pito con curiosidad.

—La tienes un poco pequeña, pero preciosa. Me entran ga-nas de besártela —y comenzó a realizar una labor concienzuda y sabia. Paola era una maestra. Una maestra de diecinueve años, pero erudita. Todos los chicos decían que era magistral. El chico respondió enseguida.

—Anda, ven.

Y fue, claro. Apretaba él en un esfuerzo trabajoso, y Paola lo acompañaba con energía. Pero ese primer intento resultó fallido.

—¿Qué te pasa, niño? Se te queda de trapo.

Reanudó la tarea. El chico aprendía labores insospechadas y maravillosas. Y Paola terminó por mirarle triunfante. Otra vez estaba en forma.

—Déjame a mí. Quédate así tendido y no te muevas. Yo lo haré todo, cabronazo. No te apagues, hijoputa. A que me vas a resultar maricón. —Lo insultaba adrede, a ver si así se excitaba más y reaccionaba mejor. Pero el segundo intento también falló.

—¿Qué has bebido?

—Un campari, pero me he dejado más de la mitad.

—Pues a ti te pasa algo. —Probó con la mano y luego con la boca, y ni por ésas—. ¿Sabes cómo se llama esto?

—¿Cómo?

—Gatillazo. Has dado un gatillazo.

—¿Gatillazo?

—¡Claro! Aprietas el gatillo y no se dispara la escopeta.

–No sé qué me habrá pasado, Paola. Perdóname. Tú no tienes la culpa. La culpa es sólo mía.

–Bueno, alguna vez les pasa a los chicos. A las chicas, también, pero no os dais cuenta. Una vez le pasó a Piero con Olga, pero es que había bebido como un cosaco. No te preocupes, que no lo contaré a nadie. Ni a mi hermano. Bueno, a mi hermano el que menos. Otro día nos desquitamos, ya verás. Anda, volvamos con ellos, a ver lo que ha logrado hacer Piero con esa calientapollas además de restregarse en la lambada.

Había descargado el temporal y ya no llovía. Piero lo llevó en el coche al club de tenis y allí recogió la bicicleta y fue a Lesa para comprar las revistas de Totoya. Cuando llegó a Villa Luce, su hermana estaba todavía en su cuarto leyendo *Il nome della rosa*.

–¿Qué tal?

–Un desastre.

–Un desastre, ¿por qué?

Le contó a su hermana lo que le había sucedido, y a Totoya le dio un ataque de risa que casi se ahoga. Se puso roja y después morada.

–Vaya con el sietemachos. Le ha dado gatillazo la pistolilla. Ahora Paola se lo va a contar a todo el mundo.

–No. Me ha jurado que no se lo contará a nadie. Además, ha dicho que eso también le pasó un día a Piero. Claro que él había bebido mucho.

–Lo que te pasa a ti lo sé yo muy bien. Sólo lo sé yo.

–¿Qué me pasa? Dilo.

–Que esa pistolilla es mía y nada más que mía, y no quiere estar con nadie más. Ni nadie la sabe trajinar como la trajino yo. No dejes que nadie te la toque porque vas a coger fama de mariquita o de impotente. Pero hoy la pistolilla que se joda, porque estoy con la evax y con un cabreo que no me lamo.

Don Pelayo pasaba media vida en la torre, por el día con el ajedrez, y por la noche con el telescopio. Mejor dicho, con los telescopios, porque tenía tres, de distintos alcances y tamaños. Todas las noches dirigía el pequeño, no hacia las estrellas, sino hacia la orilla lombarda, a las casitas de la ribera, con las luces encendidas y las ventanas abiertas. Don Pelayo se engolfaba en mirar a las gentes que habitaban aquellas casas y que cruzaban ante las ventanas, y se imaginaba las escenas domésticas que representaban aquellos personajes, escenas tópicas y vulgares por otra parte. De vez en cuando se desnudaba alguna mujer joven ante la ventana, o un matrimonio, y entonces don Pelayo miraba con más curiosidad y atención. Había una chica joven que se quitaba las bragas todas las noches y antes de tirarlas, las olía durante unos segundos. Una noche se entretuvo en ver cómo se desnudaba un matrimonio de mediana edad. Ella se desnudó primero, se puso sólo un camisón y se tendió en la cama sin taparse. Hacía calor y tenían el balcón abierto de par en par. Se veía la escena muy bien. El marido empezó a desnudarse con más pausa y pachorra, y cuando se hubo puesto el pantalón del pijama, la mujer tiró de él hacia abajo y le dejó otra vez el badajo al aire. Volvió él a subirse el pantalón y volvió ella a bajarlo. A la tercera vez, el marido renunció al pijama, y con un ademán que a don Pelayo le pareció de resignación se echó sobre la cama. Como apagaron la luz, allí acabó lo que se daba. Cuando terminaban estas películas entrevistas y muchas veces imaginadas, enchufaba el telescopio grande hacia las estrellas.

Elettra había mandado instalar un timbre que se pulsaba abajo y sonaba en la torre. Un timbrazo significaba «comida». Dos timbrazos, «teléfono». Y tres timbrazos «don Calógero». Una o dos veces por semana llegaba a Villa Luce don Calógero, cargado con una cartera repleta de documentos y extractos bancarios. Cuando Martino Martinelli se largó, don Salvatore llevó personalmente sus asuntos, pero se cansó pronto. Tomó a su servicio a un abogado siciliano, venido de niño a la Lombardía, estudioso, inteligente, eficiente y respetuoso, no se podía pedir más. Le llegó presentado por un hijo de aquel viejo catedrático de derecho de la Universidad de Milán que le había recomendado en su día al joven Martino Martinelli. Ahora, el hijo era profesor en la misma cátedra que el padre. Don Calógero llevaba muy bien los negocios y la contabilidad, y era tan pulcro y honrado como Martinelli. Al morir don Salvatore, Vittoria se encargaba de recibir a don Calógero, escuchar sus explicaciones y tomar alguna decisión financiera. Los mecenazgos remitieron bastante. Muerto el prohombre, nadie de aquella familia mantenía un gran interés por el arte y la literatura.

Apareció don Pelayo en Villa Luce, y Vittoria, sin disimular su prevención, incluso su repugnancia, pedía algún consejo a su yerno acerca de los negocios y las inversiones del capital de la familia. «Al fin y al cabo, todo esto es para tu mujer y para tus hijos. No está de más que te ocupes un poco en ello, don Pelayo», se justificaba doña Vittoria. Algunas veces le daba el «tú», pero seguía llamándole «don Pelayo». Y cada vez con más frecuencia, don Pelayo empezó a entenderse con don Calógero. Él lo recibía, él lo escuchaba y él tomaba las decisiones. Sólo en alguna ocasión un poco más importante o comprometida, don Pelayo consultaba con su suegra. Tres timbrazos, y don Pelayo descendía de la torre y despachaba a don Calógero.

Ya lo sabían en la cocina. A las diez de la noche había que subir el café a la torre. Le subían a don Pelayo una cafetera, la taza, el azúcar, y un cubo de hielo con dos botellas de agua mineral de burbujas, *lievemente frizzante*[1]. Solía subir todo eso Giustina, una moza robusta, de carnes apretadas, lozana y alegre, que vendía salud y buen humor. Un día, don Pelayo se la quedó mirando de arriba abajo, y le dijo: «Giustina, hija, estás que te rompes.» Giustina rió el piropo. «Qué cosas tiene usted, don Pelayo. Una es corriente.» Otra noche le dijo: «Giustina, debes de tener espirituado al *fidanzato*[2]». Y Giustina rió de nuevo. «Yo no tengo *fidanzato*, don Pelayo, se conoce que nadie me quiere, pero si lo tuviera no lo tendría espirituado, que no sé lo que es eso, mejor lo tendría bien contento.» «Ya

1. Levemente efervescente.
2. Novio.

lo creo que lo tendrías contento. Estás tan buena que le harías pecar a san Luis Gonzaga.» «¿Y para qué querría yo un santo, don Pelayo? Y encima, un santo tan pasmado como san Luis Gonzaga. Nos explicó el cura el día de su fiesta que se murió sin comerse una rosca. Mejor me vendría un cristiano que esté más cerca de una. Usted, claro, como anda siempre por el cielo... ¿Y qué se ve por ahí? ¿Puedo verlo yo?»

Claro que podía verlo ella. Faltaría más. La colocó delante del telescopio grande, con un ojo aplicado a la lente y la hizo mirar hacia el firmamento, «aquel maravilloso tapiz azul tachonado de estrellas». Ella miraba, inclinada la figura sobre el ocular, con las corvas rollizas medio al descubierto y el trasero insoslayable y glorioso en pompa, una tentación demasiado fuerte para un hombre. «Y además, asturiano», se dijo don Pelayo, que hasta ese momento se había conservado absolutamente fiel a Elettra. También es verdad que los primeros ardores de su mujer se habían convertido ya en rescoldos cuando no en pavesas. Se acercó por detrás a Giustina hasta apretarle el trasero con una evidencia rotunda. «Espere un momento, don Pelayo. No sea tan impaciente, que me va a manchar el vestido.» Se remangó por detrás la falda del uniforme, y se bajó las bragas hasta los tobillos. Liberó un pie para poder abrirse, y don Pelayo contempló aquella noche las estrellas con una emoción nueva. Aquello era, desde luego, como hundirse en otra galaxia.

Aquella misma escena se repitió varias veces. «¿Va usted a enseñarme las estrellas esta noche, don Pelayo?» «Claro que sí, Giustina. Y si Venus me da fuerzas, hasta dos veces en vez de una.» «Tenga usted fe en mí y ya verá como Dios provee.» A las doce o quince noches de exaltada contemplación del firmamento, Elettra entró en sospechas.

—¿Qué hace usted tanto tiempo en la torre, Giustina?

—Es que el señor me enseña la luna y las estrellas.

—Ya.

—El cielo es muy bonito, señora. Mirarlo es una gozada.

—¿Una gozada? Claro, claro.

Aquella madrugada, cuando don Pelayo llegó al cuarto,

Elettra estaba despierta, sentada en la cama con un libro entre las manos.

–Pelayo, se ha acabado la lección de astronomía con Giustina. Ha terminado la «gozada». Como esa desvergonzada suba otra vez a la torre, la echo. De aquí en adelante, el café te lo subirá Faustina. A la pobre ya le cuesta subir escaleras, pero subiendo despacio, todavía puede. Y que le ayude a subir el agua Cecilia, pero que se baje con ella.

–Mujer, pero ¿Faustina? Y además, Cecilia, que es bizca y patizamba

–Pues, sí, señor, sí, Faustina y Cecilia, bizca y patizamba, don Pelayo. No te resistas. Y no hay más que hablar.

Desde luego, Faustina no estaba para subir el café a la torre todas las noches. Además, una tarde le dio a Vittoria una noticia algo alarmante.

–Niña mía, no quiero preocuparte, pero desde hace algún tiempo orino a veces muy oscuro. Parece que orinara cobre. Eso es que orino sangre, ¿verdad? Y algunas noches me duele el vientre, aquí abajo –y se señalaba el lugar del vientre casi encima de las ingles, donde se tiene la vejiga.

Vittoria llamó sin pérdida de tiempo al médico del pueblo. Le hizo un reconocimiento clínico detenido. Algo habían encontrado los dedos hábiles y experimentados del médico.

–Lo mejor es llevarla a Milán o a Turín, a una clínica donde le hagan análisis de sangre y de orina, radiografías, ecografías. Seguramente habrá que hacer una biopsia. Por supuesto, se trata de un tumor, pero hay que saber de qué tipo. Lo más probable es que sea un tumor benigno –y el doctor guiñó un ojo a Vittoria–. ¿Tiene carné de la Seguridad Social?

–Sí, pero no importa. La llevaré a una clínica privada, tal vez a Suiza.

–A mí no vayas a llevarme fuera de Italia, niña mía. Lo que tenga que pasarme, que me pase aquí, en mi tierra, en lo mío.

–Bueno, mujer, entonces te llevaré a Milán, al Hospital

Niguarda. Además, eso será durante pocos días. Enseguida estaremos otra vez en Villa Luce.

–Eso. –Acercó la boca al oído de Vittoria–. Yo quiero morirme en Villa Luce, en el lago, como todos, como mi señora, como don Salvatore, como Giacomo.

–No pienses ahora en la muerte, Faustina. Hija, parece que disfrutas diciendo cosas macabras.

Lo que tenía Faustina era un cáncer de vejiga en estado avanzado, inoperable ya porque había producido alguna metástasis. A ella le dijeron que tenía un quiste molesto pero sin importancia. «Podemos aplicar un tratamiento de quimioterapia, pero sin esperanzas», había diagnosticado el especialista. «Será un proceso corto, pero doloroso. Habrá que inyectarle calmantes enérgicos, morfina. Le escribiré al facultativo del pueblo para que la recete en las cantidades precisas.»

–¿Cuánto tiempo, doctor?

–Eso es impredecible señora. Pero yo creo que nunca más de seis meses.

Vittoria se pasaba las horas muertas sentada junto a su cama y le leía libros de leyendas, vidas de santos, san Francisco de Asís, el *poverello*, o san Antonio de Padua, con el milagro de los pájaros, o santa Catalina de Siena, alivio de los enfermos, o *I promessi sposi* de Manzoni. Totoya aprendió a poner inyecciones para administrarle la morfina. Era lo único que le calmaba los dolores. De vez en cuando pasaba algún rato despierta, con ganas de escuchar la lectura o de conversar. El cáncer se le salía por la uretra, y expulsaba una masa verdosa y pestilente, que Vittoria le limpiaba personalmente a cualquier hora del día o de la noche, sin consentir que nadie lo hiciera por ella.

–Acércate, niña mía, que quiero decirte una cosa sólo para ti. Estoy muy contenta de tener esta enfermedad que tengo, y en el sitio en que la tengo. Me la habrá mandado Dios para purgar mis pecados de ahí, y así pagaré yo por los dos, y él quedará libre de culpa. Toda la culpa fue mía, y estoy contenta de pagarla yo sola. Él murió sin enterarse de que se moría, sin sufrir agonía, y eso quiere decir que la *Madonna* lo tiene perdonado.

–Calla, Faustina. Me vas a hacer llorar, y tú sabes que yo no sé llorar.

–Tú has llorado mucho por dentro, niña mía. Habría sido mejor que lloraras por fuera. No se te habría requemado la sangre. Acuérdate de lo que te tengo dicho. Ya sabes que quiero morirme aquí. No me lleves a ningún hospital. Ya sé yo que un entierro en una villa es una confusión grande y un pandemónium. Dios mío, la que se organizó aquí el día que murió tu madre, y el día de Giacomo, ángel mío, y el día en que se murió la *buon'anima*, Dios lo tenga en su gloria. Pero si hacer el duelo y enterrarme desde aquí es mucho jaleo, que me lleve Enrico al cementerio en la carretilla, por el camino del bosque, y así no se entera nadie.

Vittoria llamó urgentemente a Totoya. Le inyectaron una fuerte dosis de morfina y la pobre se quedó dormida. Y sobre todo, callada.

Vittoria dudó mucho en el momento de tener que decidir dónde enterrar a Faustina. Ella habría querido enterrarla en el panteón, bajo el mausoleo de los ángeles llorosos, que ya custodiaban a Maria Luce, a Giacomo y a don Salvatore, pero tampoco era cosa de hacer algo que levantara más habladurías y murmuraciones en los alrededores de Villa Luce. Faustina era en realidad y también para Vittoria la segunda esposa de don Salvatore, pero don Luca, el párroco, sustituto del padre Prini, ya fallecido, habría dicho que no era su esposa ante los ojos de Dios. «¿Qué sabrán los curas ni qué sabremos nosotros los hombres de cómo miran los ojos de Dios, y lo que ven y cómo lo ven?», pensó. Pero compró una parcela detrás del panteón y mandó enterrarla allí, bajo una lápida con esta leyenda: «Faustina. 1900-1989. Fue la madre que nunca tuve. Vittoria». Y ordenó cubrir por completo la tumba con un montón de rosas de todos los colores.

–¿Por qué de todos los colores, abuela? –preguntó, curiosa, Totoya.

–Porque me da la gana.

10. Sor Lucía

Al poco de llegar a Villa Luce, Marcela ya había cogido en sus manos las riendas de aquella casa. Era una mujer de cuarenta años, robusta, dispuesta, trabajadora y autoritaria, y pronto se hizo imprescindible. Además, contaba con el *bell'uomo*, que cumplía sus órdenes con la docilidad de un cordero, y Celina, que ya tenía doce años estaba dedicada a vigilar a Totoya en sus primeros pasos, acompañarla y entretenerla. La niña le había tomado a Celina un cariño posesivo y celoso y no quería separarse de ella ni siquiera para estar con su madre.

Faustina, aunque conservaba agilidad y atención al trabajo, había cumplido los 74 años, pero cada vez dejaba más responsabilidades en manos de Marcela, que manejaba con cariñosa autoridad a las criadas. Aunque no terminaba de aprender el idioma y mezclaba monstruosamente las dos lenguas, se le entendía todo, porque Marcela no hablaba sólo con las palabras, sino también con el tono de voz, con los ojos, con los gestos del rostro, con las manos, con todo el cuerpo. Si le decía a una chica «Abrígate, fandulona», la *fannullona*[1] ya sabía que no debía abrigarse sino *sbrigarsi*[2].

1. Gandula.
2. Darse prisa.

Por otra parte, Marcela se mostraba sumisa con Faustina y la obedecía en todo, la trataba respetuosamente, imponía al *bell'uomo* y a Celina el mismo trato considerado y servicial, la llamaba «señora Faustina» y obligaba a las criadas a idéntico miramiento, le consultaba cualquier medida que hubiese que tomar en la cocina o referente al orden de la casa, le daba todas las preferencias, y se quedaba respetuosamente al margen del servicio personal de la señora Vittoria, encomendado exclusivamente a Faustina, mientras ella cuidaba con especial dedicación a la señora Elettra. Las tres mujeres de la familia tenían así su doncella particular. Faustina estaba dedicada a doña Vittoria, Marcela se cuidaba de Elettra, y Celina hacía de niñera de Totoya, que todavía no era Totoya, sino Victorita, Vicky o simplemente la niña. Para encontrar el nombre de Totoya y bautizarla así era necesario que Giacomino rompiese a hablar con su media lengua. Un día para llamar a su hermana, Giacomino pronunció una palabra vagamente parecida a Totoya y la Vittoria nieta se quedó para siempre con ese nombre, Totoya.

La señora Vittoria y la «señora Faustina» consumían muchas horas sentadas juntas, Vittoria en alguno de los sillones de mimbre forrados de cretona almohadillada, y Faustina en una sillita más baja, guardando una considerada diferencia en la altura de los asientos. En invierno, se sentaban en la salita pequeña, y en los días buenos de la primavera y el verano, salían a la terraza grande, o se instalaban, medio guarecidas del fresco de la tarde, en el balcón grande de la alcoba de doña Vittoria, aquella que fue de don Salvatore. Pasaban mucho tiempo sin hablarse, y no parecía sino que se entendiesen los mutuos silencios. Si una de ellas movía la cabeza en un sentido positivo o negativo, o alzaba una mano en el aire, o daba pequeños golpes en el suelo con un pie, ya sabía la otra a qué acontecimiento respondía el movimiento, o interpretaba fielmente el pensamiento que estaba cruzando por la frente de su acompañante. A veces, intercambiaban frases incompletas, abandonadas adrede a medio pronunciar, y la otra respondía de la misma manera, así que cualquiera que las escuchara se quedaría in albis y en la higuera.

—Faustina, ¿tú crees que Giustina...?

—¿Por lo de arriba?

—Por lo de arriba y por... lo de abajo.

—Ya. Claro que sí. No hay más que verla y ya se sabe.

—¿Puerta?

—Yo creo que puerta, no. Es demasiado. Portillo.

—¿Por qué puerta no?

—No conviene sembrar vientos, niña. Se recogen tempestades.

—Entonces.

—El resentimiento desata las lenguas.

—Ya.

—Por otra parte, los hombres, ya se sabe. Tampoco llegará la sangre al río.

—Vaya, hoy te has vestido con la manga ancha. Si la cosa fuera contigo...

—Pues si fuera conmigo, a aguantar. Como todas. Además, las criadas no contamos. Las peligrosas son las señoritingas que salen putuelas. Esas zorras son las que se llevan el gallo a su madriguera.

—¡Faustina, por favor!

—Se diga como se diga, eso es lo que se entiende.

—Sí, pero...

—Ya lo sé, niña. Las formas.

Quien conoce bien el episodio del *bell'uomo* con Lella, sí, aquella misma Lella que se restregaba con Giacomo la noche de la boda y la tragedia en el lago, es Enrico. No se sabe cómo, pero Enrico, sin moverse del parque y de la puerta de servicio, se entera de todo lo que sucede en la casa y de las venturas y desventuras de sus habitantes.

—Ese Enrico es que entiende el lenguaje de los perros, y los manda de espías. De otra manera no se explica —comentaba doña Vittoria.

—Ca, no es eso. Es que es vidente. Conoce lo que va a suceder, y te cuenta las cosas antes de que pasen. A mí me contó el embarazo de Elettra y que la familia iba a venir a vivir en Villa Luce antes de que lo supieras tú misma. Siendo aún niño predijo con dos meses de anticipación la subida de las aguas del lago y las inundaciones del 28. Dijo que alcanzarían los doscientos metros por encima del nivel del mar, y así fue. Es soltero como los derviches y los cenobitas, y no se le conocen líos con mujeres ni tampoco con hombres, anuncia los temporales de un día para el otro, come raíces y gusanos, habla con los perros, silba como los pájaros y los llama y ellos acuden, y dicen que hay una gaviota que viene desde el lago y se mete por las noches en su cuarto, le trae una trucha en el pico y hasta se queda a dormir subida en el cabecero de su cama.

–¿Quién te ha contado a ti esos disparates de los derviches y los cenobitas, qué sabrás tú de derviches y de cenobitas, y ese cuento de la gaviota con la trucha en el pico? Ave María Purísima, qué inventos.

Enrojeció levemente Faustina. Bajó la cabeza y en voz apenas audible, explicó:

–Me lo contaba la *buon'anima*, niña.

Desde que murió don Salvatore, cuando Faustina quería referirse a él siempre le llamaba la *buon'anima*. Vittoria sonrió. También Giacomo le contaba a ella historias increíbles para tenerla interesada y pendiente de sus labios. Le contaba las fascinantes historias de la mitología, y los placeres que se daban los dioses, y las cabronadas que se hacían, y que Zeus estaba siempre poniéndoles los cuernos a los demás. Zeus se tiraba a todas las diosas, y si eran de su familia, sus hijas incluso, mejor que mejor. Un día, tendidos bajo los sauces, le contó que él, haciendo mucha fuerza con los ojos, podía atravesar con la mirada la ropa de los vestidos, y algunas veces las paredes de las habitaciones, y que, por ejemplo, podía verla a ella desnuda siempre que le daba la gana o mirar cómo se desnudaba por la noche en su habitación al través del muro o de la puerta cerrada. Ella no se lo creía, y entonces él adivinaba de qué color llevaba las bragas. «Llevas las bragas color barquillo.» «Porque me las has visto en la bicicleta, tonto.» Era un juego que ya sabían los dos en lo que terminaría.

Enrico conocía al dedillo la historia de Lella con el *bell'uomo* y una tarde se la contó a Faustina. Lella vivía sola, cerca de Villa Luce, en una casa pequeña, rodeada de un jardín mísero, al otro lado de la carretera. Era lo único que la *piccola volpe* había conservado de la herencia de sus padres, la *volpe* propiamente dicha y el *cornuto*. La madre, durante unos cuantos años de viudez, había dilapidado casi toda la fortuna que había dejado *il cornuto*. Además, el matrimonio de Lella había resultado un desastre. Se casó con un pequeño industrial de la zona, bastante mayor que ella, que no le hizo ningún hijo, pero ella, a cambio, le regaló unos cuernos muy floridos y ramificados. En cuanto se quedaba sola con un macho, alto o bajo, entre los dieciocho y los sesenta, se le abría de piernas. El industrial se cansó un día de que todas las noches le crecieran los cuernos un poco más, y a pesar de que Lella le proporcionaba buenos ratos en la cama, se largó con viento fresco. A Lella le pasaba una modesta pensión, pero cuando murió y Lella creía que iba a heredar la pequeña industria, todas las propiedades del cornudo aparecieron a nombre de unos sobrinos, y Lella se quedó a la luna de Valencia. Ahora vivía sin compañía alguna, pasando estrecheces económicas, ya cincuentona como Vittoria, y conservaban las dos una lejana relación, fría pero cortés. Llamó una mañana por teléfono. «Vittoria, por favor, ¿puedes mandarme un hombre de tu servicio que me ayude a mover unos muebles? Voy a trasladar mi dormitorio y yo sola no me apaño.» «Claro que sí, Lella. Te envío a Enrico.» «Pero Vittoria, Enrico, el pobre, es muy viejo y me da pena hacerle cargar muebles. ¿No puedes enviarme al marido de Marcela, no sé cómo se llama, el... el...?» «¿El *bell'uomo*?» Naturalmente, a quien solicitaba Lella era al *bell'uomo*.

El *bell'uomo* se encuentra en este momento en sus cuarenta y cinco años, casi medio siglo de arrogancia y apostura, y se conserva fortachón, musculoso y sobre todo, dispuesto a lo que se presente con las mujeres, bueno, como siempre, porque otra cosa no, pero disposición para todo, y mucho más con las damas, al *bell'uomo* jamás le había faltado, y le daba igual que fueran señoras que criadas, más jóvenes o más viejas, más guapas o más feas. «Al fin y al cabo, todas tienen lo mismo en el mismo sitio y lo que buscan es la mano del almirez», le confiaba a Enrico. «Natural», respondía el jardinero. Era un jayán guapetón y de pelo en pecho. En cuanto se echó a los ojos a Lella, que lo recibió maquillada y pintada, metida en una bata color lila, casi transparente, con estudiado descuido casero, el *bell'uomo* se hizo su composición de lugar. «Esta tía lo que quiere no es que le traslade muebles, sino que le encaje la mano del almirez. Ésta lo que busca es jarana.» El *bell'uomo* operaba en estos trances con la gran seguridad que le daba su larga experiencia.

—Señora, ¿empezamos por la cama? —indagó el jayán, señalando el lecho.

—*Per il letto*[1]? —preguntó Lella con un guiño para indicar que había recogido la intención de él—. No, antes le daré un café y una copa de *grappa,* bueno, o dos copas, para que tome fuerzas. Yo también tomaré un sorbito. Para animarme.

—Venga la *grappa,* que eso siempre se agradece, cordera.

Enrico terminó así el relato pormenorizado que le hizo a Faustina.

—Mira, Faustina, ese *bell'uomo* es un superhombre. A su edad, que ya no es un niño, le echó a la zorra de la Lella tres polvos de garabatillo, uno por cada sitio, y después le trasladó el dormitorio y aún le quedaron fuerzas para llevar un armario de una habitación a otra, sin vaciarlo antes.

—¡Qué bárbaro! No tendrá queja la Marcela.

—Queja sí que tuvo la Marcela, porque en cuanto el *bell'uomo* llegó por la noche a Villa Luce y se metió en la habitación del matrimonio, la Marcela le olfateó el perfume de

1. ¿Por la cama?

Lella por todo el cuerpo, le encontró en ciertos lugares señales de carmín de labios y empezó a insultarle de mala manera,
y hasta le llamó cabronazo e hijoputa. El *bell'uomo* tuvo que
darle una mano de hostias y después la cubrió dos veces. ¡Joder, que tío!

−¿Te vienes conmigo a los desvanes?
   −¿A qué?
   −A descubrir secretos.
   −¿Y si hay ratones?
   −Anda, la miedica. ¿Cómo va a haber ratones con ocho o
nueve gatos que tiene el Enrico, tonta?
   −Es que los ratones se suben por las piernas y...
   −Sí, y te comen el chichi. Anda, vamos. Además de los
gatos, el Enrico les pone ratoneras con *parmigiano*[1]. Te juro
que no hay ratones.
   −Bueno, vamos.
   Los desvanes son dos, uno a cada lado y debajo de la torre del telescopio. Primero, había que coger la llave, que estaba en un panel de la cocina con todas las demás de la casa, se-
ñalada con un cartoncito en el que Faustina había escrito:
«Trasteros.» Entraron en uno y encontraron el baúl de la monja. Estaba cerrado y lo abrieron con una horquilla. Allí estaba
todo lo que tía Leticia había abandonado cuando entró en el
convento para convertirse en sor Lucía. Don Salvatore no había querido quemarlo o había olvidado aquella propuesta de la
monja antes de marcharse al convento.
   Leticia era la hermana menor y única de don Salvatore. Era
una niña rubia y muy blanca, bondadosa e ingenua, un poco
simple, y normalmente piadosa, aunque sin pasarse de beata.
Iba a misa casi todos los días, confesaba y comulgaba una vez
a la semana, alumbraba en las procesiones de la *Madonna,* des-
filaba en la bendición de las palmas el Domingo de Ramos y

---

1. Parmesano, queso de Parma.

guardaba escrupulosamente los ayunos y abstinencias de la Cuaresma y las vigilias. Por lo demás, era alegre, gastaba una coquetería un poco infantil y se comportaba con pudor natural, tampoco exagerado. Cuando se murió el padre, asfixiado por el asma, y después la madre, con aquel tumor en la cabeza que la dejó ciega y tonta, Leticia se vino a vivir a Villa Luce con su hermano Salvatore, la única familia que le quedaba en este mundo. Le tomó un cariño muy profundo, devoción incluso, a su cuñada Maria Luce, a quien consideraba dechado de todas las gracias y virtudes que pueda tener una mujer.

Durante su segundo embarazo, aquel del cual iba a nacer Giacomo, Maria Luce le cogió repugnancia a los acercamientos amorosos de su marido. Se quejaba de ello don Salvatore, y algunas noches la discusión subía de tono y se escuchaban en otras estancias de la casa la negativa casi airada de Maria Luce y las protestas casi furiosas de su marido. A Leticia le trastornaban y desconcertaban aquellas escenas, que ella no sabía interpretar en sus justos términos, y vivía acongojada. Algunas noches se echaba en su cama a llorar, presa de una aflicción atemorizada.

Llegó el día del parto. Leticia se apuraba aún más con los gritos de la parturienta, que en aquel alumbramiento, por lo que fuera, eran desgarradores, y vivió aquellas horas absolutamente espeluznada. Luego, sobrevinieron las fiebres puerperales y por fin la muerte. Cuando expiró Maria Luce, a Leticia le dio un ataque de histeria, daba grandes gritos y le entró una pataleta. Hubo que llevársela para que el médico le administrara una inyección de tranquilizante.

En Leticia nació un pavor enfermizo, incluso un horror insuperable al matrimonio, al embarazo, al parto y en general a los hombres. Empezó a ver en el varón un ser depravado que sometía a la mujer a acciones dolorosas e impuras, y la mortificaba con torturas hasta ocasionarle la muerte. Sólo se salvaban los santos, varones puros que se mantenían castos y no postergaban ni mancillaban a las mujeres. Llegó a tomar odio a los niños, fruto inocente pero causa eficaz de aquellos males y peligros que debían sufrir las pobrecillas mujeres. Empezó a ir más veces a misa, a comulgar con más frecuencia, y sobre todo acudía a visitar la capilla de las monjas benedictinas en el convento de clausura que tenían en Ghiffa, al borde del lago.

Pronto, el padre Capello, capellán de las monjas se constituyó en su director espiritual. Era un sacerdote de mediana edad, alto y elegante, de palabra untuosa y convincente. Cuando confesaba, obligaba a la penitente a explicar todos los pormenores de los pecados o de las tentaciones, y se detenía muy especialmente en el pecado de la lujuria, «la puerta más ancha y más abierta del Infierno», decía. La misa en la capilla era para ella como una visita al Cielo. Las monjas cantaban en el coro, escondidas tras la celosía, y sus voces eran suaves y cantarinas, voces de ángeles. El capellán Capello y alguna vez las monjas, que consentían en recibirla unos minutos en el locutorio, siempre escondidas tras las celosías, la proveyeron de rosarios bendecidos por el Santo Padre, libros con las vidas de santos, leyendas de vírgenes y mártires, reliquias milagrosas que alejaban de las almas puras y castas las tentaciones del Enemigo, escapularios, y por fin un par de cilicios, uno hecho de cordón de esparto que se ataba a la cintura, y otro de metal erizado de pequeñas puntas de acero que se clavaban en la carne. El capellán le explicó en voz baja y confidencial que para aventar eficazmente las malévolas tentaciones del Maligno, sobre todo dirigidas contra la castidad de las jóvenes inocentes, debía soportar el dolor del cilicio, apretado a un muslo y disimulado con un vestido amplio, sólido y opaco. «Sobre todo, hija mía, no te entregues al desenfreno de los bailes, donde el demonio se mete dentro del cuerpo de los jóvenes muchachos y es Lucifer quien te prende pecaminosamente por la cintura y te aprieta contra su repugnante cuerpo que habrá tomado la figura de chivo lascivo.» Suspiraba profundamente el padre Capello, tomaba aliento y proseguía. «Por la noche, al acostarte, cuida de no quedar enteramente desnuda. Viste un camisón largo, honesto, de tela fuerte, pues debes huir de usar tejidos sedosos que rozan la piel e inducen a la concupiscencia del tacto, y debajo de ese camisón te despojas de tus ropas interiores. Reza al menos media hora antes de meterte en la cama, de rodillas en el suelo, sin reclinatorios ni alfombras, y si sintieras alguna tentación, porque el Enemigo no descansa, acude inmediatamente al cilicio y castiga la carne pecadora. Recuerda que jamás debes bañarte o ducharte enteramente desnuda, hazlo siempre con un camisón encima o cubierta con una saya, y no dejes que ninguna criada, aunque sea mayor o vieja, te enjabone o te enjugue. Esas operaciones debes hacerlas a solas, y siempre por debajo del camisón y sin detenerte ni recrearte en ellas. Y sobre todo, piensa que mientras haces esas operaciones los ojos de Jesús te están mirando. No hagas que se avergüence de ti.»

Entre el temor a los hombres y los sermones del padre Capello, Leticia entró en una especie de arrobo místico. Pasaba por las estancias y galerías de la casa como en levitación, sin apenas apoyar los pies en el suelo, y llevaba la mirada clavada en no se sabe qué puntos gloriosos del empíreo o qué personajes del Altura. Una tarde, preparada a conciencia por el padre Capello, habló con su hermano.

—Salvatore, voy a entrar en religión.

—Válgame Dios, Leticia, ya me lo temía. Las monjas y ese cura alto y oleoso, con la sotana nevada de caspa, te han engatusado.

—No le hagas el juego al Enemigo, Salvatore. Me voy al convento de las benedictinas en Ghiffa. Las monjas son ángeles en la Tierra y el padre Capello es un santazo de cuerpo entero. Dios habla por su boca.

—Pero Leticia, tú eres una muchacha hermosa y sana, y debes casarte, formar una familia y tener hijos.

—Calla, calla. No me propongas esas cosas, a las que ya he renunciado de manera definitiva para esposarme dichosamente con Cristo y amarle sólo a Él. No me insistas en eso, que de sólo pensarlo me espanto. Quiero servir a Jesús alegremente y entregarme a Dios por completo. El convento será para mí la antesala del Cielo. Así me lo ha dicho el padre Capello, incapaz de engañarme, porque él me ha dado todos los buenos consejos que mi alma necesitaba. Yo tenía una vocación decidida y estaba tan ciega que no la había visto, o el demonio no me dejaba verla. Satanás me ponía una venda delante de los ojos. Salvatore, no insistas. Me voy esta misma tarde. Dejo todas las cosas que tengo en este mundo preparadas en un baúl. Lo mejor que podéis hacer con ellas es quemarlas. Quiero penetrar en el convento despojada de todo cuanto me recuerde la vida en el siglo. Si no quieres que me lleve Enrico en el coche, me iré andando.

–No digas estupideces, Leticia. Si lo tienes decidido tan firmemente, te llevará Enrico. Y yo te acompañaré.

–No. Eso lo tengo prohibido.

–Pero, coño –estalló Salvatore–, unas monjas bobas y un curita presuntuoso y medio *finocchio*[1] me van a prohibir acompañar a mi hermana a un convento donde se va a quedar toda la vida. Ni lo pienses...

–No hagas difíciles las cosas que ya están resueltas y bien resueltas desde hace siglos, Salvatore. Te quedas aquí, lo haces por mí, y yo rezaré mucho por ti, para que se te vayan de la mente todas esas ideas disparatadas sobre las monjas y el padre Capello que los diablos te meten en la cabeza. Sola debo entrar en el convento porque a partir de hoy mi única familia será la Comunidad. Yo os recordaré a todos vosotros en mis oraciones, pero nada más que en mis oraciones. Otra cosa...

–¿Qué otra cosa?

–Lo que me corresponda de la herencia de papá y mamá, he de darlo al convento. Al fin y al cabo, es mío y allí voy a hacer la vida, a comer y a vivir. Ya sabes que para entrar en el convento hay que dar una dote, pero yo no te pido nada. Esto que doy es mío. Es la regla. Vendrá a verte el padre Capello con el abogado de la Orden y lo arregláis todo.

–Tengo hechas las cuentas de tu herencia hasta el mes co-

1. Mariquita, afeminado.

rriente y hasta el último céntimo. Desde que se murieron papá y mamá, he acrecido tus bienes en más de un treinta por ciento. Naturalmente, durante estos años no he descontado del capital ninguna cantidad para tu manutención. Te he considerado mi invitada, y he pagado todos tus gastos de habitación, alimentos, vestidos y todo lo demás. Pero a las monjas que te apartan de mi lado no pienso regalarles nada. Descontaré una cantidad razonable por tus gastos en estos años, y el resto lo entregaré a quien tú me digas. Ya ves que no vas a penetrar en ese convento tan despojada de las cosas del mundo como decías. Sabes perfectamente que en realidad, la gran parte del capital que yo administro es de mis hijos por herencia de su abuelo materno. No crean en el convento que tú vas a heredar un Perú. Explícalo así a las monjas, al padre Capello, al abogado, a san Benedicto o al mismísimo Lucifer. Que sepan que se llevan una muchacha hermosa, buena, adorable y hacendosa, rica también, pero no una potentada. Si creían haber pillado una presa multimillonaria, se van a llevar un chasco.

Al oír el nombre de Lucifer, Leticia, ya casi sor Lucía, se persignó tres veces mientras murmuraba jaculatorias de conjuro. Con el tiempo, don Salvatore hizo muchas obras de caridad a diversas instituciones eclesiásticas, entre ellas el convento de las benedictinas de Ghiffa, y favoreció con su generosidad a la Santa Madre Iglesia. Siempre se llevó bien con la jerarquía, y en cierto modo mantuvo las excelentes relaciones de todo tipo, también económicas, que había establecido su suegro el banquero con el Vaticano. Había intereses mezclados y entrecruzados. Pero, sin llegar a librepensador, siempre fue liberalote, jocosamente anticlerical, algo supersticioso y un poco pagano.

Leticia entró en el convento de las benedictinas y quiso llamarse en religión sor Lucía, en honor y recuerdo de Maria Luce, aunque eso no lo confesó a las monjas ni siquiera al padre Capello por temor a que no le permitieran tomar ese nombre. Las monjas extirpaban de las novicias cualquier amor familiar o mundano.

–¿Por qué el nombre de «Lucía»? ¿Dónde o quién te lo ha inspirado, hija mía? –quiso saber el padre Capello.

–Padre, porque santa Lucía se arrancó los ojos con tal de que no la tocara su marido.

El padre Capello pegó un respingo y se quedó pensativo y algo desconcertado. Movió la cabeza como quien dice «Vaya», porque el padre Capello no decía «coño» como alguna vez don Salvatore, ni lo pensaba siquiera, pero no pronunció palabra.

Leticia, sor Lucía, murió joven, antes que su hermano. Murió de anorexia y consunción mística. Le dio por no comer y sólo rezar y hacer mortificaciones. Cuando murió, don Salvatore quiso llevarse sus restos mortales al panteón familiar, pero las monjas no lo consintieron. La regla no lo permitía. Sor Lucía debía ser enterrada en la cripta del convento. Además, sor Lucía había expirado en olor de santidad. En los últimos tiempos le aparecieron en el cuerpo los estigmas de la Pasión de Cristo, y tenía heridas en las palmas de las manos y en los pies. Alrededor de la frente, se le pintaron unos puntos rojos y sanguinolentos, las señales de las espinas de la Corona, y debajo del pecho izquierdo tenía una herida como el lancetazo del soldado romano a Jesús en la Cruz.

Al padre Capello le permitieron verla muerta, y el sacerdote mandó retratarla así y encargó dibujos en color, pero le cubrieron muy bien el seno del lancetazo con un lienzo fuerte y muy apretado para que aquella visión no despertara en nadie malos pensamientos. En la estampa, sor Lucía, arrodillada ante un Cristo crucificado, embelesada y transida, mostraba los estigmas con que el Señor la había distinguido y señalado. El mismo padre Capello compuso una oración para imprimirla por el revés de las estampas. «Contempla, oh, Cristo agonizante, a tu sierva sor Lucía, que sufrió por ti las mismas heridas que te infligieron en la Cruz, y por el amor que te profesó sin desmayo su alma y por la mortificación que purificó su cuerpo, apiádate de las almas pecadoras que imploran su intercesión ante el tribunal de tu justicia, báñalas en tu misericordia infinita, dales la salvación eterna y manténlas sentadas a tu diestra, junto al alma pura de tu hija sor Lucía que tanto te amó, hasta desear la muerte para gozar cuanto antes de tu gloriosa presencia.» Una nota a pie de página advertía a las almas piadosas: «Ha sido solicitada a la Santa Sede la concesión de cien días de indulgencia cada vez que se repita la transcrita oración a sor Lucía.» Varias de esas estampas las hicieron llegar a don Salvatore con el ruego de repartirlas entre los familiares y los amigos. Unas letras del padre Capello interesaban de don Salvatore una limosna para sufragar los gastos de imprenta, y añadían el convencimiento de que sor Lucía rogaría desde el cielo una buena muerte para su hermano mayor, cuyo nombre había repetido con cariño antes de expirar. Don Salvatore, al leer lo de «la buena muerte», hizo la *corna*[1], se llevó vivamente la mano a la naturaleza, mandó la limosna, guardó bajo llave las estampas y se limitó a comentar: «Falsarias.»

1. Los cuernos.

11. Giacomino

Del baúl salieron unas vendas de lienzo moreno, anchas y fuertes.

–¿Para qué querría esto? –preguntó Giacomino.

–Seguramente para aplastarse el pecho. Las monjas llevan las tetas aplastadas para que no se les noten. Así no levantan tentaciones.

Apareció el cilicio de esparto y el otro con las pequeñas puntas, oscurecidas seguramente por la sangre de los muslos blancos e intocados de tía Leticia.

–¿Qué será esto, Giacomino?

–Yo creo que esto son cilicios. Para sufrir.

–¿Cómo se pondrán?

–Este de metal se pondrá en la pierna. Anda, póntelo.

–No, póntelo tú, que eres hombre y resistes más.

–Eso no es verdad. Las mujeres resisten el dolor mucho mejor que los hombres.

El muchacho llevaba unos pantalones cortos de deporte, y ella le rodeó un muslo con el cilicio.

–Apenas duele –explicó él. Pero a medida que pasaban los minutos, aquello iba produciendo un pinchazo múltiple, fino y creciente, que mortificaba cada vez más, y sin embargo despertaba un deseo inexplicable de seguir sintiéndolo, algo así como un vicioso y placentero dolor.

Dejaron los cilicios y el baúl de sor Lucía y entraron al otro sobrado, donde estarían con toda seguridad los baúles del tío Giacomo, el ahogado en el lago.

Había mucha ropa del tío, agujereada por la polilla y llena de polvo. Ni don Salvatore ni Vittoria habían querido regalarla, y la hermana se encargó de guardarla en unos cofres de madera con conteras de metal donde nadie la había tocado y todavía estaba ahora, tal y como allí la pusieron. Encontraron libros de texto, entre ellos uno de historia de la literatura universal. «Mira», llamó la atención Totoya al hermano. Al margen del parágrafo dedicado a Oscar Wilde, Giacomo había escrito con tinta la palabra *finocchio*. Esta expresión se repetía junto a las líneas dedicadas a André Gide, a Giacomo Leopardi, a Pietro Giordani, a lord Byron. «Mira, mira», se excitaba Totoya, «éste también, y éste, y éste». El nombre, o mejor dicho el seudónimo de George Sand se encontraba anatematizado con la palabra *puttana*[1], y junto al nombre de la poetisa Safo, Giacomo había escrito a lápiz: *lesbica*[2].

En el fondo del baúl aparecieron aquellas dos «perlas» que Giacomo había encontrado en la biblioteca de don Salvatore y que se había llevado para mostrarlas a Vittoria y quizá para repasarlas por la noche, acostado en la soledad de su cuarto mientras se masturbaba.

Las ilustraciones del *Decamerón* estaban ideadas con intención festiva, y más que excitación rijosa producían risa y les hacían gracia. A Totoya le divertía especialmente la estampa de un fraile gordinflón y grandote que se había remangado la estameña y meaba detrás de un árbol. Disponía de una mangarriega descomunal y de ella salía un chorro grueso y pleno que formaba un gran arco y caía como un manantial sobre las hierbas del jardín. El sol arrancaba luces al chorro y lo convertía

1. Puta.
2. Lesbiana.

en un arco iris tan abierto que parecía capaz de abrazar media esfera del globo terráqueo. Una joven dama, vestida con traje de talle alto y tocada con un cucurucho del cual descendía un largo velo, se asomaba a un ajimez y miraba el ilustre chorro de la meada del fraile con gesto arrobado y juntaba ambas manos sobre el pecho en un ademán de adoración.

Las ilustraciones más interesantes eran las del *Kamasutra*, mucho más realistas y explícitas. Los dos muchachos detenían la atención en cada una de ellas para aprehender y fijar en la memoria todos los detalles, y comentaban con curiosidad o con asombro aquellas posiciones del amor y las diversas combinaciones de parejas y grupos.

–¿Será verdad que se pueden hacer tantas cosas entre los hombres y las mujeres? ¿Y también entre las mujeres solas y los hombres con los hombres? –preguntó Totoya con una pizca de hipocresía. Se hacía la ingenua con su hermano, aunque algo podría enseñarle todavía la instructiva lectura del *Kamasutra*. Bueno, al fin y al cabo seguía una vieja costumbre femenina. Ellas saben muy bien que la ingenuidad y la inocencia es un elemento de atracción que nunca falla con los hombres.

–Claro que sí, Totoya. Esto mismo que se ve aquí me lo hizo a mí Paola el día del gatillazo.

–¿Y no le daba asco?

–Al contrario, lo hacía con mucho gusto, como si se estuviera comiendo un *cornetto*[1].

–¿Tú me harías a mí una cosa así?

–Yo te haría todo lo que tú quieras que yo te haga. Todo lo que tú quieras, Totoya. Todo. Ya lo sabes.

–¿Y no te daría asco?

–¿Cómo me vas a dar asco tú, tonta? A lo mejor, Paola sí que me daría asco, pero tú no. Estoy deseándolo.

Estaban los dos rojos, con la sangre en las mejillas, ardientes y acalorados por la excitación.

–Probamos a hacer eso, ¿quieres?

1. Cucurucho de helado.

—Espera, que pongo ropa en el suelo para acostarnos.

Tendieron en el suelo la ropa del tío Giacomo. Y aprendieron sobre ella, gozosamente, una excelsa lección del *Kamasutra*.

Con Sebas, el *bell'uomo*, acabó en pocos días un cáncer de hígado, que sólo avisó cuando ya lo tuvo a las puertas de la muerte. Lo llevaron al antiguo hospital milanés Ca'Granda, que se había convertido en el Policlínico della Università degli Studi. Había cumplido sólo los cincuenta años, pero había abusado demasiado de su salud y de su vigor, y estaba combatido por el alcohol y minado por las enfermedades venéreas. Lo enterraron en una tumba del cementerio del pueblo, comprada por doña Vittoria.

Marcela le hizo un gran duelo. Lloró amargamente durante dos días y dos noches, daba gritos de dolor y a punto estuvo de contar chillando las hazañas de su *bell'uomo*. Se enlutó hasta los pies. «¡Ay, si lo hubierais visto!», ilustraba a las criadas reunidas alrededor de la caja, «si lo hubierais visto, tan hombretón, tan lleno de vida, con todo lo que Dios le había dado tan generosamente, nunca me faltó, ni una sola noche, y cuando se me escapaba con alguna lagartona, porque todas lo perseguían y buscaban, y es que no había otro como él, tan entero, tan cumplidor, tan hombre, tan macho, siempre volvía y siempre dejaba para mí todo lo que yo necesitaba. Dios le haya perdonado, Padre nuestro que estás en los cielos...»

Una mañana, su tumba apareció cubierta de lilas, las flores del mismo color de la bata que casualmente llevaba Lella el día del traslado de muebles. Cuando las vio Marcela ya estaban marchitas, pero las barrió rabiosamente y llevó otras nuevas. Hay gratitudes que, aunque nacidas del pecado, dichosamente y gracias a Dios, permanecen más allá de la muerte.

Villa Luce es una de las pocas villas afortunadas que no quedaron divididas cuando por orden de Napoleón construyeron la carretera *lungolago*. La carretera se hizo a base de expropiar franjas de terreno de las fincas que se extendían desde la falda del monte, o más arriba, hasta la misma orilla del agua. Todas tenían su embarcadero y su playita. Cuando trazaron la carretera, algunos propietarios abrieron un paso subterráneo que permitía acceder a la playa y al embarcadero sin necesidad de cruzar el camino asfaltado y continuamente invadido por los automóviles que circulaban desde Arona a Stresa, y más allá, hasta Locarno, ya en territorio suizo, o cubrían ese mismo camino de vuelta.

Por el lugar donde estaba situada Villa Luce, la carretera se alejaba del borde del agua y dejaba un espacio suficiente para que se extendiera el gran parque de la finca, que permaneció intocado por Napoleón. Al fondo, hacia la orilla y el embarcadero, no demasiado cerca del agua, se alzaba la casa, el palacete con la planta principal y los dos pisos de los dormitorios, más el garaje y el sótano con la bodega por debajo y la torre y los desvanes por arriba. A la villa se accedía por tierra o por agua. El paseo en barca siguiendo una ruta cercana a la orilla, lo que don Pelayo llamaba con precisión científica «navegación de cabotaje», era un espectáculo realmente único e impar. Desde el barco, el marinero de agua dulce que se recreara en ese paseo podía contemplar el parque sucesivo de las villas, cuajado de árboles gigantes de verdor oscuro y espeso, y podía distinguir los macizos de hortensias, con sus pomos de flor apretada, que nacían blancos y morían morados, y pasaban por el amarillo tierno, el rosa pálido, el rojo y el malva. En el lago Maggiore, las hortensias son una lujuria floral, grandes y redondos estallidos vegetales que brotan por todas partes, que se agarran a los linderos, que se empinan por las laderas, que crecen entre las piedras, que invaden las terrazas de las casas, que acompañan al viajero a lo largo de la carretera. Desde el barco se ven mejor los palacetes de las villas, porque desde el lado opuesto, desde tierra, la casa se esconde entre los altos árboles para esquivar sin duda la mirada de los curiosos caminantes.

Cuando se llega a Villa Luce por el lago, no muy alejada

del embarcadero está ya la fachada principal de la casa. A ras
de tierra, debajo y a los lados de la gran escalera de mármol, se
abre el garaje, el sótano y la bodega. La escalera termina en la
gran terraza solada de ladrillo rojo y brillante, donde bailaban
los jóvenes el día de la boda de Vittoria, y donde «la vieja señora» permanece ahora sentada largas horas del verano y del
buen tiempo de la primavera y el otoño. La terraza se halla
circundada por la balaustrada también de mármol, y por el
fondo se penetra al vestíbulo de la casa, en la planta principal,
a cuyos lados se abren la capilla privada, el gran comedor, la
biblioteca de madera con las galerías altas, el gabinete y la salita pequeña. Sobre la terraza, ya en el primer piso, vuela el gran
balcón de la alcoba que fue de don Salvatore, en la que durmió
diez años con Maria Luce y veinticuatro solo, en una soledad
únicamente interrumpida por las visitas al cuarto de Faustina.
A un lado y a otro del dormitorio principal se distribuyen los
demás. Sobran dormitorios y siempre hay tres o cuatro cerrados, aunque amueblados y con el ajuar dispuesto para que
cualquiera que llegue a la finca pueda ocuparlos de improviso.
Elettra y el marido duermen en el dormitorio grande de invitados de respeto. Por cierto, hace tiempo que no llega ningún
invitado de respeto a Villa Luce. Totoya duerme en el que fue
de su abuela Vittoria, y Giacomino en el que fue de su «tío
abuelo» Giacomo. Sólo a él lo habría dejado Vittoria dormir
allí. Celina duerme en un cuarto pequeño, junto a la alcoba de
Totoya, porque desde muy pequeña la niña no quería separarse
de ella, y deseaba tenerla cerca durante la noche. Algunas veces, a la niña le entraban terrores nocturnos o sufría pesadillas.
Llamaba entonces a Celina, y Celina le acariciaba la espalda
suavemente hasta que se dormía de nuevo.

A cada lado de la escalera, baja una enorme catarata de tiestos con flores, begonias, geranios, azaleas. Enrico cambiaba los
tiestos según avanzaba la temporada y la sucesión de las esta-
ciones. En Villa Luce, como en toda la ribera del lago, hay flores de cientos de especies y de todas las familias imaginables
dentro de cada especie. Sólo de dalias hay catalogadas cuatro-

cientas o quinientas modalidades en los jardines que bordean el paso lento del Ticino. Ni siquiera doña Vittoria, tampoco Faustina, conocen el nombre exacto de todas ellas. Esa erudición está reservada para Enrico. Resulta fácil reconocer la begonia, que es un minúsculo crótalo abierto, de color rojo, amarillo o morado. Y el malvavisco, esa campanilla vegetal que anuncia silenciosamente la llegada de la aurora y se pliega sobre sí misma a la atardecida en una especie de ensimismamiento reflexivo. Pero docenas de flores crecían y perfumaban el parque sin que nadie excepto Enrico conociera su nombre. Por ejemplo, a las diamelas las llamaba también jazmines de Arabia. Tal vez Enrico desconociera algún nombre de flor especialmente extraña, y entonces la bautizaba él caprichosamente, y las llamaba oreja de doncella, ojo de ruiseñor, boca de virgen, morro de vaca o chocho de monja.

—Ese nombre, ¿es de verdad, o te lo inventas tú, Enrico? —preguntaba Faustina.

—Ese nombre es más verdad que el Evangelio.

—Anda, deslenguado, que te vas a condenar.

—Pues, si me condeno, a joderse.

En Villa Luce se alzan hasta cinco magnolios gigantes, que se cuajan de flor grande y blanca, una flor que al abrir sus largos pétalos exhala un perfume espeso y mareante. Enrico, que incluso conoce algunos nombres latinos de los árboles y los arbustos, los llama *Magnolia grandiflora*. Y hay camelios recogidos y puros como monjitas de huerto, y nace allí la aristócrata orquídea, de flor ilustre, noble, pero inútil y sin aroma. En cambio, las gardenias, cuando las había y Enrico las entraba en la casa, perfumaban todas las estancias. A veces, Vittoria, acompañada de Enrico y de Faustina, y ahora de Enrico y de Marcela, recorre los parterres de geranios multicolores, y pregunta por las begonias, por los pendientes de dama, que cuelgan de la ramita como si estuviesen prendidos a una delicada oreja femenina. Es imposible contar las especies de dalias, docenas o centenares, grandes o minúsculas, de pétalos con formas y colores diversos.

Seis u ocho metros alejada del borde de la carretera está la

ancha puerta de dos hojas de hierro forjado donde figuran li-
ses y capullos de rosa, y la gran verja a cada lado de la puerta.
En la medianería con la finca aledaña, no hay hierro sino piedra, un muro de piedras planas, amontonadas con la paciencia
y la maña necesarias para que se asienten perfectamente unas
sobre las otras sin necesidad de quedar sujetas con amasijos de
arena o yeso. Y cerca del lago, frente al paisaje milagroso del
lago, la casa, con su planta principal, y sus dos pisos además de
la torre del telescopio, guarida de don Pelayo.

Hubo un tiempo en que a aquella casa iban artistas, pintores y
escultores, escritores y poetas, que paraban algunos días en
Villa Luce y por la tarde, en la terraza o en la biblioteca, hacían
largas tertulias con don Salvatore. El prohombre era un anfi-
trión generoso y exquisito, además de un conversador culto,
ingenioso, conocedor de episodios y anécdotas curiosas y di-
vertidas. Enrico contaba que algunas tardes llevaba al prohombre a la rústica casa donde vivía el gran Arturo Farinelli, escondida en el bosque alto de Belgirate. A la casa se llegaba por un
estrecho camino de mulas. Los dos personajes daban largos
paseos y charlaban de arte y literatura. En los años de la guerra civil de España, Farinelli, que era un gran hispanista, recibía cartas de allí donde le contaban los estragos que estaba
haciendo la guerra en hombres famosos y en obras de arte, y
los dos lamentaban la muerte de García Lorca o las pinturas
perdidas en el incendio de iglesias, conventos y monasterios.
Don Salvatore y Farinelli temblaban ante la posibilidad de que
se perdiera parte del tesoro artístico del Museo del Prado.
   Don Arturo Farinelli le preguntaba alguna vez a Enrico si
era cierto que una gaviota venía a traerle peces en el pico y a
dormir en el cabecero de su cama, y el jardinero sacaba un
papelito doblado de una pequeña cartera sepultada en el bolsillo interior del chaleco sin mangas, el único abrigo que vestía lo mismo en verano que en invierno. Desdoblaba el papelito y lo daba a leer sin soltarlo de la mano.

–Mire, don Arturo, un día me encargó don Salvatore que fuese a recoger a la estación a Gabriele d'Annunzio, ese poeta que tiene cara de vampiro y lleva bigotes y barba de demonio, y él ya sabía lo de la gaviota. Llevé a don Gabriel a Villa Treves, porque me dijo que quería ver de nuevo el palacio donde tantas veces había ido a visitar al editor don Emilio Treves, y donde se reunía con otros grandes hombres, escritores y poetas de mucha fama.

Cuando Enrico dejó de nuevo a D'Annunzio en la estación de Belgirate, el poeta le dijo: «Soy Gabriele d'Annunzio, un elegido de los dioses. También usted es un dilecto de los dioses. La gaviota que le visita es un envío de la divinidad. Tome y guarde esto. Es la crónica sencilla de un suceso milagroso y divino.» Lo que le daba no era una propina. En el papel que le había entregado el poeta y que Enrico mostraba ahora a Farinelli, estaba escrito este breve relato:

> *È del'Enrico, quest'uomo secco,*
> *ciò che il gabbiano porta nel becco[1].*

Y se leía la firma de Gabriele d'Annunzio, estampada con letra clara y llena, grande y generosa de tinta; la firma presuntuosa, hinchada e inconfundible del egregio poeta.

Pero desde que murió el prohombre, aquella casa no se abría para fiestas ni para invitados. El último banquete, todavía en vida de don Salvatore, que obligó a vestir la larga mesa del comedor grande fue el de la boda de Vittoria, cuando comieron allí los padres de Martino Martinelli, las dos hermanas con sus maridos, cuyo nombre nadie recuerda y quizá nadie de la familia Duchessi supo nunca, doña Fortuna, la abuela rica, y don Cósimo, el médico abortista. Ahora, los nietos, ya mayores, Totoya y Mino traen a la casa pandillas de amigos que invaden el parque, recorren los caminos, se bañan en la playita, salen y regresan en las motoras del embarcadero, se quedan

---

1. De este hombre magro, llamado Enrico, es lo que la gaviota lleva en el pico.

a merendar, a cenar, y a veces a dormir, se van de Villa Luce a la una o las dos de la madrugada, y Totoya y Mino vuelven a las cinco o las seis, con el sol asomando sobre la parte izquierda de la terraza, el sol del lago que sube por el cielo tan rápidamente que parece ascendiera por una escalera de mecánica celeste.

La amistad y la relación entre los hermanos prosiguió tan íntima, tan espontánea y tan amorosa como hasta ahora. No se separaban por ningún motivo. Seguían queriéndose de la misma manera, y con cierta frecuencia encontraban ocasión para sus juegos eróticos, pero jamás se propusieron ni realizaron una unión completa. Los dos se conformaban con aquellas satisfacciones imperfectas pero suficientemente gratificantes. Totoya bailaba y coqueteaba con los chicos de la pandilla, mas sin consentir las libertades que otras chicas permitían a los muchachos o ellas mismas se tomaban. Totoya ni se dedicaba a calentar pollas como Stella o como Olga, ni mucho menos se acostaba con unos y con otros como hacía Paola. Consentía algún beso dado con la fugacidad necesaria para indicar que no iba a ser el comienzo de nada más profundo, y alguna vez participaba en el viejo y ya casi abandonado juego del estriptís colectivo, aunque sólo llegaba al momento del *toples* por más que su pudor último levantase las ruidosas protestas de los chicos, ellas y ellos. Las chicas eran casi más exigentes que los chicos, quizá porque buscaban en el ejemplo de las amigas el ánimo y el impudor necesario para desnudarse, ellas también, por completo y quedar así unos segundos ante los alborozados espectadores. Por otra parte, la braguita de las chicas era tan breve y tan transparente que apenas velaba la última vaguada del deleitoso monte de Venus.

Giacomino, desde aquel gatillazo con Paola, evitaba cualquier intimidad con las muchachas. No se excitaba ni se calentaba bailando, y ellas se cansaban de él enseguida al comprobar su frialdad y buscaban otra pareja más ardiente. Cuando Totoya comprobaba que alguna chica, más lanzada, intensificaba la persecución, acudía en ayuda de Mino o le guiñaba un ojo para indicarle que se mantuviera inaccesible, que ya encontraría compensación a su paciencia. Ni siquiera esa pícara indicación necesitaba Mino, porque estaba convencido de que con su hermana, y sólo con su hermana, podría encontrar satisfacción sexual. Había tomado a las chicas una especie de temor, de resentimiento, incluso de repugnancia, y rehuía aplicarse a los ritos de iniciación que realizaban todos los chicos, besar mordiéndose los labios, frotar las lenguas, tocar el pecho de las chicas y luego introducir la mano hasta llegar al calor del sexo. Todo eso, para decirlo de una vez, le daba asco. Y en cambio, cada vez más se le iba el deseo tras Totoya, pensaba en Totoya, y cuando no estaba junto a ella se la imaginaba en diferentes posiciones amorosas o simplemente jugando al tenis, corriendo en la moto, bañándose, leyendo junto a él un libro de poemas. Se sobresaltaba a veces figurándose que volcaba la motora y ella caía al lago, o que se perdía en un bosque y pedía auxilio, o que la atropellaba un automóvil al cruzar la carretera, o que Giacinto, qué cabronazo, la violaba brutalmente, y entonces se acongojaba y se llenaba de angustia.

Todo siguió así hasta el final del verano. Tuvieron que separarse los hermanos al llegar el otoño. El chico quedó en Villa Luce para acudir a los rosminianos de Stresa a cursar el último año del liceo, y ella se fue a la casa de Milán con Celina, donde vivía una hija soltera de los viejos Tina y Tino. El verano siguiente, 1992, Totoya iba a cumplir los veinte años, y Mino los dieciocho. Todo comenzó igual que había quedado el verano anterior, sólo que el primer encuentro amoroso entre los dos fue frío y algo dificultoso. Es curioso el amor. El uno y el otro habían pasado todo el invierno pensando e imaginando este encuentro, lo habían deseado con toda su alma, lo habían soñado muchas noches en la soledad del lecho, y aquel sueño buscado de propósito y acariciado había terminado naturalmente en una masturbación dedicada al ausente. Más de una vez, Mino había llamado a Totoya por teléfono, y diciéndose cuánto se recordaban, cuánto deseaban verse de nuevo, y cuánto echaban de menos las caricias del otro se sumían en unas largas masturbaciones acompañadas de voces entrecortadas.

–Yo me estoy tocando. ¿Y tú?

–Claro, tonto. Dime que me quieres y llámame puta.

–Te adoro, puta.

Pero ahora, cuando ya estaban juntos, les costaba comenzar, y perdían minutos preciosos en preguntarse cosas tontas y en contarse banalidades o estupideces. Después de romper ese primer hielo, todo volvió a ser igual que antes.

Una noche de las que Mino la llamaba por teléfono, ella en vez de iniciar el juego amoroso, le dio la noticia.

–He conocido a un chico.

–¿Un chico?

–Sí, termina este año la licenciatura en económicas y se llama Giorgio. Es un cielo.

–¿Un cielo? –Mino casi sollozaba.

–Sí, lo conocerás enseguida porque irá este verano a Villa Luce.

–¿A Villa Luce?

–Sí. No preguntes más. ¿Es que no me oyes?

–Pero...

–Pero nada, tonto. Échame un beso por teléfono, sé bueno y duérmete. Te quiero.

Todo siguió igual en los primeros días del verano hasta la llegada de Giorgio. El acontecimiento más importante en la vida de los dos hermanos se llamaría Giorgio.

Hacía sólo tres horas que dormía, pero lo despertó sin consideración alguna.

–Pelayo, tenemos que hablar muy seriamente.

–¿Qué sucede? ¿Tu madre?

–A mi madre no le pasa nada. Son tus hijos.

–¿Mis hijos? ¿Qué les ocurre a mis hijos?

–Les ocurre que no te preocupas de ellos en absoluto. Para ti, como si no fueran hijos tuyos.

–Pero ¿qué tripa se te ha roto esta mañana, Elettra? ¿Se puede saber a qué viene esto de despertarme recién dormido para decirme que no me preocupan mis hijos? ¿Y por qué habrían de preocuparme? Los chicos están sanos, ¿o no?, llevan adelante sus estudios con normalidad, ¿o no?, Giacomino termina este año el liceo y comenzará a estudiar leyes.

—Giacomino va bien. No se trata de Giacomino.

—¿Totoya? Totoya se defiende bien en la universidad, aprueba los exámenes parciales con holgura, y aunque es una chica algo irregular y un poco caprichosa y voluntariosa, que en eso sale a ti y a la cabezona de tu madre, no da motivos graves ni menos graves de preocupación. Al menos, que yo sepa, vamos. Como no sea que tú me ocultes algo. ¿Le sucede algo a Totoya? ¿Acaso nos va a salir la niña con una panza o algo parecido? Ahora, los chicos les hacen panzas a las chicas como quien las invita a un sorbete. Tampoco tendría importancia. Se le quita, y listo.

—Qué disparate. El que tiene que llevar cuidado no sea que te salga alguna desvergonzada con una panza eres tú.

—Vaya con la pitonisa. Entonces...

—No entiendes nada, Pelayo. A los chicos no les sucede nada que no sea lo normal. A Totoya le sucede que este año cumple los veinte años, que sale en Milán con un chico de veinticinco que ya ha terminado la carrera, nieto de Notti el de los electrodomésticos, que son gente de dinero, y que a lo mejor dicen de casarse y...

—¿Y dónde está la tragedia, Elettra? Me despiertas a las ocho de la madrugada, me pillas muerto de sueño, me pegas el pasmo porque me dices que tengo que preocuparme de mis hijos, y resulta que todo el argumento del drama consiste en que mi hija cumple veinte años, que sale con un *ragazzo* de veinticinco, aplicado y rico, y que a lo mejor quieren casarse. Elettra, *buona notte*.

Don Pelayo dio media vuelta en la cama, pero Elettra insistía.

—Pelayo, quiero decir que alguien tendrá que hablar con tu hija, preguntarle si va a terminar la licenciatura o no, si ese chico le ha hablado de casarse o no, porque habrás de saber que el chico se llama Giorgio...

–*Complimenti*[1], Giorgio. *Congratulazioni, cara*[2].

–Pelayo, no me hagas enfadar, que te pintas solo para enrabietarme. Digo que el chico se llama Giorgio, y este año, a principios del invierno es muy posible que el abuelo lo mande a Bruselas a dirigir allí una oficina de la firma de los electrodomésticos con miras a los mercados europeos, y habrá que saber si se van a casar antes de irse a Bruselas, o no, y si Totoya va a seguir los estudios en Bélgica, o si va a abandonar la universidad, que sería una lástima. Además, Totoya ha invitado a Giorgio a pasar el verano en Villa Luce y alguien tendrá que formalizar la invitación a los padres del chico, y hablar con mi madre, que aunque ande un poco chalada y parece que cada vez se entera menos de las cosas, todavía es la dueña de esta casa, digo yo.

–Pero yo me desayuno ahora con todo eso. Tu hija no ha tenido a bien comunicarme nada de lo que te ha dicho a ti, y ahora tú me reprochas que no me preocupo de los chicos. Pues has de saber que llevo toda la administración de la fortuna de la familia, que no es poco trabajo, y que además yo no saco un real de eso, porque yo no tengo ahí arte ni parte, y eso es tuyo y de tus hijos, bueno, mejor dicho, de tu madre mientras viva, y soy yo el cabrón que tiene que preocuparse de todo eso, que no es poco.

–¡Pues claro que todo es de mi madre! No querrás ahora matarla antes y con tiempo, Pelayo. Y si es que estás trabajando de balde para la familia Duchessi, ponte un sueldo y luego pagas con él la manutención de tu mujer y de tus hijos, los estudios de los niños y todo lo demás. Estás muy desacertado esta mañana, Pelayo.

–Lo que estoy es dormido, Elettra.

–Porque te acuestas todos los días a la hora en que los demás cristianos nos levantamos. Lo que a ti te pasa es que entre las estrellas, el ajedrez, don Calógero y Giustina, se te pasan todas las horas del día y de la noche y tus hijos te importan un rábano.

1. Enhorabuena.
2. Felicidades, querida.

–Hasta aquí hemos llegado, Elettra. El único que se preocupa de nuestros hijos soy yo, que administro su fortuna, vigilo sus estudios y resuelvo sus problemas cuando me los plantean. Cuando te los plantean a ti, como en esta ocasión, lo único que tú haces es despertarme para traspasármelos y echarme en las manos la castaña caliente, y encima reprocharme que no me entero. Te pasas todas las tardes del año, en invierno y en verano, jugando al bridge con tus amigos, por cierto, que no sabes jugar un *cavolo* y llevas perdida una fortuna. En esta casa se compra lo que quiere Marcela, se guisa como quiere Marcela, se bebe el vino que quiere Marcela y se come lo que manda Marcela. Tú estás en Villa Luce como en un balneario para jugar al bridge.

–Vaya, ya le has dado la vuelta a la tortilla. Como siempre. La mejor defensa es el ataque, ¿verdad? Pues, hala, hijo, atácame lo que quieras. Pero bueno, ¿sabes lo que te digo?, que juego lo que me da la gana jugarme, que lo que pierda lo pierdo de lo mío, que en esta casa se come a pedir de boca, que si esto es un balneario el primero que lo disfruta eres tú, que ya has quedado enterado de lo que sucede con tu hija y que hagas lo que te dé la gana. Ahora la responsabilidad es tuya.

Don Pelayo tenía razón. Doña Vittoria estaba un poco majara, perdía la cabeza por momentos, se hacía violenta e irrazonable, y ya no se podía contar con ella para consultarle nada importante, y Elettra se había enviciado con el bridge y tenía una partida todos los atardeceres, que luego se prolongaba hasta bien entrada la noche. Toda la responsabilidad de los negocios de la familia recaía ahora sobre don Pelayo. La única ventaja de aquella manía jugativa de su mujer es que algunas tardes acudía el marido de la compañera de bridge de Elettra, un ingeniero inglés llamado Desmond que no jugaba a las cartas, pero sí al ajedrez, y don Pelayo se engolfaba en largas partidas sobre el tablero. Normalmente, en aquellas partidas vencía don Pelayo, pero su adversario, lejos de desanimarse o desesperarse con eso, se crecía en el castigo, y volvía a la carga con un encomiable y estéril espíritu combativo. Ya se sabe que los ingleses son tozudos, además de flemáticos y Desmond perdía como un caballero sin desanimarse jamás. Desmond cumplía el deber inglés de ser insistente. Seguramente, las frases que más le gustaba pronunciar a don Pelayo eran estas dos: «Jaque mate, Desmond» y «Ponte, Giustina.»

Elettra ni siquiera vigilaba a Giustina para que se abstuviera de subir a la torre el café de don Pelayo, y no parecía sino que aquellas subidas de la criada, no sólo le importaran un comino, sino que incluso las agradecía, y estaba contenta de que luego no la molestara su marido cuando llegaba a dormir con las primeras luces del alba, porque ella, con la pelea del bridge, estaba fatigada y soñolienta. Giustina subía y colaboraba eficazmente con don Pelayo en gozar de un ameno paseo por el firmamento. Marcela no intervenía en aquel tejemaneje del café, de la torre, de don Pelayo, de Giustina, del culo de Giustina y de las estrellas, porque su lema en aquella casa era el de ver, oír y callar, mantener el orden y dedicarse preferentemente al servicio de doña Vittoria. Además, ya se lo decía a ella el *bell'uomo*: «En los negocios de la bragueta, nadie se meta, y cada cual con su trompeta toque a retreta.» El *bell'uomo* era un sabio, y además tocaba retreta con su trompeta como nadie en el mundo. Qué más quisiera Giustina.

Don Pelayo y Elettra llamaron por teléfono a los padres de Giorgio y les confirmaron la invitación de Totoya para que el muchacho pasase las vacaciones en Villa Luce. Pero aquella invitación suponía un excesivo compromiso para Giorgio en el criterio de la familia Notti. «Estamos muy agradecidos, pero no será necesario que Giorgio les produzca tantas molestias. Íbamos a ir a la Riviera o a Cerdeña, pero al final hemos querido complacer a Giorgio, que quiere estar cerca de Totoya. Hemos alquilado una villa en Baveno, y Giorgio podrá ir a ver a Totoya tantas veces quiera, y ella también podrá pasar cómodamente algunos días con nosotros en Baveno. La villa que hemos tenido la fortuna de encontrar es amplia y está muy bien amueblada. Desde ella, la vista del lago es maravillosa. Se ven las tres islas como si estuvieran al alcance de la mano. Y esperamos tener el placer de conocerles a ustedes, y de que vengan una noche a cenar con nosotros.»

Estaban las cosas claras. Aquellos señores de los electrodomésticos no tenían inconveniente en que continuaran las relaciones entre Totoya y Giorgio, y las facilitaban viniendo a veranear al lago Maggiore, pero no deseaban poner al chico ante un excesivo compromiso y que se viera obligado a permanecer constantemente en compañía de Totoya antes de que adquirieran firmeza sus sentimientos. Lo mejor sería que Giorgio se considerara libre, y que si tenía que llegar un compromiso serio, llegase por sus pasos contados. Baveno estaba lo suficientemente cerca de Villa Luce para que el viaje resultase cómodo, pero lo suficientemente lejos como para que no se mezclaran demasiado ambas familias.

De todos modos, Elettra tomó medidas para poner a punto toda la casa. Habló con Marcela, y Marcela se encargaría de cumplir el encargo. «Descuide la señora. Para eso estamos. La pena es que no tenemos al *bell'uomo*. Si él viviera, lo hacíamos todo en un periquete. Pero tenemos que arreglarnos en todo sin él, qué remedio. Bien que lo echo de menos, señora Elettra.» «Ya lo imagino, Marcela, pero no me lo expliques otra vez, que no se te cura la manía de contarme todo lo que hacía y lo que podría hacer el *bell'uomo* y lo que lo echas de menos desde su muerte. Dios lo tenga en su gloria, y nosotras, a lo que estamos.» «Sí, señora, pero es que el *bell'uomo* era...» «Sí, hija. Era una tempestad, ya lo sé.»

Elettra advirtió a su madre.

–Mamá, Totoya sale con un chico llamado Giorgio, de una familia acomodada de Milán. Su abuelo es el propietario de los electrodomésticos Notti, y este verano vendrá por aquí, porque han alquilado una villa en Baveno. El muchacho ha terminado la carrera y se va este año a Bruselas, y a lo mejor quiere casarse antes, no lo sabemos, pero... es lo natural. Totoya está guapísima y es una chica muy atractiva.

Doña Vittoria torció el gesto. No preguntó nada ni hizo comentario alguno, pero torció el gesto y puso mala cara. Lejos de mostrar alegría, recibió la noticia con desagrado visible. Bien es verdad que doña Vittoria hacía cosas raras de un tiempo a esta parte. Una tarde le dio un bastonazo a la mesita del té porque la infusión se había quedado fría, y algunas veces confundía los nombres de los lugares y de las personas. Cuando Elettra se alejó, doña Vittoria fijó la mirada en un punto impreciso del lago, tal y como hacía tantas tardes, y se quedó así, inmóvil y hierática. En el rostro se le había pintado un gesto de contrariedad que iba convirtiéndose poco a poco en un ataque de cólera contenida.

12. Giorgio

El primer día que Giorgio apareció por Villa Luce lo hizo en coche, un Mercedes deportivo, descapotable, de color verde manzana. «Éste es un niño pijo», pensó Giacomino, sin percatarse de que él también era un niño pijo. Totoya salió corriendo a su encuentro, se le echó a los brazos y le besó la mejilla procurando rozarle levemente los labios. Y enseguida lo llevó, cogido del brazo con orgullo, a presentarlo a la familia.

–Éste es Giorgio.

Doña Vittoria le tendió una mano que el chico besó en una reverencia pronunciada porque era muy alto y doña Vittoria dejaba la mano casi a la altura del regazo, sin hacer ningún esfuerzo para facilitarle el saludo al recién llegado. Elettra le administró un par de besos en las mejillas, con una razonable dosis de entusiasmo. Don Pelayo le estrechó la mano y acompañó el saludo con un golpecito en el hombro. Y Giacomino le tendió una mano desganada, «Hola», mientras lo examinaba de arriba abajo con curiosidad. Y Giorgio repetía sin cesar: *Piacere, piacere, piacere.*[1]

–¿Te quedarás a comer con nosotros? –preguntó Elettra.

1. Mucho gusto.

Giorgio miró a Totoya. Fue ella quien respondió a la pregunta de su madre.

–Pues claro, mamá.

Era un tipo alto, más alto que don Pelayo, quizá alcanzara algo más del metro ochenta, rubio, con ojos claros, moreno de rostro, muy elegante y fino en sus ademanes, exquisito en la educación, siempre sonriente e iluminado por una simpatía natural y nada forzada. Era, como dijeron enseguida todas las criadas de Villa Luce, un *bel ragazzo*. Giustina dijo más. Giustina comunicó a las otras sus deseos menos confesables: «Pues yo me lo tiraría esta noche y me quedaba en la gloria.» «¿Serías capaz?», preguntó la bizca. «¡Anda y con lo que sale la estrecha esta, mírame y no me toques que soy doncella. Me lo tiraría esta noche y mañana y todas las noches», saltó Giustina. La bizca se hizo cruces y las demás criadas rieron. Decididamente, Giustina era una bestia. Lástima que el *bell'uomo* descansaba en su tumba, rígido pero yerto. Habrían sido tal para cual.

A principios de la primavera habían llegado a Villa Luce unos huéspedes extraños, no invitados por nadie. Se trataba de una pareja de pájaros de plumaje muy negro, grandes como gaviotas o quizá un poco más, patas rojizas y pico oscuro. Claro está que no eran gaviotas, pero tampoco eran cuervos, ni mirlos, ni grajos, ni ninguna otra especie vulgar o conocida por los habitantes del lago Maggiore. Enrico los espiaba, los escrutaba con su mirada aguda y sus ojillos astutos, pero no supo catalogarlos y aseguró que jamás había visto en los alrededores del lago unas aves semejantes. Los demás pájaros que volaban por la villa o por las cercanías, desde las gaviotas a los gorriones, les huían, y no compartían con aquellos huéspedes indeseados el árbol donde anidaron ni la búsqueda de frutos, bayas o semillas para picotear. Enrico avanzaba la hipótesis de que quizá fuera una pareja llegada inexplicablemente desde el sur, tal vez desde África, o por el levante, desde tierras rusas, turcas o asiáticas. «Cuando los demás pájaros les huyen es porque estos cabrones les comen los huevos. Los pájaros que no roban los huevos de los otros conviven sin problemas.»

El nido que construyó la pareja de pájaros enlutados («Éstos traerán la *jettatura* y el infortunio, ya lo veréis», profetizaba Enrico) era un nido extraño que colgaba de la rama de uno de los castaños del paseo, no lejos de la terraza de Villa Luce. Era un nido colgante, jamás visto por nadie, ni por supuesto tampoco por Enrico. «Y han tenido que venir a anidar aquí, en Villa Luce, estos gafes funerarios, hijos de puta.» Anidaron, pusieron sus huevos, y un día, por el borde del nido colgante, aparecieron cuatro cabezas, al menos cuatro según contaba Enrico, de crías pelonas y voraces, que se pasaban el día con el pico abierto en espera de que el padre y la madre les trajeran insectos, lombrices, semillas, todo lo que podían encontrar que fuera comestible, y graznaban emitiendo un chirrido desagradable, que producía ictericia. Buscaban comida incluso en la orilla del lago, y Enrico se preguntaba: «¿Comerán también peces estos tragones?» La madre dormía dentro del nido con la cría, y el padre se acomodaba en el borde, tapando la entrada. O quizá se alternaban los dos miembros de la pareja en ese menester.

–Dile a Enrico que venga y que traiga la escopeta de caza con dos cartuchos.

–Sí, señora. Lo que diga la señora. Pero ¿para qué quiere la señora la escopeta de caza?

–No preguntes y obedece, Marcela. Te estás volviendo preguntona, respondona, farota y descarada.

–Sí, señora. Me estoy volviendo todo eso.

Llegó Enrico con la escopeta de caza. Ella tomó la escopeta y se fue hacia la balaustrada.

–Está cargada, ¿verdad? Anda, Enrico, acércame el sillón, que tiro mejor sentada. Esta dichosa artrosis...

Le acercaron el sillón. Doña Vittoria apoyó la escopeta en la balaustrada, se la echó a la cara, apuntó cuidadosamente y apretó el gatillo. El nido colgante, con los dos pajarracos y sus cuatro crías saltó por el aire, hecho trizas. Los perros, una pareja de preciosos dóberman, de pelo negro y brillante, a los que Enrico llamaba *Marconi* y *Madame Curie* en recuerdo de los pastores alemanes que bautizó el señorito Giacomo, se acercaron inmediatamente para oler a los moribundos y seguramente para cerciorarse de que estaban muertos y bien muertos. La hembra era vivaz, lista, pronta y miraba continuamente a Enrico para recibir órdenes. El macho era más reposado, pero cuando detenía la atención en algún visitante y se acercaba a él para olfatearle, imponía temor. Enrico lo llamaba, y el perro se tranquilizaba.

Doña Vittoria, una vez comprobado el resultado positivo de su disparo, increpó en voz alta y con indudable satisfacción:

–¡Intrusos!

Estaban sentados bajo los sauces. Las dos bicicletas habían quedado apoyadas una sobre otra contra uno de los árboles, con los manillares y los pedales enlazados, como si fueran a escaparse juntas. Totoya se había sentado con las piernas unidas, descansándolas hacia un lado y con la falda del vestido plisado cubriéndole las rodillas, en una posición pudorosa, desacostumbrada en estos encuentros a solas con el hermano. Delante de Giacomino, Totoya no guardaba compostura y se sentaba en el suelo, cruzando las piernas con toda despreocupación. A veces, lo hacía adrede para provocar al muchacho. Giacomino sí se sentaba ahora sobre las piernas cruzadas. Tenía la cabeza baja, estaba mudo, y con un trozo de rama seca dibujaba en la tierra letras sin orden, rayas sin sentido o dibujos caprichosos.

–¿Es cierto que quieres casarte?

Totoya estaba nerviosa, pero pretendía aparentar naturalidad y antes de hablar reía forzadamente.

–Claro que quiero casarme, Mino. Todas las chicas, todas las mujeres –rectificó– queremos casarnos, amar a un marido, tener hijos y crear una familia. Ésa es la ley de la vida. Yo no tengo vocación de solterona. Ni de monja, como tía Leticia. –Bajó la voz.– Y Giorgio me gusta mucho. Es muy guapo, está macizo el puñetero y me quiere con locura.

–Pero yo no quiero que te cases, Totoya. ¿Qué va a ser de mí si me abandonas? No soporto que ames a nadie más. Te quiero para mí solo. Yo no lo resistiré. Te juro que no lo resistiré. No sé lo que haré, pero no viviré sin ti. Tú sabes muy bien que yo jamás podré ser feliz con otra. Daré siempre gatillazo.

–No digas bobadas, Mino. Tú te casarás igual que todos los chicos, que todos los hombres –rectificó de nuevo–, te enamorarás de una chica que te ame, tendrás hijos con ella y serás feliz. Y no tienes por qué dar más gatillazos. Eso fue una vez. A todos los chicos les pasa. Tú eres un chico normal.

–No. Yo no me casaré con nadie. Tú misma dices que mi «pistolilla» no la entiende nadie más que tú, y es que yo sólo te quiero a ti.

–Pero, vamos a ver, Mino, no seas cabezón. Yo te quiero mucho, nunca he querido darme un lote con los otros chicos, siempre te he preferido a ti para jugar, para tocarnos y para quedarnos tranquilos, sin desear a nadie. Te quiero más que a ninguna otra persona en el mundo, más que a papá y a mamá, más que a la abuela, y ahora mismo incluso más que a Giorgio, pero nosotros somos hermanos, no podemos casarnos ni tener hijos. Hemos sido felices queriéndonos y jugando juntos, y haciendo... guarradas juntos, pero tienes que comprenderlo, todo esto han sido cosas de niños, de muchachos, y ahora somos un hombre y una mujer.

–¿Guarradas? ¿Llamas guarradas a todo lo que nos hemos amado? Guarradas son las que yo hacía con Paola y las que Giacinto quería hacer contigo. Yo no hago guarradas cuando te beso con toda mi alma. Tú me has enseñado a dar besos de amor, me has enseñado a amar y me has enseñado lo que es el amor total, el amor del alma y del cuerpo, y ahora te vas con otro y me dejas sin saber qué hacer con todo el amor que te tengo, con todo lo que yo te quiero. Lo que yo he hecho contigo era amor, amor, amor, he dicho amor y sólo amor. No eran guarradas. Me hubiera conformado muchas veces con que me hicieras una caricia en la cara o con que me dieras un beso en la frente. Eso es lo que me hacías cuando estabas con la «evax fina y segura». Si te casas es que eres una cabrona y una hijaputa conmigo, que soy quien más te quiere en este mundo. –Giacomino hablaba con la voz entrecortada, ahogado por el deseo de llorar, de romper en sollozos. También Totoya tenía los ojos húmedos.

–Yo te amaré siempre, caballero mío, defensor mío, amor mío. Pero ahora todo esto tenemos que dejarlo. Yo debo casarme como todo el mundo. Me casaré en cuanto Giorgio diga, seguramente este mismo verano, y tú debes buscar una chica que te quiera y que te... que te sepa llevar y trajinarte la pistolilla y hacerte feliz como lo has sido conmigo. Además, no vamos a separarnos para siempre. Nos veremos algunos veranos, y tú puedes ir a vernos cuando quieras si es que Giorgio y yo nos vamos a vivir fuera de Italia.

Había ido a sentarse junto a él y le cogía la cabeza para reclinarla sobre su pecho, y le besaba la frente y el pelo negrísimo, el pelo del «tío» Giacomo. El muchacho restregaba las mejillas sobre el pecho de ella, caliente y palpitante. Le acercó los labios a un pezón por encima del vestido. Totoya se separó entonces.

–Hoy, no. Por favor, no. Sería engañar a Giorgio.

–Claro. Lo comprendo. Es mejor engañarme a mí con él.

Se alzó del suelo en un salto, desenlazó con brusquedad su bicicleta, tercamente ligada con la de Totoya, brincó sobre el sillín como sobre un caballo de las películas del far-west, y pedaleó con fuerza hacia la casa. Totoya se quedó todavía un rato allí, sentada bajo aquellos sauces que tanto sabían de un repetido amor divino y maldito, se enjugó las lágrimas, se restauró el carmín y también ella tomó el camino de regreso, aunque despacio, pedaleando lenta y trabajosamente.

Totoya estaba acostumbrada casi viciosamente a la ayuda solícita de Celina, su doncella particular e inseparable. Desde pequeña, exigía que durmiera cerca de ella, y a veces la llamaba por la noche cuando la asaltaba algún mal sueño, o simplemente no tenía ganas de dormir. Por la mañana, entraba Celina al cuarto, y esperaba pacientemente, sentada junto a la cabecera de la cama, a que Totoya abriera los ojos y se desperezara con complacencia. Entonces Celina descorría las cortinas y si hacía buen tiempo abría la ventanas y dejaba que entrase en la alcoba a raudales la luz de la mañana. Preparaba para Totoya el agua tibia del baño, la enjabonaba cuidadosamente con una gran esponja natural, le lavaba el cabello largo y rubio, y esperaba, en actitud de adoración, a que la niña gozara del agua templada y pataleara divertida dentro de la bañera. Luego, la enjugaba frotándole por todo el cuerpo con una toalla suave.

–Abre las piernas que te seque bien por todo.

–Frótame más por ahí que me da gusto.

–Pues sí que necesitas tú poco, hija. Eso te lo haces tú misma, viciosilla, que no me voy yo a quedar para darte el gusto ese.

Quedaba claro que Celina no era la lesbiana que despellejaban las malas lenguas del pueblo.

La peinaba y le ayudaba a vestirse. En definitiva, Celina hacía con Totoya todo aquello que el padre Capello le aconsejaba a sor Lucía que no se dejara hacer por las sirvientas. Recogía la ropa usada el día anterior y se preocupaba de lavarla ella a mano, de secarla, repasarla y plancharla. Preparaba su desayuno, llevaba flores a la alcoba y hasta se encargaba de que Enrico tuviera lista y engrasada su bicicleta.

Celina acompañó a Totoya a Milán cuando la chica empezó a ir a la universidad, y repetía todas aquellas operaciones de doncella al estilo antiguo en la casa milanesa del Corso Venezia. El piso de Milán lo guardaba y limpiaba una hija soltera de Tina y Tino, ya fallecidos, llamada Bibiana. En invierno, Totoya era una chica ordenada y cumplidora. Apenas salía con amigos, y pasaba largas horas en su casa. Cuando no estudiaba, escuchaba música o veía algún programa de la televisión. Aparte de esto, sus diversiones casi únicas consistían en las llamadas telefónicas de Mino. Por lo general, se conformaba y satisfacía con aquellas llamadas. En muy pocas ocasiones, asistía a fiestas de cumpleaños organizadas por algún compañero o compañera de facultad. En una de esas fiestas conoció a Giorgio, y enseguida se enamoró de ese muchacho alto, rubio, bronceado, que se encontraba al final de su carrera y era el hijo de una familia con dinero. Pero sobre todo lo que más había impresionado a Totoya era ese aire de elegante dejadez que Giorgio imprimía a todos sus ademanes. Caminaba con un descuido elástico y desentendido. «Camina como los negros y baila como los negros, pero es rubio y guapo», pensó Totoya el primer día.

A Giorgio le sucedió más o menos lo mismo. Pronto se interesó por aquella chica estudiosa y alegre, un tanto esquiva, caprichosa, bellísima, de facciones correctas y con un indefinible aire varonil. Tan pronto aparecía como una niña mimada y muy femenina, como parecía un golfillo adolescente. Empezaron a salir juntos todos los fines de semana, y a veces se quedaban a cenar en algún restaurante de moda. Al regreso, ya de noche, Totoya le permitía que la llevara cogida por los hombros o abrazada por el talle, y ella también le echaba el brazo alrededor de la alta cintura de él. Se dejaba besar con cierto detenimiento y se musitaban mutuamente palabras de amor y de deseo, pero Totoya no le permitía ir más allá, y si sentía que la mano de él se acercaba al pecho o que el beso se prolongaba demasiado y crecía la excitación de ambos, lo interrumpía bruscamente. La estrategia de la muchacha no dejaba fisuras a la duda. Lo que Totoya quería de Giorgio era que se casara con ella. Cualquier amiga lo habría dicho de otra manera: «Va a cazarlo. Bueno, ya lo tiene encelado y en el bote.»

Giorgio empezó a hablar enseguida de sus planes. Su abuelo quería mandarlo a Bruselas a hacerse cargo de la oficina que la firma Notti tenía allí. Lo mejor era que se casaran antes de eso, y el chico se fuera a Bruselas ya casado y con su mujer al lado. Eso, al menos, pensaba él. Y la abuela añadía: «Un muchacho guapo, con dinero y solo en una ciudad extranjera se encuentra expuesto a muchas malas tentaciones.»

–¿Y mi carrera? –preguntaba Totoya quizá con un ribete de hipocresía.

–¿Tu carrera? –preguntaba a su vez él, riendo divertido–. Tu carrera soy yo. Además, Bruselas no es el desierto. Allí hay universidades donde puedes terminar la licenciatura. Y para estudiar arte es el lugar ideal. Por allí tienes a todos los flamencos. Estás a un paso de Holanda, de París y de Londres. ¿Qué más quieres para estudiar arte? Aprendes francés y...

–Ya sé francés.

–Pues entonces mejor. Así me ayudas.

–Bueno, ya hablaremos. Para todo eso tendrás que contar con tus padres.

–Ya les he adelantado algo, y dicen que parece demasiada precipitación, pero que no van a contrariarme si yo estoy seguro de que es eso lo que quiero.

–¿Y estás seguro?

–Claro que estoy seguro, tonta. ¿Y qué haremos este verano para vernos?

–Vente a Villa Luce. Verás qué bien lo pasamos allí. Diré a mis padres que hablen con los tuyos para invitarte. Los míos son muy antiguos para esas cosas.

–Los míos también.

–Te amo, Giorgio. Te amo muchísimo.

–Y yo más.

Y se dieron un beso largo, que ella interrumpió en el momento preciso.

Algunas tardes Mino le llevaba un ramito de diamelas recién cogidas, olorosísimas, o de glicinos, o de pequeñas violetas de perfume intenso. O una gardenia. Y de vez en cuando jugaban una *scopa*. Aquella tarde Mino subió a la terraza donde estaba la abuela con un ramito de jazmines de Arabia.

–Préndalo usted mismo en mi pecho, caballero. –Y le tendió un imperdible de oro, decorado con una pequeña águila, que siempre llevaba sujeto en el chal, con la esperanza de que el muchacho llegara con el pomo de flores.

–Bueno, pero ¿y si te pincho una teta, abuela?

Siempre le gastaba la misma broma y siempre recibía idéntica respuesta.

–¿Qué modales son ésos con tu abuela, Mino? ¿Es ésa la forma que tiene un caballero de hablarle a una dama?

–¿Y cómo debería decir, señora?

–Deberías decir, por ejemplo..., por ejemplo..., por ejemplo, «¿Y si te pincho una teta, abuela?». –Y reían los dos.

–Anda, siéntate un rato conmigo, Mino. Hace dos días que no vienes a traerme flores y a hacerme compañía. ¿Quieres que juguemos una *scopa*?

–No, abuela. Hoy no tengo ganas, perdona.

–¿Te pasa algo, ángel mío?

–Estoy muy triste, *nonna*.

–A ver, cuéntame esas tristezas tan grandes. Veamos cuáles son las tribulaciones de mi caballero.

–No lo tomes a broma. Totoya se va a casar. No lo dicen todavía, pero yo sé que se van a casar. Se van a casar sin remedio.

Se estremeció la abuela. Se arrebujó un poco más en el chal de cachemir verde como si fuese una ráfaga de aire fresco lo que la hubiese estremecido. Cuando sentía estos estremecimientos inconfesables, siempre se arrebujaba en el chal y miraba hacia el horizonte como si viniese de allí una ráfaga de viento que los demás no sentían.

–¿Y eso te entristece? Deberías alegrarte. Ese Giorgio que ha traído tu hermana a esta casa es guapo y alto, y parece buen chico.

–Pero yo me quedo solo. Yo la quiero mucho, abuela. Es la única hermana que tengo y no sé... no sé hacer nada sin ella. Cuando ella no está es como si no viviera. No sé explicarlo mejor, pero no se da cuenta de que es mi hermana, y no tengo otra, y yo no voy a resistir que se vaya con otro, sólo porque se querrá acostar con él.

–No digas esas barbaridades, Mino. Todos los matrimonios se acuestan juntos y tienen hijos, y también tú te acostarás con una chica y tendrás hijos, y en eso de que se acuesten

222

los matrimonios no hay nada sucio, ni feo, ni pecaminoso. Estás siendo injusto con Totoya.

–No, abuela, yo no quiero tener hijos con ninguna chica. Ninguna me gusta. Hasta me dan asco. No me gusta que me toquen ni tocarlas yo. Tú tampoco me comprendes.

–Yo sí te comprendo, tesoro. Yo te comprendo mejor que nadie. Yo daría mi vida para que tú fueras feliz y no sufrieras por nada, ni porque Totoya se case ni porque creas que te abandona y te deja solo.

–Pues que no se case.

–Eso no está en mi mano, hijo mío. ¿Qué puede hacer la abuela por ti? ¿Quieres hacer un viaje por ahí, lejos, al Caribe, a la India, a Tailandia, a alguna de esas islas donde ahora van los recién casados y donde hay chicas preciosas, hawaianas y todo eso, que te ponen collares de flores, y hacen danzas provocativas y son muy cariñosas con los turistas ricos? La abuela te dará todo el dinero que necesites para hacer un viaje de esos.

–Allí se irán ellos, abuela. A mí no me gusta que me pongan collares las muchachas hawaianas ni que me bailen danzas provocativas. ¿Qué hago yo allí sin mi hermana?

Doña Vittoria se quedó callada. Giacomino le dio un beso y se marchó escaleras abajo. Cuando el chico se hubo alejado, doña Vittoria sacudió la mesita del té con un empujón del pie y dispersó por la terraza el precioso juego de plata. Era la segunda vez que lo hacía. Marcela, al escuchar el estruendo, llegó presurosa y lo recogió y limpió todo, como ella decía, «en un periquete».

Hacia primeros de julio, los dos matrimonios Notti, los padres y los abuelos de Giorgio, llegaron a Baveno y enseguida se pusieron en contacto con los Duchessi. La verdad es que los Duchessi no eran en realidad los Duchessi. En todo caso, serían los Grande, ya que el apellido Martinelli nadie lo pronunciaba en aquella casa. Pero en toda aquella zona la familia de Villa Luce era nombrada como los Duchessi. Fueron una tarde a Villa Luce, y los Duchessi devolvieron la visita, también doña Vittoria, que fue un poco a regañadientes y hubo que convencerla con muchos ruegos de Elettra y de Totoya. Se invitaron a cenar recíprocamente, y en Villa Luce sacaron la vajilla de Rosenthal, la cubertería portuguesa, la cristalería de Murano, la gran mantelería de lino blanco que tenían que planchar tres mujeres, y la enorme sopera de plata con los cuernos de la abundancia y los candelabros que no se usaban desde la comida que don Salvatore ofreció en mala hora a la familia Martinelli. Marcela se encargó de arreglar la mesa, y a falta de la vieja y excelente Simona contrataron al cocinero del hotel Milano, que tenía fama de buen *cuoco*[1] en toda la comarca.

A una de esas reuniones, con cena de solemnidad incluida, se le dio el carácter de petición de mano. Los novios se cruzaron regalos, un aderezo de brillantes, sortija, pendientes, pulsera y broche, Giorgio a Totoya, y un Vacheron-Constantin de platino y una botonadura de brillantes y rubíes, Totoya a Giorgio. Las dos familias eran ricas, pero los Notti muy especialmente habían echado la casa por la ventana en la boda del único retoño del apellido, famoso por los electrodomésticos. La fecha de la boda quedó fijada para el 29 de septiembre. En algo más de dos meses y medio quedaba tiempo para cursar las invitaciones, encargar a Valentino en Milán el traje blanco para Totoya y hacer las reservas pertinentes para el viaje de novios. Habían decidido pasar una semana en Formentera y después marchar a París, y de París a Bali, donde se detendrían diez o doce días. La primera noche dormirían en Villa Luce, y al día siguiente el coche de los Notti, un Bentley con el chófer uniformado les llevaría a Milán a tomar el avión para las Baleares.

La fiesta de las nupcias se celebraría, naturalmente, en Villa Luce, de manera similar a la de la boda de doña Vittoria, con carpa, mesas en el jardín y música y baile en la terraza. Todo se dispuso así, y las dos familias empezaron a preparar sus listas de invitados. La señora Notti y Totoya pasarían en Bruse-

1. Cocinero.

las varios días, los necesarios para dar las últimas disposiciones en la faena de amueblar y vestir el piso donde había de vivir el nuevo matrimonio. A la vuelta del viaje de novios, pasarían unos días en Villa Luce, algunos días más en Milán, con los padres de Giorgio, y enseguida se instalarían en Bruselas. Don Pelayo se encargó un chaqué de alpaca color ala de mosca, y la señora Notti quiso que le confeccionaran en París su traje de madrina. El abuelo de Giorgio contaba con la presencia de importantes políticos, banqueros e industriales, y quizá algún príncipe de la Iglesia. Todo estaba dispuesto y previsto para que aquella boda fuera la más sonada en el lago Maggiore en varios años, pero ya se sabe que el hombre propone y Dios dispone, y como había dicho Enrico, «estos pajarracos negros traerán la *jettatura* y el infortunio a Villa Luce, ya lo veréis». Y los trajeron.

Doña Vittoria andaba con la cabeza ida. De pronto, llamaba a voces a Faustina, muerta hacía tres años, y avisó seriamente a don Pelayo que no se le ocurriera invitar a don Cósimo el abortista a la boda de Totoya, ¿dónde estaría ya el zorro astuto de don Cósimo? Marcela la sorprendió entrando al comedor grande y haciendo alguna operación en el salero de porcelana con figura de sol, en el *rubicundo Apolo*. Se lo dijo a doña Elettra porque ella no se atrevió a curiosear allí, y Elettra se encontró en el salero dos o tres esquelitas dobladas, y en ellas con letra ya temblona por la artrosis, su madre había escrito diversos mensajes. «A las seis, en los sauces. No faltes.» El último allí depositado decía: «Allí estaré para acompañarte siempre. Vittoria.» Sacó los mensajes, les prendió fuego y los convirtió en cenizas.

«Olvídalo, Marcela. Son cosas de mamá, que algunas veces pierde la noción del tiempo y no sabe lo que hace.» Pero por otra parte doña Vittoria parecía muy lúcida y decía cosas muy sensatas. Era como si de pronto cayera en un pozo interior y misterioso y se trasladara a otros tiempos, a otros lugares y entre otros personajes.

–Mamá, ¿querrás dejarle a Totoya la diadema de brillantes de la bisabuela para que se la ponga el día de la boda? Irá preciosa con ella, recogiéndole su cabello rubio.

–Bueno, se la dejaré, pero que conste que tu padre ha muerto, Elettra.

¿A cuento de qué venía esa noticia inventada y qué tenía que ver eso con la diadema de brillantes de la bisabuela? Elettra disimuló su sorpresa. «Ya está mamá diciendo disparates.»

–Eso es igual, mamá. Nunca he conocido a mi padre –le llevó la corriente la hija.

Pero aquella tarde llevaron la carta de un abogado en la que se comunicaba a la familia Duchessi la muerte del señor Martino Martinelli. Había muerto sin testar y dejaba en herencia una casa en Perugia y otros bienes no despreciables, algunos de ellos provenientes de la abuela doña Fortuna, y en la declaración de herederos forzosos sólo figuraban su esposa Vittoria Duchessi y una hija legítima llamada Maria Elettra Martinelli. El abogado de Perugia se ponía a disposición de la familia para realizar los trámites precisos. Ponía a disposición de los herederos legales el caudal hereditario del señor Martino Martinelli y la rendición de cuentas correspondientes a su administración desde la muerte del causante. A veces los lunáticos tienen presentimientos certeros, que luego se cumplen con exactitud sorprendente. A lo mejor es que Dios ilumina con especial privilegio sus mentes enfermas y exaltadas. A lo mejor, desde fuera de este mundo, los orates ven mejor lo que ocurre dentro de él. Quién sabe. Que nada se sabe.

–Mamá, mi... el señor Martinelli ha muerto y me deja una casa en Perugia y otros bienes.

–Ya lo sé. Te lo dije y no me hiciste caso.

–¿Cómo lo supiste?

Doña Vittoria quedó pensativa unos segundos sin saber qué responder. De pronto, encontró la salida.

–Me lo dijo Enrico –mintió.

–¿Enrico? ¿Y cómo y por quién lo supo Enrico?

–Tu abuelo decía que Enrico es vidente. Profetizó la subida

del lago en el año 28, y además hay una gaviota que viene todas las noches a su cuarto y le trae una trucha en el pico, y hasta duerme en el cabecero de su cama.

–Pero mamá, ¿de dónde sacas esos inventos?

–No son inventos. Todas las noches viene la gaviota. Yo la he visto. Anda, di a Totoya que venga a verme que tengo que hablarle.

Entró Totoya.

–Mira, hija mía, no comprendo bien por qué has traído a ese chico rubio a esta casa cuando aquí maldita la falta que hacía un hombre más por muy rubio y alto que sea, estando ya tu hermano Giacomino. Allá tú con tus apetitos y con tu conciencia. Insisto que no lo comprendo. Además, por muy rico que sea, al fin y al cabo, un tendero.

–Abuela, esa familia Notti no es una familia de tenderos. Son fabricantes, y fabricantes de mucha importancia.

–Dale las vueltas que quieras. Serán muy importantes, pero venden cosas y por lo tanto son tenderos. Da igual vender electrodomésticos que salchichas. Tenderos. Su abuelo empezó vendiendo cacerolas y sartenes a domicilio. Lo sabe muy bien Enrico.

–Bueno, abuela, lo que tú digas. Quieres que sean tenderos, pues tenderos. ¿Me has llamado sólo para decirme que voy a casarme con un tendero y molestarme con eso? Si es así, ya puedo irme. Me voy.

–No seas descarada conmigo, niña. Te he llamado porque quiero hacerte en tu boda un regalo que no te lo esperas. Ven a las seis de la tarde a mi cuarto, y allí lo tendrás preparado. Ya verás. Será un regalo sorprendente.

–¿Es que me vas a regalar la diadema de la bisabuela, *nonna*[1]?

–Ya lo verás, curiosa.

1. Abuela.

Habían ido los tres en la motora e hicieron un largo recorrido por el lago. Pilotaba Giacomino, y Totoya y Giorgio se hacían mimos y caricias por detrás del muchacho. Atardecía y detuvieron la motora en un paraje solitario. Totoya y Giorgio se sentaron juntos, con las espaldas apoyadas en la pared de la barca, y Giacomino se tendió cuan largo era con una toalla doblada debajo de la cabeza. Giorgio abrazaba a Totoya y le prodigaba besos y carantoñas. Luego, pasaba de las caricias cariñosas a los tocamientos apremiantes.

–No seas pulpo, Giorgio –musitó Totoya a su oído–. Nos está mirando Mino.

Mino había ido acomodándose, tendido en el suelo, buscando una posición para echar un sueñecito. Tenía los ojos aparentemente cerrados, se había cubierto con otra toalla el vientre y las rodillas.

–Mino está dormido. Déjame que te bese. No seas tan cardo conmigo. Nos vamos a casar y esto ya no tiene importancia entre nosotros. Te deseo, Totoya, te deseo con toda la fuerza de mi cuerpo y ya no puedo aguantar mucho más sin tenerte.

–Tendrás que aguantar un poco más, Giorgio. A mí me cuesta aguantar el mismo trabajo que a ti.

Pero Totoya consentía e iba rindiéndose a él después de alguna resistencia más. La besaba en la boca, en el cuello y en un pecho blanco y pequeño, en forma de limón al que había liberado de la cárcel del sujetador. Pasaba sus manos nerviosamente por los muslos y por el vientre de la chica, y Totoya empezó a respirar fuerte y a llevar su mano al sexo de él, muy evidente bajo el pantalón de deporte.

Mino, con los ojos entrecerrados estaba enterándose de todo aquel desahogo amoroso. Se percató de que miraba a su hermana y a Giorgio con delectación, con un placer desconocido por él hasta entonces. Se sorprendió a sí mismo gozando con algo que siempre había imaginado como un suceso odioso y terrible, el hecho de que a su hermana la tocara, la besara, la magreara otro, le acariciara el sexo y la masturbara otro hombre que no fuera él. Todo eso, lejos de ser un suceso insoportable, se convertía ahora en una nueva y maravillosa fuente de excitación y de placer.

Totoya, preocupada por si Mino miraba y terminaba con la escena de un modo imprevisible, miró a su hermano por encima del hombro de Giorgio, que estaba casi tumbado encima de ella. Vio con sus ojos y con toda claridad lo que jamás hubiera imaginado. Giacomino, por debajo de la toalla, estaba acariciándose descaradamente la «pistolilla», jadeaba sordamente y los miraba, ya sin disimulo alguno y con los ojos abiertos, hasta que sufrió un estremecimiento y se relajó como si se hubiese desmayado. Totoya lo miró sonriente, le hizo un guiño que el hermano devolvió, y ella también exhaló un suspiro de felicidad y apretó a Giorgio un poco más contra su pecho.

13. La muerte

Cuando terminaron de almorzar, doña Vittoria quiso que la llevaran a los sauces.

–¿Para qué quieres ir ahora a los sauces, mamá?

–Para lo que me dé la gana. A ti no te importa.

–Pero señora Vittoria...

–A usted le importa todavía menos, don Pelayo.

A los sauces la llevó Enrico en el coche pequeño que se utilizaba para traer los víveres a Villa Luce desde el pueblo o desde Arona. Enrico tiene ya ochenta y ocho años, pero se mueve, anda, conduce el coche y trabaja como un hombre de cuarenta o cincuenta. Está seco y avellanado, y se conserva agilísimo. Sube fácilmente las empinadas cuestas del monte, busca hongos en el bosque tras las lluvias de septiembre, que por aquí son exquisitos, los *funghi pinaroli*, que crecen bajo los pinos, los *finferli* y los *chiodini*, que parecen clavos, y los riquísimos *funghi porcini*, que don Pelayo llama *boletus* y que se encuentran en los castañares. Enrico empuja la carretilla cargada de tiestos o de tierra, abre alcorques con la picaza al pie de los arbustos, mantiene limpios los paseos de hojas caducas y prepara todas las mañanas varios jarrones de flores para decorar y alegrar la casa. La zona del lago es tierra de gente longeva. Se ve a ancianos de noventa años triscar por el monte como cabras, y aquí, en estos lugares, morir antes de cumplir el siglo es una manera de malogro. El coche pequeño rodaba bien por el paseo de los castaños hasta el rincón de los sauces, sin salirse de él. El camino se estrechaba luego y se convertía casi en una senda por la que no habría podido entrar un automóvil más grande.

Metieron a doña Vittoria en el asiento delantero, y Enrico puso el vehículo en marcha. Al llegar junto a la rotonda de los sauces, doña Vittoria ordenó al jardinero:

–Enrico, ayúdame a apearme y quédate aquí. Dame mi bastón.

Apoyándose en el bastón de ébano con puño de plata que había sido del abuelo banquero, doña Vittoria penetró sola en el claro de césped raído por culpa del sombraje, rodeado de sauces llorones. Las ramas de los sauces caían hasta el suelo buscando la humedad de la orilla del lago, y ofrecían propiamente un espectáculo fantástico de plañideras vegetales. Permaneció allí durante unos minutos, en pie, apoyada en el bastón del abuelo y mirando lentamente en derredor. Dio unos pasos hacia la orilla hasta salir de aquella cárcel de ramas atribuladas y de aquel corro de árboles llorosos y pudo contemplar abiertamente las aguas del lago más allá de la pequeña playita de arena oscura y piedrecillas. Imaginaba ver dentro de las aguas la vieja escena de los dos hermanos amantes, ella misma y Giacomo, desnudos. Veía como en un viejo celuloide sepia y semiborrado a aquellos dos muchachos jóvenes y hermanos, encendidos por el deseo inapagable de un amor clandestino y maldito, una pasión incestuosa que ellos alimentaban de una manera espontánea y casi inocente. Recordó con emoción y con un escalofrío que aquella tarde, por primera vez, los dos cuerpos desnudos y abrazados habían cometido el dulce y terrible pecado de los dioses.

–Vámonos –ordenó secamente.

Y Enrico, que sabía todo lo de aquella casa, hasta las pulgas que se escondían en el culo de cada uno de los habitantes, la ayudó a subir al coche, y lentamente, para que los leves desniveles del camino no molestasen a la señora, regresó a la casa.

Subió a su habitación y quiso que Marcela sacase al gran balcón uno de los sillones de mimbre forrados de cretona almohadillada. Con un gesto de la mano despachó a Marcela. Con el bastón apoyado en el suelo entre las rodillas, empezó a acariciar repetidamente el puño de plata, la cabeza de un águila con dos ojos de azabache, negros y profundos. Era muy joven aún cuando murió el abuelo, y lo había visto en pocas ocasiones porque él andaba siempre viajando, y lo mismo estaba en Roma que en Nueva York, en Zurich o en Londres. Pero recordaba su rostro duro que se hacía bondadoso para mirarla a ella. El abuelo, después de comer, la sentaba en sus rodillas, mojaba una punta de terrón de azúcar en la infusión de camomila que era el final indefectible de su almuerzo, y se lo daba a chupar poco a poco, hasta que se le iba a deshacer entre los dedos y entonces se lo introducía en la boca con un empujón del dedo pulgar, ancho y gordísimo. Alguna vez, la niña, como pago al regalo del abuelo, mordía tiernamente el dedo gordo del banquero con sus dientecillos minúsculos, y el abuelo fingía un dolor insoportable. Vittoria recordaba haber visto al abuelo pasear por el camino de los castaños o perderse por entre los plátanos de la espalda de la casa, siempre apoyado en aquel bastón rematado en la plateada testa de pájaro rapaz, y recordaba con cuanto afán deseaba ella pasear como el abuelo, apoyada la mano en la cabeza del águila emplumada de estrías de plata. Con frecuencia, el amor a las personas más queridas de la familia, especialmente el amor a los ascendientes, se concreta en el impaciente deseo de heredar aquellas cosas que ellos usan por costumbre o por mayor necesidad y más apego. Es una manera terrible y ternísima de desear la muerte de los viejos más amados.

Era uno de esos días gloriosos que el mes de septiembre regala al lago. Por la noche había descargado el temporal y el cielo estaba azul, limpio, purísimo. También era azul el agua, como un trozo de Mediterráneo. Se podía contemplar el monte verde y sucesivo de la orilla lombarda, los pueblecitos pequeños, las aldeas y las ciudades que esmaltaban la costa o que se encabritaban por el monte. Por allá, hacia la izquierda, encima de Intra, se alzaba todavía el sanatorio antituberculoso que había servido a Martino Martinelli para librarse de la guerra. De allí descendió a Villa Luce para traer la muerte a aquella casa, y a ella, a Vittoria, la malaventura y la soledad sin amor que había entristecido toda su vida. La «vieja señora» insistía interiormente en su manía de hacer a Martino Martinelli causante y culpable de todas sus desgracias.

Era siesta temprana. Todavía no regresaban las barcas lentas de los pescadores aficionados, ni las familias de patos volvían a su refugio en tierra después de la cena, pero los balandros y los pequeños veleros se balanceaban en el agua casi mansa y las gaviotas revoloteaban ya cerca de la costa. El recuerdo de Giacomo habitaba perenne en aquel lago bellísimo e inocente que había devorado lo que ella más quería. Le había faltado valor para sepultarse un día en sus aguas y dejarse morir así, liberar su alma del encierro del cuerpo para que nadara por la profundidad lacustre hasta encontrar el alma joven y hermana que ella adoraba. El ser humano es a veces cobarde, equivocada y erróneamente cobarde, porque se piensa que hace falta un valor singular para morir adrede, y sin embargo en las ocasiones sublimes hace falta más valor para afrontar la vida que para afrontar la muerte.

De Maria Luce, su pobre madre, muerta tan joven, apenas recordaba una escena vaga compuesta de una cama blanca, un gran cuadrante enmarcado de encajes sobre la almohada, una mujer pálida y unos brazos que la alzaban hasta el lecho para que aquella mujer la besara con unos labios casi exánimes. Recordaba mejor a su tía Leticia, etérea, que andaba sin posar los pies en el suelo, como si volara, y vagaba por las estancias y las galerías de la casa como un fantasma asustado. A ella no la quería tía Leticia. La hermana de don Salvatore miraba a los niños con una mezcla de aversión y de espanto. Jamás se había detenido en su huida incesante, sin fin y sin sentido, por los salones y los corredores, a jugar con ella, ni había cosido un

vestido para sus muñecas, ni le había atado un lazo en las tren-
zas, ni le había regalado un traje con pasacintas, ni le había
enseñado una canción de doncellas hermosas y caballeros que
se van a la guerra. Tía Leticia se fue al convento y ya no volvió a verla. Don Salvatore no quería oír hablar de los estigmas.
Si algún amigo o amiga sacaba esa conversación, él la terminaba
con una declaración insólita e inesperada. «A mí, los santos
siempre me han dado miedo.»

Cerró los ojos para llenarlos de todos los lagos de su vida.
Porque el lago no era sólo uno. Cada día, cada hora, cada estación del año los ojos de Vittoria encontraban un lago distinto
que ofrecía bellezas diferentes a la devoción contemplativa. Hoy,
el lago era azul intenso, casi azul mediterráneo, pero mañana
podía ser verde, espejo de los bosques que poblaban los montes
alrededor de la cuenca, y otro día era amarillo, con las luces del
alba, y alguna tarde rojo, casi sangrante, durante unos pocos
minutos en que la luz granate del ocaso se reflejaba en las aguas.
Y en septiembre, cuando bajaba el otoño desde los Alpes gigantes, el lago era de plata, o de plomo derretido o tomaba el
oriente de una cascada de perlas grises. Y por la noche era un
animal de fondo, manso y oscuro. En aquel momento una
pareja de cisnes cruzaba el lago sin separarse demasiado de la
ribera en dirección a Belgirate o tal vez más allá, Stresa o Baveno. «Navegación de cabotaje, habría dicho don Pelayo»,
pensó sonriendo. Eran dos cisnes blancos con una mancha, un
oprobio negro al final de la cola. Volaban majestuosamente,
con lentas y solemnes aletadas, uno detrás del otro, quizá la
hembra detrás del macho, con las patas encogidas, la cola recta y el cuello estirado. «Así sería una pareja de ángeles hermanos que buscaran una celeste y solitaria isla exenta del pecado
original. Pero si estuviera aquí Giacomo, diría que es Zeus repetido que vuela para tirarse a Leda y engendrar en ella a los
Dioses Oscuros, uno por cada cisne, en un adulterio divino.»
Cuando el agua del lago empezó a salirle por las pupilas llenas
de paisaje en forma de lágrimas, Vittoria se alzó del sillón y
entró en el cuarto.

Llamó al timbre y acudió Marcela.

–Ponme una silla frente al armario grande de luna y ayúdame a subir.

–Dígame la señora lo que busca y yo se lo alcanzo. No se vaya a caer la señora y se rompa un hueso.

–Ni a ti te importa lo que yo busco ni a mí me importa romperme un hueso. Haz lo que te digo.

En el último estante de arriba, al fondo, bajo encajes antiguos y telas brocadas, estaba la caja rectangular, abombada por la tapa, forrada de seda roja. La cogió y abrazó con mimo. «Bájame.» Le ayudó Marcela, tomándola solícita y enteramente en brazos, a bajar de la silla.

–Ahora, vete. –Se iba ya Marcela–. Espera.

Fue al cajón de la mesilla y sacó un sobre. «Toma. Esto es tuyo.» Marcela abrió el sobre. Dentro había unos pendientes de oro con un pequeño topacio colgando. En una hojita de agenda, la letra temblona de doña Vittoria explicaba: «Estos pendientes del topacio son para Marcela.»

–Así ni don Pelayo ni nadie podrá decirte que los has robado. Y ahora, sí, vete. –Sin saber por qué, Marcela salió de la habitación llorando en silencio.

Doña Vittoria tomó una pequeña jofaina de porcelana con dibujos rameados y la llenó hasta la mitad de un líquido incoloro que guardaba en una botella bajo el lavabo. Abrió la caja y sepultó en el líquido la diadema. La mantuvo así durante varios minutos, el tiempo de ordenar la habitación escrupulosamente, los cachivaches del baño, las diversas cosas que tenía en la mesilla, el rosario de oro de la Primera Comunión, el pequeño joyero, la cajita de los pañuelos. Después, mientras la diadema tomaba su baño en la jofaina, salió del cuarto y se encaminó al comedor grande. Abrió la vitrina y cogió con mano temblorosa, mientras sentía aquel tic de la ceja que se presentaba en los momentos de las grandes emociones, el salero de porcelana de Capo di Monte, el *rubicundo Apolo*. Lo abrió y lo encontró vacío. Ella no sabía que Elettra había hallado y quemado las misteriosas esquelas. Miró al techo. Juntó las manos sobre el talle, y suspiró: «Gracias Dios mío. El mensaje ha sido recibido.» Tomó de nuevo el sol y lo dejó caer aposta contra el suelo. Nadie escuchó el ruido del *rubicundo Apolo* al hacerse añicos y Vittoria volvió tranquilamente a su dormitorio.

Con una piel de gamuza frotó los brillantes de la diadema, que quedaron refulgentes, esplendorosos como un manojo de estrellas. Depositó la joya en su caja, mantuvo el estuche sin cerrar y sacó otro papel escrito del cajón de su mesilla. «Para Totoya en el día de su boda.» Lo dejó todo en la mesita adosada a la pared, junto al balcón. Aún le esperaban nuevas tareas y operaciones. Sobre la misma consola depositó aquel sobre grande y lacrado, «Elettra. Para abrir después de mi muerte». Fue de nuevo al armario de luna y sacó una caja de plata. Comprobó que dentro de ella se encontraban la pitillera de oro y el reloj Patek Philips, estropeado por el agua, que llevaba Giacomo puesto el día de su muerte. Nunca había querido llevarlo a reparar y lo conservaba así, tal y como se lo arrancaron de la muñeca aquella noche. Sobre los dos objetos, otra esquela rezaba: «Para Giacomino con todo el amor de mi alma.»

Faltaba poco para las seis de la tarde, la hora en que debía llegar Totoya. Alcanzó el borde de la cama y se tumbó en ella boca arriba. Se puso una segunda almohada bajo la cabeza. Empinada así, desde allí podía ver, enmarcado por el balcón, un trocito de lago, azul y luminoso. Le pareció que estaba mirando un anticipo del paraíso.

Totoya estaba nerviosa. La abuela se comportaba esa tarde de una manera extraña. Había querido que Enrico la llevara hasta los sauces. ¿Qué sabría la abuela del secreto de los sauces? ¿Qué querría hacer en aquel lugar escondido, oculto a las miradas de todos, donde ella y Giacomino habían hecho las «guarrerías» y habían estrenado el amor entre muchachos, casi niños, aquellos contactos inconfesables? Después había permanecido largo rato mirando el lago desde el balcón y luego había entrado al cuarto y allí seguía. ¿Por qué ella tenía que ir a ver a la abuela a las seis, y no antes ni después? Y sobre todo, ¿le regalaría la abuela la diadema de brillantes, la joya más preciada de la familia, que fue de la madre del banquero?

Esperó a las seis en punto. Llamó suavemente con los dedos en la madera de la puerta. No escuchó respuesta. Puso la mano en el pomo y fue abriendo poco a poco. No estaba echada la llave ni el pestillo y la hoja de la puerta se abrió totalmente. Totoya se llevó la mano a la boca, pero no fue necesario ahogar el grito de horror. Ningún sonido salía de su garganta. Permaneció muda, incapaz de pronunciar palabras ni de llamar a nadie, quieta delante de la puerta, sin atreverse a entrar. Quizá estuvo así durante algunos minutos, quizá un largo rato, no sabría decirlo. En la cama estaba tendida la abuela y sobre la cubierta de encaje blanco se extendían grandes manchas de sangre. Tenía las manos abiertas y extendidas, con las palmas hacia arriba, como en una oblación pagana o satánica, con las venas abiertas que todavía sangraban en pequeños latidos. Se conoce que había manoteado antes de dejarlas descansar a lo largo del cuerpo porque todo el lecho, el suelo, las paredes y los muebles estaban salpicados de manchas rojas. De repente, a Totoya se le desagarrotaron los nervios, se le abrió la garganta y pudo lanzar un largo grito que se escuchó en toda la casa.

La primera en acudir fue Marcela. Rompió a sollozar sin consuelo y a pronunciar palabras inconexas, pero entretanto se afanaba inútilmente en vendar las muñecas de doña Vittoria. Rasgaba tiras de una sábana de hilo y taponaba aquellas heridas por las que aún goteaba un poco de sangre. Pero doña Vittoria estaba muerta. Acercó su oído al corazón, que ya no latía. Puso un espejo ante la boca y no se empañó. A pesar de que un fino hilo intermitente de sangre manaba de las heridas de las muñecas, en aquel cuerpo no quedaba ni un soplo de vida. Enseguida llegó Elettra. Empujó a Totoya fuera de la habitación y cerró por dentro para impedir la entrada a los demás.

—Vamos, Marcela. Hay que darse prisa.

Ayudada por la sirvienta, que se afanaba y lloraba al tiempo, arrastró las sábanas ensangrentadas y las sustituyó por otras limpias. La sirvienta, con toallas húmedas, intentaba fregar las manchas de las paredes, del suelo y de los muebles. Dejaron pasar sólo a los chicos y a don Pelayo. El espectáculo ya no era tan sobrecogedor. Y solamente entonces Elettra se arrodilló junto al lecho y liberó su congoja y su llanto con la cabeza hundida entre las sábanas, junto al cuerpo desangrado de su madre. Los chicos se abrazaron aterrorizados. Don Pelayo, al hacerse cargo de la situación, advirtió:

–Que nadie cambie nada. Habéis hecho muy mal en tocar las ropas de la cama y mover a la muerta. Hay que avisar al juez y al forense inmediatamente y que sean ellos los que levanten el cadáver.

–Pelayo, no digas tonterías. Esto no es un crimen ni una novela policíaca. Nadie va a avisar al juez ni al forense ni va a levantar el cadáver de donde yo quiera ponerlo. Vendrá el doctor Biaggi, certificará la defunción por muerte natural y mañana noche la enterraremos en el panteón de la familia. La gente que venga al duelo no la verá muerta. Ha de ver solamente una caja cerrada. Marcela, esto nos toca sólo a nosotras. Hay que lavarla y amortajarla de modo que no se le vea rastro de sangre. La trasladaremos de habitación y allí la encontrarán los empleados de la funeraria y el párroco. Este dormitorio quedará cerrado con llave, condenado hasta que yo ordene abrirlo. Las criadas, que no se muevan del piso de arriba, y avísales de que cualquiera de ellas que ande cotilleando por el pueblo, saldrá de esta casa inmediatamente y sin remisión. Habla con Enrico, cuéntale lo que ha sucedido, aunque ya lo sabrá, y que sea él quien avise al cura y a la funeraria. Ocúpate en eso también, Marcela.

Todo se hizo según las previsiones de Elettra. El párroco ofició una misa en la capilla privada de Villa Luce. Allí mismo se instaló el cadáver. A las gentes que llegaban a dar el pésame se las recibía en las estancias de la planta principal adyacentes a la capilla, en la sala grande, en el gabinete, en la biblioteca y en la salita pequeña de la mesa cuadrada, dispuesta frente a la ventana que daba al lago y donde comía la familia cuando no se reunían más de tres miembros.

Encontraron sobre la consola del dormitorio la diadema de brillantes de la bisabuela. Totoya lloró histéricamente sujetando la caja de seda granate contra el pecho, y Mino se escondía para sollozar, con sus regalos abrazados y estrujando aquella nota de la abuela: «Para Giacomino con todo el amor de mi alma.» Elettra se llevó a su cuarto el sobre lacrado con los documentos y lo guardó en un cajón con llave. Allí permaneció algún tiempo sin que nadie volviera a tocarlo. Un buen día, Elettra la griega, la criatura incestuosa, la «hija de Clitemnestra y hermana de Orestes», sacó aquel sobre, lo miró por un lado y por el otro, lo sopesó, lo besó con amor, lo mojó con sus lágrimas y sin abrirlo lo entregó al fuego. «Hay secretos que por más que se conozcan jamás deben ser revelados», podría haber dicho Giacomo en esta ocasión. Cuando fueron a lavar y amortajar el cadáver, hallaron junto al pecho fláccido un papel doblado. «Deseo y mando que mi cuerpo sea enterrado en la misma caja que los restos de mi hermano Giacomo. Saquen sus huesos del ataúd y pónganlos junto a los míos. Es mi última y única voluntad y nadie debe desobedecerla. Si mi hija no se atreve a hacerlo, estoy segura de que lo hará Enrico, a quien se le debe dar una cantidad que no sea menor a diez millones de liras. En todo lo demás, podéis hacer como queráis. Vittoria.» Elettra ordenó añadir a la inscripción de la tumba de Giacomo, sólo esta leyenda: «Y Vittoria. 1926-1992.»

Los señores Notti fueron a dar el pésame a la familia Duchessi, que en realidad era ya la familia Grande, aunque no la nombraban así en ningún lugar del pueblo. Para la gente de la zona, Villa Luce era de los Duchessi y don Pelayo era *lo spagnolo*[1], al fin y al cabo un advenedizo. Nadie hablaba del suicidio y nadie preguntaba

---

1. El español.

por el motivo de la muerte de doña Vittoria, que es conversación habitual en todos los duelos. El doctor Biaggi firmó una certificación del fallecimiento a causa de una hemorragia interna y externa y un paro cardíaco. El párroco ofició la misa *corpore insepulto* en la capilla, y allí instalaron el ataúd sobre el catafalco cubierto de paños negros bordeados de cenefas doradas y flanqueado por cirios altos y gruesos. El sacerdote pronunció una tópica pero elocuente oración fúnebre para ofrecer consuelo a los familiares de la fallecida, «que ya se encuentra en la vida donde no se muere», y muy especialmente dirigida a su hija Maria Elettra. La alabanza de doña Vittoria fue pronunciada en tonos elevados y poéticos, casi como un epicedio. El párroco hizo también el panegírico de don Salvatore, grande benefactor de la Santa Madre Iglesia y generoso mecenas de las artes y las buenas letras, y exaltó el ejemplo seguido «en gran medida» por su hija Vittoria, y esperemos que, «ahora que ella ha sido llamada a los brazos amorosos del Señor», sea continuado también por sus herederos. Habló de sor Lucía, y afirmó que «la piadosa sierva de Jesús, la milagrosa monja de los estigmas, era una antorcha divina que lucía (hizo hincapié en el "lucía") perennemente en el cielo para guiar a todos los miembros de la familia en medio de la oscuridad de la vida terrenal y para encontrar el camino verdadero que conduce a la luz sobrenatural y a la vida eterna, iluminada por la presencia radiante del Señor». Sobre la caja había aparecido un pequeño ramillete de diamelas blancas, recién cortadas, muy olorosas.

Cuando llegaron a la finca de Baveno, los señores Notti hablaron seriamente con su hijo Giorgio. Hablaba la madre y asentía el padre, y el abuelo, el viejo industrial lleno de astucia y experiencia, escuchaba atento y de vez en cuando subrayaba con un gesto o con una palabra el brevísimo y muy pronto interrumpido discurso materno.

–¿Qué vais a hacer ahora?

–No sé, mamá. De momento, hablaré con Totoya, a ver lo que piensa ella. Desde luego, habrá que suspender la fiesta y celebrar una boda en familia.

–Yo creo que esta boda tendremos que aplazarla... –empezó a razonar la señora Notti, pero el abuelo le hizo una seña que inequívocamente quería decir que dejara el asunto en aquel punto.

A los dos o tres días, reunida toda la familia alrededor de Giorgio, volvieron al argumento. Totoya le había explicado a su novio en secreto los particulares del suicidio de la abuela, y él, como es natural, lo había contado, también en secreto, a los padres.

–¿Qué habéis pensado Totoya y tú? –volvió a preguntar la madre, un poco nerviosa.

–Hemos decidido celebrar la boda el mismo día que está previsto, el 29 de septiembre. No habrá fiesta, no habrá banquete y no habrá música. Nos vestiremos de etiqueta para que Totoya pueda cumplir su gran ilusión de casarse con el traje blanco y puedan retratarla así. Quiere tener ese recuerdo para toda la vida y es natural. Pero sólo asistiremos la familia estricta, vosotros cuatro, el matrimonio Grande-Duchessi y Giacomino. «Don Pelayo» (Giorgio, a don Pelayo también le llamaba don Pelayo) será el padrino, mamá será lógicamente la madrina, el abuelo y papá serán mis testigos, y Giacomino firmará también el acta como testigo de Totoya junto al doctor Biaggi, que será el único invitado de fuera, además del párroco y del vicario del arzobispado que vendrá de Milán para casarnos. Todo lo tenemos pensado y decidido. Me parece que quieren decírselo también a don Calógero, que es el viejo administrador de la familia, pero creo que está casi impedido por el reúma y por la vejez y seguramente no podrá asistir.

–Vamos a razonar, *figliolo*. –Era el abuelo quien había tomado la palabra, y hablaba suavemente, suasoriamente, casi empalagosamente–. Lo más prudente sería aplazar la boda un año, o seis meses al menos, lo suficiente para olvidar el luto, y celebrar esas nupcias con la dignidad, incluso con el boato, que os merecéis Totoya y tú, y que es el propio de las dos familias que van a emparentar. –Tomó un respiro con una pausa que le sirvió para reflexionar sus nuevas palabras–. Ese período puede servirnos también de meditación. Estos Duchessi son gente de buena posición, saben hacer las cosas y Totoya es una muchacha hermosa y alegre, y es muy comprensible que te haya enamorado tan rápidamente y quieras casarte con ella cuanto antes. Pero ésta es una familia un poco extraña, y no deja de causarnos un cierto temor que vayas a entrar en ella, así, con tan escaso tiempo para conocerlos a fondo a todos, bueno, a los pocos que quedan, tratarlos más, comprobar el carácter de cada uno y no llevarnos sorpresas desagradables. –Hizo otro descanso y tomó nuevo resuello–. Son extraños, son extraños estos Duchessi. Aquella monja de los estigmas de la Pasión, eso de los estigmas es un síntoma de santidad, sin duda, pero no me negarás que asusta un poco. Muchas veces, esas llagas son producto de nervios incontrolados, embobamientos místicos enfermizos, una sugestión patológica, no sé, en definitiva, una histeria, una neurastenia, no sé, una locura. No lo digo yo, lo dicen los médicos, los médicos ilustres que no se dejan llevar de la superstición, pues también en la religión, entendida con exageración y milagrerías, hay mucho de superstición.

Hizo otra pausa, bebió un largo trago de agua tónica con ginebra, y prosiguió:

–Luego, aquel chico, Giacomo, que se suicida, bueno, o que se ahoga simplemente, pero sin explicación razonable, en el lago un día de bonanza, y en la misma tarde de la boda de la hermana. Cuentan que ella, la muerta de ahora, se pasó tres días y tres noches encerrada en su habitación, recién casada, sin querer saber nada del marido, sin comer, sin beber, sólo llorando. También es una... rareza, ya me dirás. El nacimiento prematuro de una niña, la que va a ser tu suegra, y la misteriosa huida del padre, de quien jamás se ha sabido nada...

–Sí se ha sabido. Ha muerto en Perugia y le deja a su hija una casa y algunos otros bienes...

–Bueno, da igual... de quien no se ha sabido nada hasta el momento de su muerte. Todo muy raro. Y ahora, esta señora, que se suicida sin motivo aparente alguno, precisamente en vísperas de que su nieta haga una buena boda, con un chico sano, guapo y de magnífico porvenir, con un Notti. No se entiende, *figliolo*, no se entiende. Yo de ti me tomaría un tiempo para pensármelo. Dios nos depara esta ocasión en la que a nadie le puede extrañar que se aplace este matrimonio. Y después, ya veremos. El tiempo todo lo aclara.

–Abuelo, papá y mamá, y tú también abuela, aunque has estado callada todo el tiempo: He de comunicaros que me voy a casar con Totoya Grande el 29 de septiembre próximo, con fiesta o sin fiesta, con boato, como dice el abuelo, o sin boato. ¿A mí qué me va con lo de la monja? En todos los conventos tienen una monja con llagas en las manos y en los pies para enseñarla al señor obispo. Se las hacen ellas mismas inconscientemente, en arrebatos místicos o en letargos ascéticos, o en cualquier otro ensimismamiento semejante. Y si los estigmas eran verdad, mejor. Así tendremos una santa en la familia, y eso no es ningún desdoro, creo yo. El chico, Giacomo, quizá había bebido un poco más de la cuenta en la fiesta de la boda de la hermana. Es natural. Eso es lo que dice Totoya. Se cayó de la barca vestido de chaqué y medio borracho, y entre el alcohol y el impedimento del traje, se ahogó. También es lógico que su hermana se impresionara y no quisiera pasar al mismo tiempo su noche de bodas y la noche del velatorio del hermano ahogado trágicamente. El marido de doña Vittoria era un *mascalzone*[1], que según me dijo Enrico el jardinero, sacó una fortuna a la familia y desapareció con alguna pelandusca a la que conocería de antes. Y esta pobre señora, la abuela de Totoya, estaba ya con demencia senil, confundía los nombres y a las personas, mezclaba los tiempos pasados con los presentes y estaba obsesionada con acudir al cementerio, entrar en el panteón de la familia y reunirse con sus seres queridos. Ella decía que ya no tenía nada que hacer en este mundo. Bueno, la verdad es que como era algo pintoresca, lo que decía era que ya no tenía «pito ni flauta que tocar en esta orquesta». Tam-

1. Bribón, sinvergüenza.

poco es demasiado extraño que a una señora mayor, prácticamente anciana, después de una vida de soledad y tristeza, le entre la demencia senil. Vamos a no ver fantasmas donde no los hay. Mi propósito firme es casarme y sé que vosotros lo comprenderéis y ayudaréis como si no hubiese pasado nada. –Se levantó y fue a darle un beso a la abuela–. La que mejor me entiende eres tú, ¿verdad, abuela?

–Hijo, yo no sé si te entiendo, pero quererte, te quiero más que a mi vida. Tu abuelo siempre tiene razón, pero a veces no comprende que cada uno tiene su vida propia y debe vivirla como él y no como los demás quieran. Cada uno tiene razones muy fuertes que los demás no entienden.

–Por mí, está bien todo, Giorgio. Cuenta con tu abuelo, como siempre has contado y como siempre contarás. Por otra parte, estoy deseando que estés en Bruselas y te hagas cargo de la oficina. Allí hace mucha falta el ojo del amo.

–Por mí, también. Y además, ya lo ha dicho el abuelo. Es tu vida y haz como gustes. –Y el padre le dio un abrazo ruidoso, con grandes golpes en la espalda.

La madre se secaba una invisible lágrima en cada ojo, y repetía tontamente «Hijo mío, hijo mío, hijo mío».

14. La vida

Las dos mujeres, la señora Notti y Totoya se fueron a Bruselas a terminar de poner la casa para los novios. Se albergaron en el hotel Amigo, a dos pasos del famoso Manneken Pis. Fue necesario que a la nuera y a la suegra las acompañara la abuela porque era la que disponía del dinero extraordinario para comprar muebles de anticuario o cuadros de firma. La vieja señora Notti estaba habituada a tratar con esa gente y sabía cómo encontrar las cosas buenas sin que la engañaran en el precio. La anciana millonaria regateaba con los anticuarios como si estuviese en un zoco árabe. Conocía y practicaba a la perfección la técnica de mercado del irse y no volver, hacer como que se desinteresaba, y dejar pasar los días hasta que el vendedor le mandaba un recado avisando de que se podía llegar a un acuerdo más conveniente para ella. Cerca de la alcoba para el matrimonio, arreglaron otra para Celina, que les acompañaría en su nueva vida. «Es mis pies y mis manos», explicaba Totoya. Y también se empeñó en amueblar ricamente otra, no lejos de la del matrimonio, para los padres de Totoya o de Giorgio, además de dos alcobas para invitados, y otra simple, de soltero, muy cuidada en los pormenores y en las comodidades. «Siempre puede presentarse alguien, yo qué sé, un amigo de Giorgio, mi hermano, quien sea.» Totoya se empeñó en comprar, y la abuela le dio ese gusto, un pequeño y extraño Magritte en el que aparecía un joven amadamado que de cintura para abajo era una mariposa.

Mientras las señoras estaban en Bruselas, «preparando el nido», como decía el coñón de Enrico, el viejo señor Notti y su hijo fueron a Villa Luce para concretar pormenores económicos con el matrimonio Grande-Martinelli. ¿Se celebraría el contrato matrimonial bajo el régimen de gananciales o de separación de bienes?, y cosas así. Iba con ellos Giorgio, pero el chico se quedó fuera de aquella ordinaria conversación de intereses y se fue con Giacomino a dar una vuelta por el parque.

–Muchachos, id a dar una vuelta por el parque, que estas conversaciones son muy aburridas –aconsejó el abuelo.

Los Notti habían venido en el Bentley y Giacomino lo repasaba de arriba abajo y quiso que el chófer levantara el capó para examinar el motor. Tuvo una idea de repente.

–¿Quieres que te revele un secreto? ¿Vamos a los sauces?

–¿Por qué es un secreto eso de los sauces?

–Porque es un lugar adonde sólo vamos Totoya y yo, y nos bañamos, y hablamos, y estamos allí sin que nadie lo sepa.

–Venga, vamos.

–Toma. Coge mi bicicleta y yo llevaré la de Totoya. Espera, te traeré un pantalón de baño y yo cogeré otro, y así podremos bañarnos. Después del paseo en bicicleta llegaremos sudorosos.

Efectivamente, llegaron sudorosos. Se desnudaron bajo los sauces para ponerse el pantalón de baño. A Giorgio le estaba visiblemente pequeño el taparrabos de Mino, y lo mostraba al chico, riendo. Durante un momento quedaron ambos totalmente desnudos antes de meterse el pantalón, y se miraron con curiosidad. Giacomino miraba con admiración a Giorgio, casi atlético, con los hombros anchos, el pecho alto, los brazos fuertes, los muslos firmes y «aquello» grande, que al muchacho le pareció más grande todavía. Se acordó de lo que le había dicho Paola. «La tienes un poco pequeña, pero preciosa.»

248

Se miró también su preciosidad mientras Giorgio le examinaba con gusto visible el cuerpo a la intemperie, entre los sauces, como un joven fauno en el jardín de las delicias. Giorgio sonreía con seducción, casi con coquetería, o al menos eso le parecía a Giacomino, que bajó los ojos y se metió dentro del pantalón, girando un poco el cuerpo para darle la espalda a Giorgio y hurtar púdicamente la vista de la «preciosidad». Nunca había sentido cuando se desnudaba delante de las chicas o los chicos ese pudor que sentía ahora.

Se bañaron y jugaron un rato en el agua. Hicieron competiciones de natación en estilos diversos, a braza, a mariposa, de espaldas. Siempre ganaba Giorgio y siempre se justificaba Mino. «Claro, eres mayor, y más fuerte.» Chapoteaban y se daban aguadillas, montándose el uno encima del otro. Se lanzaban golpes de agua al rostro, y buceaban para agarrarse por los pies y sacar al otro fuera de la superficie. Cuando se cansaron fueron a tenderse bajo los sauces, en un lugar con más sol que sombra. Se tendieron juntos, boca arriba. Giorgio se había despojado del pequeño pantalón de baño, que le apretaba por todas partes, y se cubría con una toalla. Giacomino conservó su pantalón. Estaban cerca, con los brazos extendidos y las palmas de las manos apoyadas sobre el césped. Cerraron los ojos y ambos se entregaron con delectación a la caricia filtrada del sol casi terrible del mediodía de agosto. Estaba previsto que todos los hombres de la familia Notti, abuelo, padre y nieto, se quedarían a almorzar en Villa Luce. Aún disponían de un buen rato antes de tener que regresar.

La mano derecha de Giorgio descansaba casi a la misma altura que la izquierda de Mino, a un palmo o treinta centímetros de distancia. Poco a poco, muy poco a poco, casi insensiblemente, aquella mano fuerte y morena de Giorgio, cubierta levemente por un vello suave y rubio, se iba acercando a la suya. Al principio, Mino creyó que aquél era un movimiento involuntario, pero pronto se dio cuenta de que consciente y voluntariamente la mano de Giorgio buscaba la suya. Sintió una emoción indecible que le cortaba la respiración y le dejaba sin fuerzas. Sacó valor para separar el dedo meñique de los otros, nada, apenas unos milímetros, y acercarlo un poco a aquella mano que se aproximaba. Daba a entender que también él buscaba el contacto. Se le habían erizado los pelos del antebrazo y se le había puesto la carne de gallina, tal vez por el temor, tal vez por el deseo, tal vez por ambas cosas al tiempo.

Por fin, los dos meñiques se encontraron y Giorgio pasó el suyo por encima del de Mino. El muchacho no se movió. Detuvo la respiración y esperó ansiosamente un nuevo avance. Lentamente, como un gusano que se arrastra, el dedo de Giorgio comenzó a acariciarle el suyo, y lentamente, siempre lentamente, la mano entera cubrió por completo la del muchacho y la apretó con suavidad pero con firmeza. Aquel apretón suyo quería significar claramente insinuación, propuesta, declaración, cariño, amor en definitiva. Giacomino se sintió feliz, inmensamente feliz con aquella mano fuerte rodeando y apretando la suya. Experimentó una sensación de seguridad y protección que jamás había sentido, ni siquiera con Totoya. Volvió el rostro y miró a Giorgio con una gratitud infinita. Era una mirada que comunicaba adoración, idolatría, sumisión, ofrecimiento de entrega total y voluntaria.

Giorgio se había percatado perfectamente de la emoción del muchacho. Dio un último apretón fuerte a la mano de Mino y se alzó de un salto. De momento, no se debía llegar a más. Resbaló la toalla y dejó ver un comienzo de erección incompleta, tan incompleta pero tan notoria como la que Mino experimentaba disimulada bajo el pantalón. Sonrió Giorgio de nuevo, y aquella sonrisa tal vez significaba una pícara petición de disculpa por la exhibición, o al revés, de complicidad en la excitación mutua, y se vistió rápidamente. Mino hizo lo mismo, vuelto de espaldas para no mostrar su estado, un poco avergonzado. Subieron en las bicicletas los dos jóvenes y modernos centauros, y volvieron a casa donde encontraron a los mayores que ya habían terminado las aborrecibles y tediosas conversaciones de intereses y dineros.

Totoya regresó de Bruselas exaltada de contento. «Voy a tener una casa preciosa, mamá. No habría podido soñarla más bonita. Ya la verás.» «Me alegro mucho, hija. Tu padre y yo nos quedaremos tristes sin ti, pero ya que te vas fuera de Italia y lejos de nosotros, lo que queremos es que vivas contenta allí y que seas feliz en tu nueva vida.»

En realidad no se iba lejos. Viviría a menos de dos horas de Milán en avión. Poco más o menos, igual que cuando iban desde Milán al lago Maggiore en automóvil. «Dice Giorgio que ahora, las distancias no se miden en kilómetros; se miden en liras, mamá. O mejor, en dólares. Vendremos a estar con vosotros muchos fines de semana, y vosotros podéis ir cuando queráis. Os he preparado una alcoba grande y luminosa, que servirá también para los padres de Giorgio cuando no coincidáis allí, y que quedará muy bonita.» Pasaba largos ratos con su madre hablando de lo mismo y explicándole cómo iba a ser la casa, y todos los muebles que habían comprado, y las alfombras, y las cortinas, y los cuadros. Durante estas largas conversaciones, el padre desaparecía y se sentaba ante la mesa del ajedrez con sus libros de aperturas y sus revistas de problemas, o repasaba las cuentas de los negocios. Don Calógero ya no ponía la misma atención y diligencia que antes en el despacho de los asuntos, y él tenía que estar más encima, o miraba las estrellas por la noche, y buscaba ovnis, y de vez en cuando todavía encontraba y aterrizaba en el planeta caliente y hospitalario del culo glorioso, sideral, galáctico, de Giustina.

Totoya había vuelto de Bruselas más cariñosona y pegajosa con Giorgio de lo habitual. Era ella la que se le colgaba mimosamente del brazo, la que acercaba al suyo su rostro como pidiendo miradas y besos, la que le acariciaba la cara y las manos, y le tocaba con la lengua el cuello y la oreja. Salían casi todos los días. Giorgio la llevaba a los restaurantes elegantes de la zona, a cenar con música en la terraza del hotel Milano, en Il Sole en la otra ribera del lago, o en el hotel San Rocco de Orta, o en el Piamontese de Stresa. Iban en barca o en coche, y en todas las excursiones se llevaban a Mino. La propuesta de que Mino les acompañara siempre partía de Giorgio, y Totoya aplaudía con entusiasmo. «Además, así conduce él y nosotros nos quedamos libres.» Giacomino pilotaba la motora o conducía el descapotable, sentados los tres en el asiento delantero. Cuando iban en el Volvo de Totoya, los novios se sentaban detrás y dejaban a Mino delante, solo, de chófer. Miraba él por el espejo retrovisor.

—Ya os estáis dando el lote, cabrones.

—Tú conduce y calla, envidioso —le decía la hermana—. Si quieres, un día nos traemos a Paola y que te trajine —proponía con malignidad.

—¿Quién es Paola? —quería saber Giorgio.

—Una puta, hijaputa, hija de la gran puta —respondía Mino. La verdad es que Paola había contado a todos los chicos de la pandilla, ellas y ellos, el episodio del gatillazo.

—Pero, ¿qué pasa con Paola? No seáis misteriosos.

—Nada, que lo hace todo muy bien, pero todo, todo. Se sabe de corrido el *Kamasutra*, pero a Mino no lo comprende. Además, la muy putita le dijo que la tiene pequeña, pero preciosa.

—Yo no creo que la tenga pequeña —dijo Giorgio.

—¿Y tú qué sabes?

—Anda, porque se la he visto. Nos bañamos juntos el otro día.

—¿En los sauces? ¿Aprovechándoos de que yo no estaba? Sois unos subnormales y unos maricas.

—Pero ¿se puede saber qué le pasó a Mino con Paola?

—Dilo de una vez, bocona, acusona, delatora. Que pegué un gatillazo con ella, Giorgio. Ya lo sabes.

Giorgio se moría de la risa.

Aquella misma noche de esta conversación, Totoya se acostó excitada. Al despedir a Giorgio, se notó mojada y ansiosa. Fue a la cama muy pronto e intentó tocarse, pero aquello no le satisfacía como antes y lo dejó enseguida. Sentía unos deseos cada vez más urgentes de acostarse con Giorgio, de sentirlo plenamente dentro de ella. Lo amaba con toda su alma y sobre todo con todo su ser. Lo deseaba casi frenéticamente, qué casi, nada de casi, frenéticamente. Dio muchas vueltas en la cama y por fin se durmió. A los veinte años, uno termina por dormirse.

Sobre el lago había caído una nube blanca y espesa, un enorme colchón de niebla. No se veía la otra orilla, ni los montes cercanos, ni siquiera los barquitos anclados a pocos metros. Totoya estaba sentada en la playita del embarcadero. Tenía el rostro más joven y alegre que nunca y llevaba un vestido blanco con falda de pliegues que se alzaba un poco coquetamente al soplo del vientecillo hasta subir por los muslos en una caricia traviesa y atrevida. Miraba aquella niebla desconocida para ella, insólita en el lago. Enrico le había dicho que una niebla tan alta y espesa, una cosa así, jamás la había visto él en el lago Maggiore a sus casi noventa años. La niebla invadía también la orilla y la envolvía a ella, y la hacía sentirse sumergida en una nube ingrávida y viajera.

De repente, vio una lucecita que se acercaba al lugar donde ella estaba, algo así como la luz tenue de una linterna de barca de remos que se balanceaba en medio de la niebla. Miró con curiosidad creciente. No se explicaba el por qué, pero estaba impaciente y anhelante. La lucecita se hacía más grande. Ahora se distinguía mejor, y detrás de ella avanzaba una sombra alargada en forma de barca. La proa de la barca rompía la niebla, pero había que hacer un esfuerzo con la mirada para precisar los contornos de aquello que se aproximaba, que estaba aproximándose a ella. Le dolían los ojos de hacer aquel esfuerzo casi inútil. Sí, parecía una barca de remos. Era sin duda una barca de remos. Y en ella, en pie, arrogante, alto, magnífico, venía una imagen de hombre. Era una figura esbelta y gallarda. Se acercaba y a cada instante se veía con mayor claridad. Era curioso. La barca avanzaba sin que nadie moviese los remos. El hombre venía vestido con un uniforme de marino.

Al menos, lo primero que se le veía era la gorra de plato. Más tarde, se le distinguió dentro de un pantalón blanco y de una americana cruzada azul marino con botones dorados. A pesar de la niebla, estaba claro que llevaba botones dorados. Tenía planta de príncipe. A lo mejor, era un príncipe, un príncipe de cuento de hadas.

Se levantó velozmente del asiento y dio un salto de alegría, y después otro, y otro, y otro. El hombre arrogante, el príncipe de cuento que venía en la barca era precisamente Giorgio, un Giorgio seductor, fascinante, bello como un sol, como un héroe, como un dios. Corrió desalada hacia la orilla. Se moría de ganas de abrazarlo y besarlo. Todavía tardó él en llegar al embarcadero y poner el pie en tierra. Ella lo esperaba mientras daba saltos de impaciencia. Cuando lo tuvo frente a ella, saltó a sus brazos sin poder contenerse, se aupó sobre sus hombros altos y fuertes y acercó su rostro al rostro de él, anhelante, hambrienta de amor y casi furiosa de lujuria. Abrió los labios y los juntó a los suyos, y los chupaba, los absorbía, los restregaba, los mordía, y él devolvía aquellas caricias de pasión desatada. Acercó su vientre al de él para juntarse a su cuerpo y notarlo apretado a ella.

Separó un poco el rostro y lo alzó hacia la cara de él. Le miró las facciones medio borradas por la niebla. Dios mío, no era Giorgio. Aquel rostro que ella besaba con pasión no era el rostro de Giorgio, ni la boca de Giorgio, ni los ojos de Giorgio, ni los labios, ni la lengua de Giorgio. Se encontraba palpitando de deseo y de emoción, feliz y deshecha, ardiendo todo su cuerpo desde el horno del vientre, entre los brazos de su hermano Giacomino. Giorgio se había transformado de repente en Giacomino, y ella estaba allí, en los brazos de su hermano, amándole como nunca, poseyéndole, dejándose clavar por él su vientre incendiado, a sabiendas de que él jamás podría ser de otra mujer, ni de la calientapollas de Stella o de Olga, ni de la puta de Paola ni de ninguna otra.

Se despertó mojada de sudor y de deseo. Tenía empapadas las bragas, el camisón y el lugar donde había reposado su cuerpo sobre las sábanas. Se llevó las manos a la cara. Se tiró de la cama en una decisión repentina y fue, corriendo, al cuarto de Giacomino. Su hermano dormía tranquilamente, casi en el borde del lecho, boca arriba, con un brazo extendido y metido por debajo de la almohada, la mejilla rosada como la de un niño y la boca entreabierta, dejando ver el interior de los labios carnosos e incitantes. «Defensor mío, caballero mío, hermano mío, amor mío», musitó en su oído. Y empezó a darle besos por todo el rostro. Bajó el embozo de las sábanas hasta dejarle al descubierto todo el cuerpo, sólo velado por el pijama. Le desabrochó la chaqueta y empezó a besarle el pecho, el vientre, se detuvo en el ombligo con la lengua, le desató el pantalón...

Unas manos cariñosas pero firmes la sujetaron por los hombros y tiraron de ella hacia fuera y hacia arriba. Era Celina. Giacomino, medio dormido, no se explicaba lo que estaba pasando. Celina le cerró el pijama y volvió a taparlo con las sábanas. Dulcemente, empujó a Totoya hacia la puerta.

–Ese celo que tienes con tu hermano te va a hacer desgraciada. Olvida eso, reina mía. Ése es un cariño malo. Los hermanos son hermanos y sólo hermanos. Hay cariños malos, ya lo sé. Algunas noches también yo soñé con mi padre, que era un hombre de una vez, y yo lo había visto desnudo una noche, y era un hombretón como un castillo. De buena gana me habría metido en su cama, pero nunca lo hice ni se lo dije siquiera. Este cariño sólo puede traerte vergüenza, lágrimas y a la larga, soledad. Te va a traer la misma soledad que a tu abuela. Vamos a la cama, estás ardiendo de fiebre. Ese cariño maldito te va a enfermar y va a acabar contigo. Mátalo, mátalo, hazme caso, mátalo, niña, estrella mía, mátalo antes de que te mate él a ti.

Celina abrió el armario y sacó de él unas bragas limpias y un camisón planchado. Le ayudó a ponérselo todo. Cambió las sábanas mojadas por otras secas y la empinó a la cama hasta que quedó metida entre ellas.

–Pues ráscame la espalda.

–Bueno, te rascaré la espalda, mimosa. Estás a punto de casarte y eres todavía una niña caprichosa y mimada.

Medio tendida en la cama junto a Totoya, le acariciaba la espalda con la yema de los dedos por encima del camisón.

–Por debajo.

–Por debajo, no. Eso ya es vicio.

–He dicho «por debajo».

–Bueno, por debajo.

Se durmió enseguida. En cuanto cerró los ojos, Celina le dio un beso en la frente y volvió a su cuarto. «Dios mío, qué raros son los señoritos.» Ella no tenía problemas. Se pegaba un refregón, daba un berrido y a dormir como una marmota, a pierna suelta.

El lago se hizo de plata, los días se hicieron más cortos y el tiempo se hizo más acelerado. Marcela se multiplicaba, Totoya estaba más nerviosa y Giacomino amanecía más triste cada mañana, más desentendido del próximo fasto familiar. Don Pelayo no abandonaba por nada del mundo su paciente contemplación de las estrellas ni su parsimonia ante el ajedrez, y no iba a abandonarlas ahora porque su hija se casara. Totoya tenía veinte años y se casaba. Lo natural. Elettra continuaba sus partidas de bridge, y charlaba con las amigas algo más de lo habitual a cuenta de la casa que iba a habitar Totoya en Bruselas y la mala fortuna que había tenido la chica con el luto de la abuela. De otro modo, la boda habría resultado muy brillante y en Villa Luce se habrían reunido invitados muy principales. Y Enrico, cuando no se ajetreaba por el parque, seguía sentado a la puerta de servicio, como un profeta fatigado que conociera de antemano todo lo que iba a suceder en el tiempo inmediato. Para Enrico, el tiempo no contaba, y el pretérito y el futuro se enlazaban y unían con el presente, y el uno explicaba y anticipaba el otro, que es una cosa parecida a la que debe de pasarle a Dios.

A Enrico, con sus ochenta y ocho años todavía ágiles y

despiertos, le habían puesto un ayudante, un chico joven que aprendía el nombre, las costumbres y el cuidado de las plantas y los arbustos. Enrico le enseñaba todo aquello que sabía, primero un poco a regañadientes, se conoce que se resistía a revelar los secretos sagrados de los cultivos, la biografía de aquellos seres delicados que son las flores y que él cuidaba como si fueran hijos suyos, y la liturgia rigurosa con que había que acercarse a ellos y tratarlos, pero después le tomó afecto al muchacho, le emocionaba que le escuchara con atención religiosa y que le hiciera repetir las explicaciones hasta grabarlas fijamente en su memoria. Enrico experimentaba por primera vez en su vida el placer socrático de la cátedra.

El discípulo se llamaba Girólamo, pero no se sabe por qué, Enrico le llamaba Fiorenzo, y al poco tiempo todos los de la casa le llamaban así. Fiorenzo tenía dieciocho años musculosos y desarrollados, era todavía ingenuo y un tanto simplón, y las criadas le buscaban para embromarlo, y disfrutaban abriéndole los ojos a otros secretos menos florales que los que le enseñaba Enrico, e incitándole a juegos y escarceos. «Fiorenzo, ¿cuál de nosotras te gusta más?» Encargaban a Cecilia, la bizca y patizamba, que hiciera estas preguntas, y las demás reían. «No lo sé. Me gustan todas.» Insistían ellas. «Pero de la gallina, ¿qué te gusta más, el muslo o la pechuga?» Y Fiorenzo, ingenuamente, respondía que de la gallina, lo que más le gustaba a él era el hígado. Entonces Giustina se escandalizaba de que lo que más le gustara no fuese la curcusilla. «Fiorenzo, ¿a que no sabes qué es lo que tengo yo más caliente? ¿Dónde me pondrías tú el termómetro?» A Fiorenzo le habían contado las criadas la fama de vidente que tenía Enrico, sus dotes para el presagio y la predicción, el conocimiento anticipado del futuro y el cuento aquel de la gaviota. Y una noche, Fiorenzo vio en efecto llegar una gaviota hasta la habitación del viejo jardinero y penetrar en ella con un pez preso en el pico, y lo contaba muy convencido a las criadas. Ellas abrían mucho los ojos y la boca. «Me ha contado Enrico que la gaviota es una novia que él tuvo de muchacho y que murió muy joven sin que él hubiera llegado a besarla, y que algunas noches viene a traerle la cena y a dormir en su cama.»

Se precipitaban los días hacia el 29 de septiembre. La señora Notti había ido a París, viaje de ida y vuelta en el mismo día, para probarse su traje de ceremonia, y don Pelayo hizo lo mismo para ir al sastre de Milán. Estaba decidido que no hubiese invitados, pero deberían cenar en Villa Luce los dos matrimonios Notti, el matrimonio Grande-Martinelli, o sea, los Duchessi, los novios, Giacomino, el doctor Biaggi, el párroco don Luca, el vicario del arzobispado y don Calógero, que anunció su presencia a despecho del reúma y la vejez. Iban a ser trece a la mesa. El número de la Última Cena de Jesús. En Italia, el número 13 no trae mala fortuna. El número *sciagurato* es el 17, pero el español don Pelayo se opuso terminantemente a celebrar una cena, y más una cena de bodas, con trece a la mesa.

–Tenemos que buscar al invitado número 14 o estrangular a uno de los dos curas. Es indispensable. Yo no presido una mesa de trece personas. Ya han caído bastantes desgracias sobre esta casa para que desafiemos al Destino con esta provocación.

Elettra dio la solución al contratiempo.

–Podemos invitar a Lella. Vive sola y muy cerca. Al fin y al cabo fue amiga de mi madre desde que eran muchachas, y aunque luego no se veían demasiado, mi madre siempre le tuvo un cierto afecto, si bien es verdad que últimamente mi madre no tenía trato con nadie. Ni con Lella ni con nadie. Tiene fama de casquivana y a don Luca no le va a hacer mucha gracia verla, porque le puso los cuernos al marido con medio Piamonte y parte de la Lombardía, y estuvo mucho tiempo sin recibir los sacramentos ni ir a misa, pero ahora sí va a la iglesia y ya, a la vejez, se ha retirado de sus veleidades de juventud. Seguramente no tendrá un traje adecuado porque la pobre no anda en buena situación económica, pero yo me ocuparé en eso. Lo único que tenemos que hacer es llevar cuidado para no ponerla al lado del vicario ni de don Luca. Pueden interpretarlo como un descuido o algo peor, como una provocación. La sentaremos entre Giacomino y el padre de Giorgio.

Elettra no sabía que Lella era incorregible. Sus sesenta y seis años no habían apagado el fuego siempre encendido de su inquietud sexual. De aquel fuego aún quedaba un rescoldo o una costumbre. O un tic. En aquella familia, Lella siempre había encontrado alguna satisfacción. Había gozado dos noches con Vittoria, se había restregado todo cuanto pudo con Giacomo, se había beneficiado al *bell'uomo* sólo una tarde pero hasta la extenuación, y le había quedado de aquel encuentro una gratitud eterna, más allá de la muerte, y ahora tenía a su alcance a este último pimpollo de los Duchessi. Se pasó la noche dejando descansar su mano por debajo del mantel sobre el muslo de Giacomino, que tenía que apartarla con la suya del lugar pudendo, que ella buscaba con ávida terquedad. Al padre de Giorgio le permitió comer tranquilo y sin sobresaltos, pero luego, al pasar al salón para tomar el café y los licores, se sentó con desenvoltura, se alzó la falda del traje largo hasta más arriba de la rodilla y a punto estuvo de enseñarle las bragas, de color malva y transparentes, al ilustrísimo señor vicario del arzobispado de Milán, sede de san Ambrosio, eminencia del cristianismo y defensor del predominio del poder eclesiástico sobre el imperial.

No sonó la famosa *Marcha nupcial*, los novios entraron en la capilla despaciosa y solemnemente pero sin música, en silencio, y la ceremonia resultó por fuerza desangelada y sosa. Sin embargo, la novia iba hermosa, feliz y radiante, coronada con la diadema esplendorosa de la bisabuela de doña Vittoria. Había dudado mucho, y en un cierto momento de aquella misma tarde renunció a ponérsela, «en homenaje a la abuela», pero después pensó que el mejor homenaje que podía hacerle a doña Vittoria era usar aquella joya que había llegado a sus manos de manera tan dramática pero tan emocionante. Y Giorgio, alto y estirado en su traje de etiqueta, guapo y sonriendo alegremente a todos, era el novio soñado de cualquier princesa de veinte años. Don Pelayo había adquirido una solemnidad ibérica y racial, de caballero español y cristiano, y seguía escrupulosamente la ceremonia de la misa respondiendo con voz llena las palabras rituales que pronunciaba el vicario, daba ejemplo alzándose o arrodillándose el primero, antes que nadie, según el oficiante avanzaba en la liturgia sagrada y se golpeaba ruidosa y casi atléticamente el pecho en el *mea culpa* ante la admiración indisimulada de Su Ilustrísima. Naturalmente, Su Ilustrísima no poseía elementos de juicio para relacionar la contundencia de los golpes de pecho con la tentación planetaria del culo de Giustina.

Todos, menos los novios, estaban serios. Elettra había vertido unas discretas lágrimas, enjugadas enseguida con un pañuelito de encaje. La señora Notti, para no ser menos, en cuanto Elettra se llevaba el pañuelito a la nariz, suspiraba y se acercaba otro a la suya. La abuela de Giorgio, no. Nada de lagrimitas ni de pañuelito de encaje. La abuela de Giorgio lloraba a moco tendido y usaba un amplio pañuelo de batista, ya completamente empapado. El señor Notti había puesto cara de circunstancias, ya se sabe que al padre del novio siempre se le pone cara de circunstancias, y el abuelo de Giorgio disimulaba muy mal su impaciencia. Seguramente, estaba deseando que aquello acabara, que se cumpliera el trámite del viaje de novios, que los chicos hicieran cuanto antes lo que tuvieran que hacer y que la oficina de los incomparables electrodomésticos Notti en Bruselas se dedicara a expandir sus productos en nutridas expediciones por toda la comunidad europea, abierta además a los países del Este, recién redimidos del comunismo para ser incorporados al sistema capitalista del libre mercado. «Giorgio Notti, ¿quieres por esposa a Vittoria Grande…?» El abuelo Notti dio un respingo y alzó la cabeza como si le hubiesen despertado súbitamente de un sueño.

Al fondo de la capilla, se agrupaban las chicas de servicio

con Marcela al frente. Marcela iba vestida con un traje negro y encajes por el cuello y en las bocamangas. Las chicas iban ya metidas dentro de sus uniformes de satén negro, delantal de lo mismo, guantes blancos y cofia, preparadas para empezar a servir los aperitivos apenas terminara la ceremonia religiosa. Celina era la única sirvienta que iba vestida con traje de calle por deseo expreso de Totoya, y lloraba discretamente, con emoción sincera. «Natural», diría Enrico. Por cierto, Enrico vestía un traje azul marino y se había abrochado hasta el último botón del cuello de una camisa blanca, recién planchada, y se le notaba a la legua la incomodidad y el agobio que sentía en esas estrecheras. Y a Fiorenzo le habían dado un traje oscuro de Giacomino, ya desechado, pero casi nuevo, y una camisa y una corbata también del señorito. La capilla estaba presidida por aquel cuadro de la *Madonna* atribuido a Andrea del Sarto que el banquero había comprado cuando unas monjas de Calabria tuvieron que cerrar su convento por falta de vocaciones e hicieron almoneda de los enseres del monasterio. La *Madonna* mantenía sentado sobre sus rodillas un *Gesú Bambino* de pelo negro y ojos profundos, un poco asombrados, y doña Vittoria había dicho un día que aquel Niño Jesús era propiamente el retrato fiel y exacto de su nieto Giacomino.

Giacomino se había quedado pálido, casi lívido, y se le habían pintado unas ojeras de color malva bajo los ojos grandes y oscuros. Durante la cena permaneció callado. Le fastidiaba aquella mano de Lella sobre su muslo, y en más de una ocasión estuvo a punto de darle un manotazo o de decirle en voz fuerte para que se enterara toda la mesa: «Estése quieta señora. No tengo ningún interés en que me toque usted los huevos.» No hizo ni una cosa ni otra, claro. En cuanto el señor vicario, a una seña interrogativa de Elettra, se levantó de la mesa, Mino huyó de la cercanía de Lella, y cuando ella tomó asiento en el salón, él se acomodó lo más lejos posible.

Permaneció así, callado y hundido en un sillón situado cerca de la puerta, desentendido de las conversaciones que se cruzaban en la reunión. Las señoras charloteaban por su lado, los caballeros comentaban asuntos de economía o de política, el vicario y el párroco introducían condenaciones y anatemas contra las costumbres licenciosas de los tiempos actuales, o sobre la salud del Papa o el desastre que para Italia y el mundo cristiano podría traer el descenso pavoroso de la natalidad en países de gran tradición católica como la misma Italia, España y Francia. «Mi querido don Luca –opinaba el señor vicario–, estamos asistiendo a la invasión de los gentiles. A los cristianos nos están poniendo cada vez más difícil el mandato divino de henchir la faz de la Tierra. ¿Cómo lo haremos, si nuestras mujeres no traen cristianos al mundo?» «Bueno, las nuestras, desde luego, no, señor vicario», matizaba sonriendo don Luca, y Su Ilustrísima movía las manos para alejar esa interpretación y ponía los ojos en blanco. «Claro, claro.» Los novios, con las manos enlazadas, atendían sin atender, se miraban a los ojos y de vez en cuando se decían palabras en voz baja o ahogaban una leve risa llevándose la mano hasta los labios. Se les notaba la impaciencia y el fastidio por tener que aguantar aquella reunión que para ellos no tenía interés ni sentido.

Giacomino les dirigía miradas que unas veces podían ser de súplica y otras de desesperación. Nadie reparaba en ello, pero un observador atento habría descubierto en la mirada del muchacho una extraña angustia y un dolido reproche. Su hermana se iba de su lado, lo abandonaba en la aburrida soledad de Villa Luce o en la casa desierta de Milán. Ya no le diría más en el oído aquellas dulces palabras, «defensor mío, caballero mío, amor mío», ni le besaría los labios para sorber la sangre de aquella herida que le hizo el hijoputa de Giacinto, ni le acariciaría la «pistolilla» que era de ella y de nadie más. Y encima le hacía la cabronada de llevarse a Giorgio, al que admiraba como a un atleta o un héroe, que había dejado reposar aquella tarde la mano de amigo sobre la suya temblorosa, y al que quería casi tanto como a ella. ¿Acaso no sabían que él, lejos de tener celos de Giorgio, se complacía en verles a los dos felices y amándose? ¿Eran tan torpes o tan descuidados y despegados de él y de su cariño que no se habían percatado de que él ya no

262

podría vivir con alegría separado de ellos? Los contemplaba así, juntos, con las manos enlazadas, mirándose enamorados, diciéndose al oído secretos que él ya no conocería nunca, y le acongojaba el deseo urgente de ir a su lado, meterse entre los dos, abrazarles, dejarse abrazar por ellos, y amarlos, amarlos por igual.

Estaba a punto de llorar en silencio, no, peor aún, de sollozar escandalosamente y sembrar la estupefacción en aquella reunión convencional y estúpida donde nadie se daba cuenta de lo verdaderamente importante que estaba sucediendo en el salón. Se levantó y sin decir nada se deslizó hasta la puerta. Nadie se percató de su marcha ni le dio importancia. Era una hora discreta para levantar la reunión, y a los novios les aconsejaron que se fueran ya a su alcoba, a «descansar», decían, entre miradas pícaras de entendimiento, porque al día siguiente tendrían que ir en coche a Milán y tomar el avión para las Baleares. Todos insistieron en que ellos estaban disculpados de permanecer más tiempo en la reunión haciendo los honores, aunque nadie aludía a la verdadera razón de la disculpa. Alguien tendría que haberles dicho: «Hala, chicos, a la cama y a hacer todos los sacrificios que os permita el cuerpo a ese dios niño llamado Eros, o sea, a follar a mansalva, hijos míos.»

Los novios fueron despidiéndose, uno a uno, de todos los presentes. De pronto, Giorgio preguntó con toda naturalidad que dónde estaba Mino para despedirse también de él. No encontró respuesta. «¿Dónde se ha metido Giacomino?» A Giacomino no se le había visto en la reunión desde hacía un buen rato. Elettra lo buscó en la terraza, en el cuarto de baño, en la salita pequeña, incluso en la biblioteca. Pasaron unos minutos en los que todos estaban pendientes de la reaparición de Mino, pero Mino no reaparecía.

Sin un motivo serio se había producido en la reunión un hálito de angustia. Las miradas se hicieron preocupadas, las voces inquietas y las idas y venidas tenían un algo de nervioso presagio. Fue un grito que le salió del misterioso instinto que a veces domina la voluntad de los hombres, y quizá mucho más, de las mujeres. Era una voz que emergía desde un esotérico atavismo que todos los presentes desconocían y que sólo Enrico podría haber explicado porque sólo Enrico había sido testigo de otro alarido igual, exhalado allí mismo, en aquel lugar, hacía cuarenta y cinco años.

–¡El embarcadero! ¡Vamos al embarcadero!

Era la voz aterrada e histérica de Totoya. Don Pelayo, Giorgio y el señor Notti echaron a correr hacia el embarcadero sin saber bien por qué, urgidos por aquel grito sin sentido de Totoya. El primero en llegar fue Giorgio. En el embarcadero todo era normal. Se balanceaba el balandro. Reposaba la motora de Mino, y las barcas de remo dormían varadas en la orilla. Volvieron a la casa. «Nada. Todo está normal.» Registraron el garaje y allí estaban los coches, la moto y las bicicletas. Nadie se explicaba el grito histérico de Totoya, que ahora se mordía los labios con los dos puños apretados contra la boca.

Se movilizaron Marcela y las criadas. Fue Enrico quien llevó a todos la tranquilidad.

–¿Están buscando al señorito Giacomino? Hace un rato que subió a su cuarto. Me dijo que estaba cansado y que no se despedía para no molestar. –Hoy nadie se preocupará de mí», le había dicho, pero eso, Enrico no lo contó.

Despidieron a los novios con reiteradas felicitaciones y buenos augurios, y los demás prolongaron un rato la conversación y encarecieron la belleza de la novia, la elegancia del vestido, la gallardía y esbeltez del novio, la seguridad de que harían un matrimonio de larga felicidad, la exquisitez de la cena, la riqueza de los servicios de mesa, y por supuesto la elocuente e inspirada exhortación del señor vicario. Cuando todos se hubieron ido, Elettra se acercó a su marido y le echó los brazos al cuello.

–¿Ha estado bien todo? ¡Qué pena que no lo haya podido ver mamá!

–Magnífico. Lo has hecho todo con perfección insuperable. No ha fallado ni un solo detalle.

–¿Te acuerdas, Pelayo?

264

–Que si me acuerdo, ¿de qué?

–Tonto, de nuestra noche. Me decías: «Anda, no te duermas todavía, que voy a conquistar otra vez Covadonga.» ¿Cuántas veces conquistaste aquella noche Covadonga? A lo mejor, quieres conquistarla también esta noche. Porque desde luego hoy no hay estrellas. Hoy, las estrellas te las hago ver yo a ti.

Giacomino llegó a su cuarto con el rostro ya cubierto de lágrimas y ahogando los hipos y los gemidos. Se descalzó y se quitó los calcetines altos de seda, que le picaban en las piernas y se le ceñían demasiado por debajo de las rodillas. Se despojó de la casaca del chaqué, se aflojó la corbata y el cuello de la camisa y se echó sobre la cama, vestido todavía, llorando amargamente. Percibió con precisión el grito de su hermana y el trajín que se organizó en su propia búsqueda, pero no quiso hacer nada por evitarlo. Que le buscaran. Que se dieran cuenta de que él no entraba en aquella celebración que marcaba la hora de su soledad y de su desgracia, de su amor abandonado y olvidado. Creyó oír los pasos de los novios en el pasillo y el rumor ahogado de la puerta al cerrarse tras ellos, y el gorgoteo lejano de una cisterna al descargarse. Escuchó los motores de los automóviles al ponerse en marcha y el rumor de las ruedas al deslizarse por la explanada camino de la puerta de Villa Luce. Y escuchaba el estallido de sus propios sollozos, que arreciaba al imaginar lo que estaría sucediendo detrás de la puerta que habían cerrado suavemente Totoya y Giorgio. Oyó subir por último a sus padres, y la casa quedó en silencio. Todos en ese momento serían felices. Todos menos él, que lloraba sin consuelo, vestido de etiqueta, como un novio viudo al que se le hubiera muerto la novia antes de besarla. Como aquella novia que decían se le murió a Enrico.

Giorgio llevaba abrazada a Totoya. Quiso tomarla en brazos y entrarla así en la alcoba. «Sí, sí, como en las películas», le pedía Totoya casi palmoteando como una chiquilla.

–Anda, entra tú al baño, y después me dejas a mí.

Entró al baño con el pijama en la mano. Era un pijama blanco a pequeñas rayas azules con un escudo universitario en el bolsillo del costado a la altura de la tetilla izquierda. Mientras Totoya se deshacía un poco trabajosamente del traje blanco de novia, un *capolavoro*[1] de Valentino, de los zapatos y las medias también blancas, imaginó a Giorgio completamente desnudo bajo la ducha. Nunca lo había visto así. Lo había tocado pero no lo había visto. En realidad sólo conocía la «pistolilla» de Giacomino y ninguna otra. Alguna vez había sentido algún bulto duro contra su cuerpo, mientras bailaba, pero nada más. «Bueno, ahora la veré. En cambio, Mino sí que se la ha visto, el día en que se bañaron los dos hombres en los sauces, qué maricas», pensó. Se había despojado por fin del vestido. Llevaba unas braguitas minúsculas blancas, de encaje transparente que dejaban entrever la mancha oscura del vello del pubis, recién disminuido y depilado por las ingles, y un sujetador de lo mismo, también breve. Encima, una camisa corta de seda natural. Estaba hermosa, infantil y tentadora. A san Luis Gonzaga, el santo pasmado de Giustina, de seguro se le habría embravecido el lirio.

Cuando Giorgio salió del baño, ya con su pijama de novio, y la miró así, tan bella y casi infantilmente provocativa, se precipitó hacia ella con codicia. Pero Totoya lo esquivó con un giro gracioso, corrió hacia el baño y se encerró por dentro. «Espera, bruto.» Salió del baño cubierta por un camisón blanco y transparente y una bata también blanca de batista finísima. Llevaba el cabello rubio suelto, cayéndole por la espalda, recogido sólo en la nuca con una cinta, y esparcía por la estancia un aroma a jabón y a lavanda. Tenía la piel sonrosada por la reacción de la ducha y el frote de la toalla. En esas operaciones había echado de menos a Celina, pero qué remedio. A la vuelta del viaje, la recuperaría enseguida y se la llevaría con ella a Bruselas. Giorgio tendría que acostumbrarse a que entrara con

1. Obra maestra.

ella al baño todos los días. Ella se le acercó con los brazos abiertos y la cara levantada. Se abrazaron y juntaron los labios.

–¿Cómo estará Giacomino? Lo he visto triste en la capilla, luego en la cena y durante toda la noche.

–Me cuesta mucho dejarlo. Yo quiero mucho a ese niño. Lo amo casi tanto como a ti, Giorgio. Ha sido mi única alegría en esta casa triste y extraña, llena de fantasmas y de malos recuerdos.

–Claro, Totoya. Te comprendo muy bien. Yo también lo quiero. Es un niño que está pidiendo amor y que necesita protección.

–¿Vamos a verlo y le damos las buenas noches?

–¿A su cuarto?

–Sí. No nos oirá nadie. Duerme aquí, muy cerca, en el lado opuesto del dormitorio de mis padres. La única que puede oír es Celina, y ésa no hará nada. Estando tú aquí no se atreverá a salir de su cuarto. Es que me acuerdo de él, allí en su cuarto, solo y seguramente triste, y me entran ganas de llorar. Anda, vamos.

–Venga, sí, vamos. Eres formidable, Totoya.

Eso mismo le había dicho Giacomino el día del trompazo de Giacinto. «Eres formidable, Totoya.» Giacomino, vestido con los pantalones y el chaleco del chaqué, tumbado en la cama casi boca abajo, con la cabeza metida entre los brazos, parecía un muñeco roto, una marioneta destrozada y muerta por un golpe despiadado. Se acercaron los dos a él, uno por cada lado de la cama. La hermana se inclinó para besarle el rostro con una ternura angélica, y Giorgio le dejó en la mejilla un beso largo y húmedo con los labios entreabiertos. Después, los dos juntaron sus bocas sobre los labios de él. Sin decirse más, ya se lo habían dicho todo. Giacomino estaba paralizado, sin creerse lo que estaba sucediendo. Lo alzaron entre los dos, lo bajaron de la cama, y casi en volandas lo llevaron por el corredor hasta la habitación de ellos, es decir, hasta el paraíso.

Mino estaba de pie, junto a la cama de matrimonio, sin saber bien qué cosa tenía que hacer. Su hermana y Giorgio estaban quitándole la ropa, el chaleco, la camisa con la botonadura de brillantes, los tirantes blancos, y desabotonaban el pantalón negro a rayas grises, y por último le ayudaban a sacar los pies descalzos por el calzoncillo breve y ceñido. Le dejaron al aire aquella cosa «un poco pequeña pero preciosa», y ellos empezaron también a desnudarse el uno al otro, morosamente, amorosamente, recreándose en cada movimiento, mirando al mismo tiempo al muchacho con picardía. Giacomino, parado y desnudo, temblaba de emoción y de vergüenza, de impaciencia también, y se llevaba las manos para taparse y otra vez se destapaba porque aquel gesto resultaba estúpido y ridículo aquella noche y en aquellas circunstancias. ¿Qué querrían de él Totoya y Giorgio? Recordaba los tocamientos de Totoya y la mano de Giorgio apretándole la suya, y se le venían a la memoria las escenas de las ilustraciones del *Kamasutra* de su tío Giacomo. Aguardaba, quieto y tembloroso, como un ángel niño, prematuramente crecido, temeroso y anhelante, lo que tendría que venir ahora, lo que quisieran hacer con él o de él aquellos seres a los que amaba. Esperaba como una virgen temerosa y anhelante, inocente y perversa.

Todo lo que se les ocurrió hacer aquella noche a los tres muchachos estaba ya inventado desde el principio de los tiempos. Eran los mismos pecados que hicieron descender fuego sagrado sobre Sodoma y Gomorra. Eran los pecados divinos cometidos por los pobladores del Olimpo. Nada podían añadir a eso, ni siquiera llegar a donde habían llegado los dioses al comienzo del mundo. Podían disfrazarse con plumas de cisne blanco para poseer a Totoya, o abrasar sus entrañas con una fingida lluvia de oro. Pero nada más, y todo eso ya estaba hecho y contado. Realmente los dioses no habían dejado nada a la imaginación y a la fantasía de los hombres, esos miserables mortales.

ESTE LIBRO HA SIDO IMPRESO
EN LOS TALLERES DE
HUROPE, S. L.
LIMA, 3 BIS. BARCELONA